时光长调

刘庆邦 —— 著

邱华栋 郝建国 主编

**Shiguang
Changdiao**

Liu Qingbang

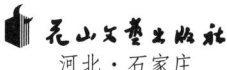
河北·石家庄

图书在版编目（CIP）数据

时光长调 / 刘庆邦著. --石家庄：石家庄：花山文艺出版社, 2023.6
（拇指丛书 / 邱华栋，郝建国主编）
ISBN 978-7-5511-6490-0

Ⅰ.①时… Ⅱ.①刘… Ⅲ.①散文集－中国－当代 Ⅳ.①I267

中国国家版本馆CIP数据核字(2023)第014510号

丛 书 名：	拇指丛书
主 编：	邱华栋　郝建国
书 名：	时光长调 Shiguang Changdiao
著 者：	刘庆邦
策 划：	丁　伟
统 筹：	李　爽　王冷阳
责任编辑：	郝卫国
责任校对：	杨丽英
装帧设计：	书心瞬意
美术编辑：	陈　淼
出版发行：	花山文艺出版社（邮政编码：050061） （河北省石家庄市友谊北大街330号）
销售热线：	0311-88643299/96/17
印　　刷：	河北新华第一印刷有限责任公司
经　　销：	新华书店
开　　本：	880毫米×1230毫米 1/32
印　　张：	10.5
字　　数：	220千字
版　　次：	2023年6月第1版 2023年6月第1次印刷
书　　号：	ISBN 978-7-5511-6490-0
定　　价：	65.00元

（版权所有　翻印必究・印装有误　负责调换）

目　录
CONTENTS

◎ 第一辑　足音

谱写遵义新的史诗	/ 003
荒山变成花果山	/ 010
在大运河的船头思接千古	/ 016
从此有了中华槐园	/ 022
告别泥涂	/ 029
月光下的抚仙湖	/ 033
草原上的河流	/ 039
情满康定	/ 043
过客	/ 050
采撷生命之花	/ 054

◎ 第二辑　友情

作家中的思想家
　　——怀念史铁生　　　　/ 063
林斤澜的看法　　　　　　/ 077
评浩然还是林斤澜　　　　/ 084
王安忆写作的秘诀　　　　/ 091
追求完美的刘恒　　　　　/ 106
中国文学史上的里程碑
　　——祝贺莫言获诺贝尔文学奖　/ 121
怀念翟墨　　　　　　　　/ 127
文轩的力量　　　　　　　/ 132
"小文武"的道行　　　　　/ 136
莹然冰玉见清词
　　——付秀莹小说印象　/ 140
纪念永鸣（序）　　　　　/ 146
徐坤二三事　　　　　　　/ 151

◎ 第三辑　心声

在哪里写作　　　　　　　　　　　／ 161
《走窑汉》是怎样"走"出来的
　　——我与《北京文学》　　　　／ 181
对所谓"短篇王"的说明　　　　　／ 186
犹如荷花　　　　　　　　　　　　／ 193
拯救文学性　　　　　　　　　　　／ 197
情感之美　　　　　　　　　　　　／ 202
致敬契诃夫　　　　　　　　　　　／ 205
我写她们，因为爱她们　　　　　　／ 209
由来已久的心愿　　　　　　　　　／ 215
念难念的经　　　　　　　　　　　／ 225
从写恋爱信开始　　　　　　　　　／ 233

◎ 第四辑　谈片

关于语言的三生万物　　　　　　　／ 239
小说创作的实与虚　　　　　　　　／ 263

生长的短篇小说　　　　　　／ 291
细节之美　　　　　　　　　／ 298
以虚写实　　　　　　　　　／ 326

第一辑 足音

谱写遵义新的史诗

我是深切体会过极度贫困的人。1960年，我九岁，那年是我国三年大饥荒最严重的一年。因食堂几乎断炊，连杂草、树皮都吃光了，我被饿成了大头、细脖子、薄肚皮，两条腿细得像麻秆一样，连走路去上学都很吃力。记得我当时对娘说了一个很大的理想：什么时候馍筐里经常放的有馍，想吃就拿一个，不受任何限制就好了。也许因为我的理想过于宏大，实现起来太难了，不但没有得到娘的肯定，还受到了大姐和二姐的讥笑。

一个人有什么比较难忘的经历，就会比较关注什么。近年来，我对我国的脱贫事业一直很关注。我本人和我的家庭早就摆脱了贫困，日子过得比小康还小康一些。可是，我老家所在的县却是贫困县，我的大姐家、二姐家，还有二姐的大儿子一家，都是建档立卡的贫困户。我对他们虽说每年都有所资助，因能力有限，并不能使他们脱离贫困，还是靠国家脱贫攻坚和精准扶贫政策的持续发力，还有村干部的具体帮助，他们才终于在2019年分别摘掉了贫困户的帽子，稳步走上了小康之路。

我每年都回老家，看到他们现在吃得饱、穿得暖、住得好，手里还不缺钱花，生活一年比一年幸福，心中甚感欣慰。我们那里判断日子过得如何，还是习惯拿馍说事儿，他们说，现在天天都可以吃白馍，每天都跟过年一样。是呀，一年三百六十五日，过去每天能吃上用红薯片子面做成的黑馍就算不错，只有到过年那一天，才能吃上一顿用小麦面蒸成的白馍，现在白蒸馍随便吃，可不是天天都像在过年嘛！过年，是生活中最好的日子，也是最快乐的日子，老百姓基于最基本的事实，发出每天都在过年的肺腑之言，这是多么高的评价呀！

通过与老家亲人的经常性联系，我对脱贫攻坚所取得的成果，是有一些亲身感受，但我的感受是局部的、微观的、肤浅的，对这项伟大事业的了解并不够宏观、不够全面，也谈不上多么深入。我产生了一个愿望，最好能到我老家以外的贫困地区实地走一走、看一看，在更大范围内访问一下脱贫攻坚的实施情况，以掌握更多的、更有说服力的事实，加深对这项历史性工程深远意义的认识。2020年5月下旬，在全国人民抗击新冠肺炎取得积极成效的形势下，在两会在首都北京召开之际，由中国作家杂志社和遵义市委宣传部联合发起了一场"圆梦2020——中国作家脱贫攻坚遵义行"采风活动。这个活动正如我愿，当杂志社的朋友打电话问我能否参加时，我表现得非常积极，说："太好了，我一定要去！"

说起遵义，恐怕每一位当代中国人都很耳熟。遵义和井冈山、瑞金、延安、西柏坡一样，是革命圣地，是人们向往的地方。

遵义是和会议联系在一起的，是会议带动了遵义，扩大了遵义的影响，使遵义古城声名大振。遵义会议是中国共产党历史上开始独立自主地解决中国革命和革命战争的重大问题的会议，实际上确立了毛泽东在中共中央和红军的领导地位，在极端危急的关头挽救了党，挽救了红军，挽救了中国革命，是党的历史上一个生死攸关的转折点。遵义会议当然十分重要，但我们千万不可忘记，会议之所以能在遵义召开，会议之后，红军之所以能在遵义地区奋战三个多月，完成了"四渡赤水"，摆脱了国民党多路重兵的围追堵截，与遵义人民的支持、奉献和牺牲是分不开的。且不说遵义人民勒紧裤带，省下口粮，从"粮草"上支援红军，更为可歌可泣的是，他们为革命献出了热血和生命。惨烈的湘江血战之后，红军攻克遵义，得到了十二天的休整，并有时间召开会议。休整和会议期间，在红军的宣传和感召下，遵义的青壮年踊跃报名参军，成功"扩红"五千余人，使红军队伍再次得到壮大。他们刚参军就要参加战斗，有人牺牲在随后的青杠坡等战斗中，成了年轻的烈士。

遵义人民的付出，应该得到回报，革命胜利后，他们应该过上好日子。然而长期以来，由于历史、地理等因素的影响，他们一直被贫困所困扰，日子没得到多少好转。而且，遵义地处武陵山、乌蒙山集中连片贫困地区，贫困面广，贫困量大，贫困程度深，要全面脱贫谈何容易！判断一个地方是否贫困，除了吃饭、穿衣和义务教育、基本医疗、住房，还有一个重要的指标，是看当地的小伙子是否能找到老婆。遵义贫困山村的姑娘，通过外出打工，纷纷嫁到外地去了，本地的一些小伙子，只好也通过外出打工的办法，到外地找老婆。他们在外地找到了老婆，老婆怀了孕，他们才把老婆带回老家。老婆生下孩子后，把孩子扔给家中的老人，就一个人跑掉了。"金凤凰"跑掉的原因，是没看到可供栖息的"梧桐树"，是实在不能忍受山村的贫穷和闭塞。

习近平总书记特别指出："要深入推进扶贫开发，帮助困难群众特别是革命老区、贫困山区困难群众早日脱贫致富。"遵义作为革命老区之一，这种贫困现状再也不能继续下去了。从2014年开始，遵义市、区、县、乡镇各级领导，如同当年的红军指战员听到催征的号角，紧急动员起来，迅速全面地打响了一场深入、持久的脱贫攻坚战。他们在政治上达成了高度一致，认识到脱贫攻坚就是不忘初心，牢记使命，就是目前最突出、最现实的政治责任。"四个意识"强不强，"两个维护"做得到不到位，要在脱贫攻坚这块试金石上试一试。在经济上，他们紧紧抓住脱贫攻坚的牛鼻子，以脱贫攻坚统揽经济社会发展全局，不治服贫困，决不罢休。他们既挂帅，又出征，背起简单的行囊，继承革命的传统，走出机关，走出城市，走出自己的小家庭，一头扎进深山老林里的贫困村去了。五年多来，全市选派四千四百七十五名村第一书记、驻村干部奔赴脱贫攻坚战场；市县两级机关单位组织近十二万名干部，与贫困户挂钩，实行结对脱贫帮扶。脱贫攻坚既像一场阵地战，又像是一场持久战，扶贫队员们付出的千辛万苦可想而知。他们付出了汗水，付出了眼泪，有人还付出了热血，付出了生命。可以毫不夸张地说，每一位驻村扶贫干部的经历都可以写一本书。

让人深感欣慰的是，经过五年多的艰苦奋战，2020年3月3日，贵州省人民政府庄严而隆重地向全中国、全世界宣告：遵义全境八百一十二万老区人民全部脱贫！遵义市的脱贫是高质量、高标准的，没有落下一个民族，没有落下一个村庄，没有落下一户，没有落下一人。这是遵义人民的脱贫史、奋斗史、创业史，也是继遵义会议和"四渡赤水"之后，遵义人民在遵义这块土地上所谱写的新的壮丽史诗。因为遵义的脱贫所具有的标志性和典型性，不仅在我国历史上具有伟大意义，在人类历史和世界历史上同样意义非凡。脱贫的消息传开，锣鼓敲起来，鞭炮放起来，龙狮舞起来，遵义人民欣喜若狂，驻村干部喜极泪奔。

在遵义期间，我们迎着初夏绿色的暖风，足不停步，连续走访了务川、湄潭、汇川、仁怀、习水、赤水等市、区、县和一些乡镇、山村，通过座谈和实地踏勘，了解到不少脱贫攻坚的实例。为了对前面概括性的记述做一点儿具体的补充，我来举一个贫困山村脱贫的例子。

这个例子是汇川区芝麻镇的竹元村。这个村曾是省级一类深度贫困村，全村四十一个村民组，近五千人，分住在三山加两沟的原始贫瘠地带，从山顶到沟底，海拔落差一千多米。春来时，山下春暖花开，山上仍寒气逼人。在扶贫第一书记谢佳清2016年驻村之前，村里到处都是破房子、烂猪圈，连一栋像样的房子都没有。房子外面破败，里面更显贫穷。一些小伙子眼看长大成人了，却迟迟找不到老婆。无奈之际，他们只好远走他乡，到外面的世界去讨生活。竹元村之所以这样贫穷，原因是多方面的，其中一个主要的原因，是交通问题扼住了竹元村的喉咙。全村没有一条真正的公路，村民出行、交往，只能走山林田地之间劳作用的羊肠小路，下雨天只能走杂草丛生的泥巴路。竹元村成了一个孤岛，与外面的世界几乎是隔绝的状态。山里生长的桃子、李子和蔬菜，因为运不出去，只能眼睁睁地看着烂掉。冬天取暖要烧煤，他们只能把煤装进背篓里，一篓一篓往山上背。有的几户人家共养一匹马，用马匹往山上驮沉重的东西。这种状况正如竹元村的村民在花灯调里唱的那样："正月里来正月正，遵义有个竹元村；山高坡陡穷得很，走亲访友路难行。"

　　扶贫键要按准，一定要按到关键的那个键。竹元村的扶贫队，在经过反复深入调研所做出的脱贫规划中，把修路放在了突出的关键位置。在一年多的时间里，他们充分发挥村党支部的战斗堡垒作用和共产党员的先锋模范作用，全村动员，上下合力，千方百计，充分调动财力、物力、人力和一切积极因素，硬是修成了一条十九点八公里的通村公路，十二条共四十二点九公里的通村民小组的水泥路，实现了"通组连户都硬化，车子开到院坝头"。特别值得一提的是，在修路过程中，村里所有男女劳动力，都被调动起脱贫致富的内生动力，积极参与修筑道路，而且不向村里要一分钱的占地补偿款，不要一分钱的出工费。据史料记载，红军第四次渡赤水后，有一部分红军于

1935年3月24日曾在竹元村驻扎过。竹元村的村民在修路过程中表现出了当年支援红军的政治觉悟。

快马加鞭未下鞍。竹元村继修通了道路之后，接着通了电，通了水，通了商，通了网，通了财，通了文，通了情，可谓一通百通，事事皆通。到2019年，全村年人均纯收入达到万元以上，超过脱贫标准的一倍还多。村里不但对八百多栋老旧住房进行了升级改造，不少村民还盖起了宽敞明亮的楼房。以前，竹元村的村民外出不敢说自己是竹元村人，现在他们骄傲地宣称：我是竹元村的！"梧桐树"引来了"金凤凰"，竹元村的小伙子再也不愁找不到老婆。

这天上午，我们来到了竹元村。在公路两边的地里，我们看到了正挂果儿的核桃树，看到了大片绿油油的高粱，还看到了成群牧养的冠以"生态"的牛羊。在村里，我们看到了新建的办公楼、休闲广场和卫生室，还看到了新建的幼儿园、升级改造后的小学校以及为老师盖的公租房等。看到竹元村的新面貌，联想起自己的贫困经历和我们老家的变化，我心潮起伏，有些眼湿。我脑子接连涌现了好几个题目，比如，鲜花盛开的村庄、山村巨变看竹元、竹元开创新纪元等，似乎都不尽意，都不能充分表达我的心情。我想，竹元村完全可以作为一个美丽乡村的旅游目的地，能在竹元村住一晚就好了。因日程安排紧张，我们未能在竹元村留宿。留点儿念想吧，日后，我或许会一个人到竹元村住上一段时间。

2020年6月3日至8日于北京怀柔翰高文创园

荒山变成花果山

我小时候听爷爷说过，花果山，有水帘洞，属于孙悟空，是孙悟空的故乡。孙猴子对其美丽的故乡十分喜欢和留恋，取经途中一遇到唐僧对他的误解、惩罚，他一个筋斗就回到老家享乐去了。据《西游记》里说，花果山水帘洞位于东胜神洲傲来国，您听听这地名，又是"胜"又是"神"的，就知道是虚构出来的，实际并不存在。而我今天所说的"花果山"，却有名有实，实实在在存在，山存在，花存在，果存在，经得起实地踏访、尽情观赏。那么，这座"花果山"在哪里呢？答：在河北省阜平县阜平镇的大道村。

我所说的这座"花果山"，有的朋友或许还不知道，但对于阜平县应该是知道的。阜平县属保定市，离首都北京只有二百六十公里。阜平县是闻名全国的革命老区，1925 年就成立了中共党组织，1931 年建立北方第一个红色县政权，1937 年创建了晋察冀抗日根据地，被毛主席誉为"模范抗日根据地"。抗战时期，英雄的阜平人民以九万人小县，支援了九万多人的部队和工作人员，两万多人参军参战，五千余人光荣牺牲，为民族独立、人民解放做出了巨大贡献。以聂荣臻为司令员兼政委的晋察冀军区司令部就设在阜平县的城南庄。1948年4月11日，毛主席率领中央机关从陕北来到城南庄，召开中共中央书记处扩大会议，审时度势，调整了南线战略，为"三大战役"的胜利奠定了基础，还亲自起草了《纪念一九四八年五一劳动节口号》，发出了建立新中国的动员令。党的十八大胜利召开之后的2012年12月29日至30日，习近平总书记所走访的第一个贫困县就是阜平县。习近平总书记冒着零下十几摄氏度的严寒，到骆驼湾村、顾家台村，看望慰问困难群众，考察扶贫开发工作，向全党全国发出了脱贫攻坚的庄严号召。

七年多来，阜平县委、县政府和各级干部，时刻牢记习近平总书记的深切关怀和殷切嘱托，紧紧围绕"两不愁三保障"的奋斗目标，脚踏实地，开拓创新，一年更比一年抓得紧，一仗更比一仗打得精，高质量地完成了预定的脱贫任务。截至2019年年底，全县贫困人口由2014年的十点八一万人，下降到八百三十二人；综合贫困发生率由2014年的百分之五十四点四，下降到百分之零点四五；农村居民人均可支配收入增长到九千八百四十四元，是2012年三千二百六十二元的三点一倍。2020年2月29日，河北省政府正式宣布，阜平县从此退出贫困县序列。

阜平县的脱贫攻坚是多种模式并举，多管齐下，形成合力。归纳起来，主要有以下六种扶贫模式：以"老乡菇"为典型的产业扶贫；以"顾家台、骆驼湾乡村旅游"为示范的旅游扶贫；以"太行山农业创新驿站"为代表的科技扶贫；"集团化职业教育加区域协同发展"的职教扶贫；"荒山绿化"的土地扶贫；"联办共保、风险共担"的金融扶贫。这些扶贫模式因地制宜，扎实有效，可复制，可推广，都取得了经得起检验的扶贫效果。全县在富民产业、公共服务、基础设施建设、群众精神面貌等诸多方面都发生了可喜的变化。

阜平县的上述多种扶贫模式以及近年来所发生的翻天覆地的变化，我不可能面面都说到，只能重点说说在"荒山绿化"的土地扶贫模式中，大道村的山是怎样从荒山变成"花果山"的。

阜平地处太行深山区，人们开门见山，抬头望山，四面八方都是连绵起伏的群山，山场面积将近占全县面积的百分之九十，被称为"九山半水半分田"。俗话说靠山吃山。在抗日战争最艰苦的年代，阜平的抗日战士和老百姓只能靠吃山上的树叶和野菜维持生命。现在虽说不用再吃树叶了，但要实现就地脱贫，还必须挖掘山地的资源，在山头上做文章。大道村的荒山之所以变成了花果山，就在于他们在大型企业的扶持下，在山上做出了锦绣文章。

帮助大道村脱贫攻坚的企业是河北建设集团。集团公司积极响应习近平总书记的号召，勇于承担社会责任，抽出精干力量，投入开发资金，在大道村成立了乾元农业科技开发有限公司。公司2013年4月成立，公司的定位和宗旨是，以产业扶贫为出发点,变"输血"为"造血",把荒山变成"花果山"和金山银山,带动大道村及周边百姓增收致富。第一步,他们动员村民把山地流转给公司,由公司按每亩地每年八百元的价格付给村民流转费,而且签订协议,村民一次就可领取 4 年每亩地共三千二百元的流转费。第二步,他们吸收有劳动能力的村民到公司务工,和公司员工一块儿修路、平整土地、栽树,通过就业扶贫的方式,给务工者发工资,增加收入。公司已吸收了二百多位村民到公司务工,使全村人均年收入增加三千元左右。第三步,村民的土地流转集中到公司后,并不意味着村民从此就失去了和土地的联系,而是以土地入股的形式,成为公司的股东。四年之后,村民所参股的每亩地不但可以得到八百元的底金,更让人高兴的是,当公司所种的果树开始挂果并有了收益,所有股东可以与公司五五分红。这样一来,大道村的村民就能旱涝保收、长期受益,所得到的利益一年更比一年高。同时,乾元公司、大道村以及大道村周边的百姓不仅得到了经济效益,还收获了花果满山的生态效益和安静祥和的社会效益。

那么,被称为"花果山"的大道村目前的景况到底如何呢?是否可观呢?除了耳听,我们须到山上实地看一看,才会有比较切实的感受。2020 年 7 月 25 日下午,我们一行来到了"花果山"的山顶。既然上"花果山",我以为我们要爬山,不料我们乘坐的中巴车,沿着山间的柏油路一路盘旋着,就开到了海拔一千多米的山顶。陪同我们参观的县人大常委会主任王欣告诉我们，这座山上原来没有路，连羊肠小道都没有，只有野草、荆棘和一些灌木，为了开发这座荒山，公司才修了这条柏油路。山顶有一座八面来风的观景台，我们拾阶登上观景台，远眺近观，即可看到"花果山"的全貌。往远处看，山上建起了层层梯田。梯田里种的不是庄稼，大都是梨树和苹果树。夏风徐徐吹来，满目都是青山。往近处观，观景台下面的梨树正在挂果，每颗果实上都套着白色、黄色的纸袋，或套着透明的塑料袋。因果子结得比较稠密，我见套了白色纸袋的梨树上如同开了满树白花一般。我对身旁的河北省作协主席关仁山说："您看树上是不是像开满了花？"关仁山对我说，他正在阜平县定点深入生活，春天的时候，他已经来山上看过，那时节，漫山遍野都是盛开的梨花和苹果花，一片雪白，像花的海洋一样，壮观极了！

听得梨树林子里一阵欢声，原来有的朋友到林子里摘梨子吃去了。我说："梨子还不熟吧？"关仁山说："已经熟了，可以吃了。这里的梨子是河北省的赵州梨和新疆的库尔勒梨嫁接的，特别好吃。"说着我们下了观景台，也走进梨树林子里，关仁山指着树上用透明塑料袋包着的梨子说，"你看，梨子已经红了。"我一看，梨子上面的确有了一些胭脂色。关仁山随手摘了两个梨子，分给我一个。我剥开塑料袋一尝，梨子又脆又甜，真的很好吃，像是从口里一下子甜到了心里。我想这样的梨子应该有一个新的名字，叫它"大道"酥梨如何？

我想鸿蒙之初中国阜平县大道村的这座山就有了，千万年来，它一直是一座荒山。直到 21 世纪 20 年代，它才变成了"花果山"，才开始造福人类。从"花果山"建了观景台来判断，那里还会发展旅游业，变成观光点。倘若被孙悟空知道了，说不定他也会到新的"花果山"看一看呢！

2020 年 7 月 31 日于北京和平里

在大运河的船头思接千古

一个人，一辈子能走多少路、过多少桥、乘多少车、坐多少船，自己不会料得到。这跟一个人不能预料自己能活多少岁数的道理是一样的，因为人生充满了未知和不确定性。万万没有想到，在2020年的8月19日，我竟有幸登上大运河的游船，在向往已久的大运河上游了一回。我们早上从济宁的码头登船，顺河南下，行了将近三个小时，行程一百多公里，中午时分到了位于微山湖中央的南阳古镇。一路上，我一次又一次伫立船头，迎万里长风，观两岸风景，听水波新韵，发思古之情，印象深刻而难忘，值得一记。

最早，我是从祖父口中听到关于大运河的传说的。我祖父是一位爱听说书的人，也是一位爱讲故事的人。听祖父说，大运河是隋朝的隋炀帝杨广下令开凿的。隋炀帝是一位昏庸残暴、荒淫无耻的皇帝，他主张开一条运河的目的，是为了方便到江南富庶之地掠夺财富，或到扬州、苏州、杭州等地作花天酒地的游乐。在开凿大运河期间，隋朝统治者仅在河南就征集了上百万民工。不少民工一去不返，不是累死在河工工地上，就是病死在工地上。这跟我母亲讲的秦始皇修长城和孟姜女哭长城的意思差不多，大运河最初留给我的认识是一条血泪之河、苦难之河。后来随着阅历的增加和对一些历史知识的了解，我才知道，隋炀帝与大运河的故事，不是我祖父所讲的那么回事。有历史研究表明，我国历史上之所以多次出现南北割据的局面，而很少出现过东西分立的情况，一个主要原因，是东西有长江、黄河、淮河等几条江河的贯通，南北则有几条江河的阻隔。隋炀帝修建的大运河，等于给几条横贯东西的江河从中间打了一个个"十"字，在中华民族的历史上，第一次实现了有一条长河南北贯通。运河的开通，打通了南北交通的命脉，不仅在政治、经济、军事、文化上有开创性的重要意义，对国家的统一也功不可没。从这些意义上说，隋炀帝是一位具有雄才大略的帝王，开凿大运河不但不是他的罪过，反而是他彪炳史册的历史功绩。

　　大运河的故事听得多了，我产生了一个愿望，能坐船到大运河上游一游才好。我曾在通州、德州、沧州等地看过运河，但从没有实现坐船游运河的愿望。上述有的河段，河床变得很窄，河水变得很浅，河水已不再流动，几乎成了死水。在这样已失去水运功能的河段，哪里还有什么机会在河上坐船呢？到了济宁，我才有机会坐船作运河之游，而且要游向远方，一游就是好几个钟头，这怎能不让人大喜过望、欣喜异常！一上船，我在客舱里的沙发卡座上坐不住，就迫不及待地到船头的三角甲板上站着去了。天空中有一些薄云，阳光不能直射到甲板上，天气一点儿都不热。船行带风，风吹扬着我的头发，掀动着我的衣襟，风里洋溢着清凉的水意。其实船开得并不是很快，声响也不大，静静的，给人以船在水面滑行的感觉。河水微微有些发蓝，河面上有浮萍的叶片和细碎的绿藻漂过。紫燕在水面掠来掠去，不时点一下水，点出一圈圈涟漪。在岸边飞行的还有白鹭，白鹭飞行时伸着长腿，边飞边发出歌吟般的鸣叫。河水丰盈，河面宽阔，岸边有一些雾气升腾。河两岸是不断移动的风景，有树林、庄稼、湿地，还有河汊子。河水淹到了柳树的半腰，我听见有蝉在树上鸣叫。岸边的浅水处，有穿红衣服的女子，用竹竿撑着小木船，像是在采摘菱角。有男子坐在岸边大面积的遮阳伞下，专注地在河里钓鱼。男子光着膀子，脖子里搭着一条白毛巾。有一条机船从对面开过来了，船上坐的有男人，也有女人。我还没看清船上装载的什么货物，船就开了过去。

　　往事越千年，望着不断流向远方的逝水，我不知不觉间有些走神。我仿佛看见，成千上万的民工，以人海战术，正在工地上挖河。他们穿着破旧的衣服，喘着粗气，全靠锹挖，背驮、肩挑，像成群结队的蚂蚁一样，一点儿一点儿从低处往高处搬土。不少人累得倒在泥水里，他们爬起来，撩起衣襟擦去汗水和泪水，再接着往上搬土。两千多年过去，那些民工早就化为泥土，但他们所建的运河还存在着、流淌着，而且继续发挥着航运作用。只要运河在，人民永远与运河同在。回过神来再看，大运河已没有了人工痕迹，似乎早就变成了一条自然的河流。时间改变一切，任何人工的东西，最终是不是都会被自然所代替呢？

我必须承认，在去济宁之前，我对大运河的了解是粗浅的、笼统的，只知道有大运河，不知道大运河在不同的历史阶段有浙东运河、隋唐大运河和京杭大运河之说，更不知道济宁在整个运河链条中所处的举足轻重的历史地位、现实地位和文化地位。简明扼要来说，大运河南北绵延一千七百四十七公里，流经六省市，而被称为"运河之都"的城市只有一个，那就是济宁市。一个"都"字震乾坤，为什么济宁被称为"运河之都"呢？主要原因有两个：一是管河治河的最高权力机关运河总督府长期设在济宁；二是运河济宁段既是整条运河的水源供给地，又是运河的制高点，被说成"运河之脊"。说得具体一点儿，河里有水，才能载船，如果没有水，运河只能是一条干河，什么"运"都说不上。运河的水不是来自黄河，也不是来自长江，而是来自济宁的大汶河和小汶河。这两条汶河的水通过设在南旺镇的分水闸，一部分流向北方，另一部分流向南方，才保证了运河的水川流不息和货运畅通。南来北往的船只要在济宁过闸，难免在济宁停留，这就自然而然地形成了济宁货物聚积、商贾云集的繁荣局面。特别值得一提的是，济宁作为孔孟之乡和儒家文化的发源地，不仅通过运河输出了粮食、煤炭、绸缎、茶叶、美酒等物质性的东西，还辐射性地输出了儒家文化。

船继续南行，河面越来越宽阔。有一段，河面有二三里宽，河里停泊着很大的货船，因货船上装载的是集装箱，我看不见船上装载的是什么货物。有一艘运行的货船从对面开过来，我看见一壮年男子正坐在船舷悠闲地抽烟。我友好地对男子招招手，那男子也对我招招手。河中间有一个小岛，岛上建有小房子，房前活动着几只白鹅。当我看到丛生的芦苇、香蒲和大片的荷花时，我知道微山湖就要到了。

据历史文献记载，在康乾盛世时，康熙、乾隆两位皇帝曾分别六次下江南，大都是在运河乘船。他们乘坐的船当然是豪华的龙船，不难想象，当年大运河上船队浩荡，船上旌旗飘扬，那是一番多么壮观的景象！然而，他们反复下江南，并不仅仅是为了展示他们的威仪，更不单纯是为了游玩，一个重要的任务是，巡视河务、加强漕运。康熙曾三次驾临济宁，乾隆每次都在运河的供水枢纽济宁视察，就是有力的证明。多少年过去，水已不是过去的水，船已不是过去的船，岸已不是过去的岸，但这条历史的长河还在续写着新的历史。

我们下船的地方，是被称为"运河第一古镇"的南阳镇。南阳镇位于微山湖北端的湖中，古老的京杭大运河穿镇而过。镇上顺河成街，桥街相连，以船代步，渔舟唱晚，显示出"江北水乡"的神韵。南阳古镇已有二千二百多年的历史，康熙、乾隆皇帝曾多次在镇上驻跸，镇上留有皇粮店、清代钱庄、雕花戏台、皇帝下榻处等三十多处古迹，2014年获中国历史文化名镇称号。

大运河和长城一样，是中国人民所创造的人工奇迹，是被列入《世界遗产名录》的世界文化遗产。大运河是世界运河中规模最大、线路最长、延续时间最久的运河，被誉为"活着的、流动的人类遗产"，堪称中华文明的瑰宝、流淌在华夏大地上的史诗。不必讳言，随着铁路、公路和海运的不断发展和发达，运河作为我国内陆的水运航道之一，已退居交通运输的次要位置，但是，如同长城失去了它的防御性物质功能却仍要大力弘扬长城文化一样，济宁市也成立了运河文化研究会，正在大力保护、传承、利用和弘扬运河文化，因为运河文化彰显的是中华文明特质，体现的是中国人民的开拓进取、坚忍顽强、不屈不挠的创造精神。

2020年8月28日至9月1日于北京怀柔翰高文创园

从此有了中华槐园

我的老家河南沈丘县，于隋开皇三年（公元583年）建县，到2017年，已有一千四百三十四年历史。县城原来在南边的老城，1950年北迁至槐店镇。在我的印象里，位于槐店的县城没什么好玩的地方，除了南面有一条终年流淌的沙河，河边泊着几条载货的木船，别的就想不起什么了。到煤矿当工人之后，有一年秋天趁回老家探亲的机会，去县城北郊的帆布厂看望我的一位初中女同学。女同学是我的初恋对象，铭心刻骨的恋情曾把我害得好苦好苦。和女同学见面后，天色已晚，我们不知道往哪里去，就在一条河的河堤上来回走。那条河是沙河的一条支流，下大雨时，县城的积水可以通过支流往沙河里排。而不下雨时，支流的河床是干涸的，看去很深的河底都是一些沙子。没见女同学之前，我激情鼓荡，预设的动作是把女同学拥抱一下，最起码要握一握女同学的手。也许是出于对爱的敬畏，也许是对某种期许准备得太过充分，事到临头反而手足无措。我们在河堤上来来回回走了三趟，先是我送她回帆布厂，再是她送我回旅馆，然后我又送她回帆布厂，直到月明星稀，我预设的动作一点儿都没能出台，以致造成终生遗憾。

后来我想，那时县城里倘若有一座公园，我和女同学到公园的僻静处停一下或坐一会儿，有接触的机会，事情的结果也许会大不一样。不一样到什么程度呢？或许会直接影响到我的婚姻走向，使我们的初恋得以落实，并结出硕果。凤凰台上凤凰游，看来环境对人生的作用不可小觑。

过了一年又一年，直到2012年，开天辟地第一回，我们沈丘县才有了第一座公园。这个开创性的佳话说来稍稍有点儿话长，请允许我慢慢道来。

不记得是哪一年，高速公路修到了沈丘。从洛阳到南京的洛宁高速路在沈丘城北开有一个出口，车下了高速路，出了收费的闸口，就到了沈丘。人们来到沈丘，对沈丘的第一印象不是很好。当年修高速路时，为了抬高路基，筑路工人只能就近取土，在高速路里侧不远处挖坑，把一大片土地挖得坑坑洼洼，连下面的砂姜都挖了出来。高速路是修好了，双向四车道上的各种车辆川流不息，而建高速路形成的废弃的荒地却留下了。一年两年过去了，三年四年过去了，荒地里长满了杂草、灌木棵子和荆棘，坑洼里的积水变稠、变黄，成了蚊子滋生的温床。更有甚者，有人把荒地变成了倾倒垃圾的地方，有风吹过，塑料袋一类的白色垃圾飘上了天空，很是难看。加上荒芜之地就在高速路出口的左侧，去沈丘的人们一眼就看到了，人家评价往往是：噢，这就是沈丘，环境质量不怎么样啊！

事情的转机，来自北京翰高兄弟投资集团公司董事长房墉回乡创业之时。房墉的老家和我的老家同在沈丘县刘庄店镇，他出生的村子房营，和我的村子刘楼，两村的直线距离不超过三公里。作为老乡，我曾去房墉在北京怀柔的集团公司本部探访过，对房墉的创业历程有所了解。当年，房墉独自一人到北京打工，应聘为一家企业推销暖气片。为了尽快在北京站稳脚跟，他要求自己必须开足马力，马不停蹄，快速行动。为此，他自我发狠，给自己严苛规定了"三个一"：每天都要取得销售第一的成绩；每个月都要跑烂一双鞋子；每季度手指要磨烂一张地图。就这样，他凭着一颗敢于争胜的雄心和异乎寻常的顽强意志力，在打工过程中积累了经验，也积累了资金，于1996年创办了自己的公司。公司以科技创新、文化创意为灵魂，积极投注于建材行业，主要生产建筑内墙涂料、外墙涂料和建筑外墙外保温、外装饰等材料。因产品科技含量高、性能先进，在激烈的市场竞标中，翰高公司先后承接、参与了北京奥运村、济南全运村、上海世博会等国家重大工程项目建设。房墉本人也成为国家住建部命名的"中国建筑节能减排十大突出贡献人物"之一。

成为企业家和成功人士的房墉，没有忘记我们县还是贫困县，没有忘记家乡的父老乡亲，他选择把创业链向家乡延伸，以回报家乡人民。他回乡投资的第一个项目，就是在县城为家乡人民建一座公园。公园建在哪里呢？房墉定是看到了那片有碍观瞻的荒芜之地，决定因地制宜，变废为宝，化丑为美，公园就建在那里。公园从2011年6月30日动工兴建，到2012年5月6日正式隆重开园，用了不到一年的时间，一座前所未有的公园便在沈丘的大门口落成。在公园建设过程中，房埇参与蓝图的绘制，并参与施工现场指挥。他们干脆把废弃的坑塘深挖、扩大，建成一座湖。湖中央留出一块，作为湖心岛。把挖出的沙土堆成一座山，在山顶建了凉亭。在山与湖心岛之间建起一座古色古香的三孔拱桥，湖岸边还建了长廊。如此一来，园内有山有水，山顶有可以远眺的亭台，山下有通水之桥，岸边还有听雨的长廊，一座可以与江南园林媲美的公园便赫然呈现在人们面前。

一座在废弃的荒地上建起的让人眼前一亮的公园，本就足以让人们称奇。更让人称奇的是，这个公园不是一般的公园，它是一座有主题的、升华性的公园。我国各地的公园很多，但像北京的天坛、地坛、日坛、月坛那样的主题公园不是很多。那么，沈丘的首座公园，它的主题是什么呢？它是以传承和弘扬"槐文化"为主题，公园的名字叫"中华槐园"。为什么选择槐文化作为公园的主题呢？因为槐文化在我国源远流长，周代即有"三槐九棘"之制，以"三槐"而代"三公"。从山西洪洞大槐树下移民的传说，更增添了人们以槐寻祖的情结。槐树因此有了一个至高至尊的称谓，那就是国槐。加之沈丘的县城就在槐店，以"中华槐园"为公园命名是水到渠成，也体现了沈丘与槐的不解之缘。

既然以"槐园"为公园命名，园子里的树木当然是以槐树居多。据统计，园内的各类槐树有六十五种，两万多棵。从挂在每棵树的标牌上看，有金枝国槐、五叶槐、龙爪槐、毛刺槐、香槐、白花槐、红花槐、紫花槐、黄金槐、洋槐等。让人感到震撼并肃然起敬的是，入园即可见两棵大槐树挺立在东西两侧，两棵被称为"槐王"的槐树树龄都在一千五百年以上，可谓阅尽人间沧桑。正对园门口的是一棵名叫五福迎宾的槐树，它五干同根，好像兄弟五人，正恭立欢迎游客的到来。在槐文化的笼罩下，槐园的多个景点都是以槐冠名：山叫槐仙山，湖为槐香湖，亭名观槐亭，桥称三槐桥。园内还建有水上观赏、儿童娱乐、花卉盆景、湿地栈道、餐饮休闲等八个功能区。

整个中华槐园的面积大约三百五十亩，为建槐园，翰高公司先后投入六亿多元人民币。公司投入这么多钱建公园，并不是为了赢利，而是为了让家乡人民分享改革开放带来的成果和福利。公园不收门票，大门敞开，欢迎所有游客到公园观光游览。我们这里也有公园了！沈丘人互相转告，纷纷到公园游览。特别是在节假日期间，槐园内游人如织，笑语欢歌，很是热闹。2013年清明节前夕，我趁回老家的机会，应邀到中华槐园游览了一番。时值春暖花开之际，湖边垂柳依依，红桃照水，人们或结伴登山，或带着孩子划船，或坐在槐树下写生，或在花卉前合影，一派"清明上河"的喜人景象。一路陪同我参观的房埔先生对我说："再过几天，满园的槐花就开了，到那时再来看吧，红花如海，白花似雪，浓郁的花香阵阵涌来，更让人陶醉。"

中华槐园的建设者们不限于挖掘、整理和弘扬中华民族的槐文化，在县委、县政府的大力支持下，在建设槐园的同时，他们向其他优秀民族文化拓展，还为沈丘的历史文化名人、《千字文》的作者周兴嗣建立了高大的花岗岩雕像，在槐园内开辟了《千字文》文化广场，在公园东侧建了以开展多种文化活动为主要功能的三槐堂。在《千字文》文化广场上，《千字文》以魏碑体镏金大字形式，被全文镶嵌在一面像打开的书本一样的墙壁上。游客来到文化广场，都会在广场伫立，把《千字文》读一读。有班主任老师会把全班的学生带到《千字文》广场，集体朗诵这篇不朽的历史文化名著。三槐堂挂牌成立了《千字文》文化研究会，开展研究征文、书法大赛、背诵比赛等系列活动，取得了丰富的成果。三槐堂还收集展出了多种石雕艺术品，以及石磨、石碴、石槽等民间石头制品，被称为文化记忆的家园、游子心灵的港湾。

在三槐堂和沈丘县文联联合组织开展的诸多文化活动中，我也有幸忝列其中，参加了一些文学方面的活动。比如，从2013年以来，我已经连续四年在清明节期间为家乡的读者签名赠书，每年赠两种，每种一百本。四年来，我已先后赠送了包括《平原上的歌谣》《遍地月光》《黑白男女》在内的三部长篇小说、四部中短篇小说集和一本散文集。赠书活动还会继续下去。我把我的一部分藏书运回去，在三槐堂建了一个图书馆。在图书馆里，我还为周口作家协会举办的文学创作笔会做过讲座。

回顾中华槐园的创建过程,我难免心生感慨。在中华大地上,不管是黄鹤楼还是滕王阁,不管是嵩阳书院还是白鹿书院,都是平地起楼,从无到有。而一旦落成,便成为文化,成为历史。我想始建于2011年的中华槐园也是如此,它至少可以载入沈丘的史册。据《沈丘县志》记载,沈丘在春秋时代因"其地不利,而名甚恶",曾被称为寝丘。民谣对沈丘的评价是:"一湖一凹又一坡,庄稼没有野草多,三天不雨禾苗干,一场大雨变成河。"沈丘的改天换地发生在当今这个中华民族发展史上前所未有的时代,如今的沈丘建成了以新兴工业园区为标志的新区,现代化的新县城也初具规模。而中华槐园的应运而生,谁能说不是沈丘发展变化的一个缩影呢!

话说了这么多,让我再回到文章的开头。当年我和女同学处于谈恋爱的青春年华,却苦于找不到一个可以谈恋爱的公园。如今公园有了,我的青春已逝,早过了谈情说爱的年龄。我听说了,我的那位女同学并没有远走,还在沈丘本土。但自从那次和女同学分别之后,四十多年过去了,我再也没有和她联系过。我这样做,是出于对她的尊重,也是对我自己的尊重。再说了,初恋的情感总是纯洁的、美好的,也是精神性的、超越性的,甚至是抽象性的,就让那段美好的情感永远美好下去吧!

2017年1月6日至10日于北京和平里

告别泥涂

我老家的泥巴被称为黄胶泥，是很厉害的。雨水一浸淫，泥巴里所包含的胶黏性就散发出来，变成一种死缠烂打的纠缠性和构陷性力量。脚一踩下去，你刚觉得很松软，好嘛还没说出口，稀泥很快就自下而上漫上来，并包上来，先漫过鞋底，再漫过脚面，继而把整个脚都包住了。这时候，你的脚想自拔颇有些难度，可以说每走一步都需要和泥巴搏斗。或者说你每拔一次腿，都如同在费力地与泥巴拔一次河，拔呀，拔呀，直到把你折腾得筋疲力尽，被无尽的泥涂吸住腿为止。

甚至当地有一个说法，谁做事不凭良心，就罚他到某某某地蹚泥巴去。很不幸，某某某地指的就是我的老家。注意，我这里说的不是踏泥巴，也不是踩泥巴，而是按我们老家的说法，写成了"蹚泥巴"。如果用踏，或用踩，都不尽意，也不够味儿，泥巴都处在被动的地位。只有写成"蹚"字，让人联想到插或者馇，才有那么点儿意思。

对老家泥巴的厉害，我有着太多的体会。在老家上学时，每逢阴天下雨，我就不穿鞋了，把一双布鞋提溜在手里，光脚踏着泥巴去，再光脚踏着泥巴回。为什么不穿鞋呢？因为浅口的布鞋在泥巴窝里根本穿不住，你一踏泥巴，泥巴只放走你的脚，却把你的鞋留下了。再说了，母亲千针万线好不容易才能做出一双鞋，谁舍得把鞋在烂泥里糟蹋呢？光脚踏泥巴，也有不好的地方，那就是容易滑倒，一不小心，就会滑得劈一个叉，或趴在泥水里，把自己弄成一头泥巴猪。另外，脚上和小腿上的泥巴糊子，到达目的地后须及时清洗掉，万不可让太阳晒干或自己暖干。因为我们那里的泥巴很肥，肥得含有一些毒素，如果等它干在皮肤上的话，毒素渗进皮肤里，皮肤就会起泡，流黄水儿，那就糟糕了。

有一年秋天，我请探亲假从北京回老家看望母亲，赶上了连阴天。秋雨一阵紧似一阵，连扯在院子里树上晾衣服的铁条似乎都被连绵的雨水湿透了，在一串一串往下滴水。泥土经过浸泡，大面积深度泛起，使院子和村街都变得像刚犁过的水稻田一样。我穿上母亲给我借来的深筒胶靴，到大门口往街上看了看，村街上一个人都没有，只有几只麻鸭在水洼子伸着扁嘴秃噜。它们大概把村街当成了河。我打伞走到村后，隔着护村坑向村外望了望，只见白水漫漫，早已是泥淤路断。就这样，眼看假期就要到了，我却被生生困在家里。无奈之际，我只能躺在床上睡觉。空气湿漉漉的，房顶的灰尘和泥土也在下落。我睡一觉醒来，觉得脸皮怎么变得有些厚呢，怎么有些糙得慌呢，伸手一摸，原来脸上粘了一层泥。

那么,把路修一修不好吗?我们修不了天,总可以修一下地吧!修路当然可以,可地里除了土,就是泥,把地里的泥土挖出来铺在路上,除了下雨后使路上的泥巴更深些,还能有什么好呢!您说可以用砖头铺路?这样说就是不了解情况了。拿我们村来说,若干年前,差不多每家的房子都是土坯垒墙,麦草苫顶,家里穷得连支鏊子的砖头都没有,哪儿有砖头往泥巴路上铺呢!虽说砖头是用黏土烧成的,但它毕竟经过了火烧火炼,其性质已经改变,变成短时间内沤不烂的东西。人们看到一块砖头儿,都像捡元宝一样赶快捡起来,悄悄带回家。让他把"元宝"拿出来,垫在路上,他哪里舍得呢?

这样说来,我们那里的人活该踏泥巴吗?祖祖辈辈活该在泥巴窝里讨生活吗?机会来了,机会终于来了!今年清明节前夕,我回老家为母亲上坟烧纸时,听说我们那里要修路,不但村外要修路,水泥路还要修到村子里头。这里顺便说一句,我的当过县劳动模范的母亲去世已经十一年了,十一年间我每年至少回老家两次,清明节前回去扫墓,农历十月初一之后回去为母亲"送寒衣"。每次回老家之前,我都要先给大姐或二姐打个电话,询问一下天气情况。老家若是阴天下雨,我就不敢回去,要等到天放晴,路面硬一些了,我才确定回去的日期。要是修了路就好了,我再回老家就可以做到风雨无阻。

2014年12月4日,也就是农历马年十月十三,我再次回到老家时,见我们那里的路已经修好了。抚今追昔,我难免有些感慨,对村支书说,日后刘楼村要写村史的话,修路的事一定要写上一笔。据族谱记载，我们的村庄在明代中后期就有了，村庄已经有四五百年的历史。几百年间，村庄被大水淹没过，被大火烧毁过，被土匪践踏过，虽历经磨难，总算还是存在着，没有消失。与此同时，风雨一来，泥泞遍地，一代又一代人，只能在泥泞中苦苦挣扎。可以肯定地说，哪一代人都有修路的愿望，做梦都希望能把泥途变成坦途。然而，只有到了这个时代，只有到了今天，这个梦想才终于实现了。从这个意义上讲，我们老家修路是五百年一遇，也是五百年一修。

村支书特地领着我在修好的路上走了一圈儿。路修得相当不错，路基厚墩墩的，平展的水泥路面在冬日的阳光下闪着白光。水泥路不仅修到了我们家的家门口，村后的护村坑里侧，也修了一条可以行车的路。如果家人驾车回家，小车可以直接开到家门口，还可以开到村后，通过别的村街，再绕回来。

我的乡亲们再也不用担心在阴雨天踏泥巴了。不难想象，雨下得越大，我们的路就越洁净，越宽广，越漂亮！

2014 年 12 月 7 日于北京和平里

月光下的抚仙湖

我看电视有一搭无一搭。看到搞笑热闹的场面，我很快就翻过去。偶尔遇到自然清新的画面，我就看一会儿。

我曾在电视上看到几个渔民在湖边捕鱼。他们捕鱼的方法很原始，也很特别。渔民在湖边开掘两条在拐弯处相通的渠道，一条是进水口，一条是出水口，他们并排安装两台手动式木轮水车，不停地从湖里向渠道内抽水。抽进渠道内的水，只装模作样地稍稍"旅行"一下，便从出水口重新流进湖里。人们利用鱼儿总愿意逆流而上去产卵的习惯，在出水口给鱼儿造成一种有水自远方来的假象。鱼儿对水流是敏感的，立春时节它们急于繁殖后代的心情也很迫切，于是便纷纷向出水口游去。不料有一个机关正潜伏在出水口上游不远处等待着它们。那个机关是一只竹编的鱼篓，鱼篓的大肚子像水牛腰那样粗，刚好可以卡进渠道里。而鱼篓的开口却像酒坛子的坛口那样小。这样一来，鱼儿一旦钻进鱼篓里，再想退出来就难了。人们适时将鱼篓取出，滤掉的是水，余下的是活蹦乱跳碎银一样的小鱼儿。据说这个湖的湖水极清澈，能见的透明度达七八米。俗话说，水至清则无鱼。大概因为这个湖的水太清了，虽然湖里也有鱼，但鱼很少，也很小，每一条小鱼都像一根金针花的花苞一样。也许是因为水清的缘故，这个湖里生长的小鱼儿味道格外鲜美。电视主持人不无夸张地说，就算把全世界所有的鱼种都数一遍，也比不上这种生性爱清洁的小鱼儿好吃。可惜，电视看过了，我没有记住电视上所说的湖泊在我国什么地方，也没记住小鱼儿的名字叫什么。

  我还在电视上看过一个节目，说是在一个很深很深的湖底，发现了一个古代的城郭遗址。那是一档探索类的现场直播节目，从画面上可以看到身穿潜水服的考古队员正在水下抚摸古城城基的情景。随着水下考古的画面不断展开，我看到了水底的石头台阶、塔形建筑、刻在石头上的人物脸谱以及石板铺地的街道等。2006年10月间，我曾到意大利的那不勒斯参观过被火山爆发掩埋过的庞贝古城遗址，一座生气勃勃的城市突然被毁灭让我深感震撼。这次看到的淹没在水下的城郭，同样让我震撼。在我的想象里，这座面积并不算小的城市也曾车水马龙，商贾云集，灯红酒绿，人声鼎沸，而现在却成了鱼儿穿行的水下世界。这种巨变不是沧海与桑田的关系，而是城市与沧海的关系。这次看罢我记住了，这座水下城遗址是在我国的云南。至于在云南的什么地区，我没有弄清楚。

  以上两个电视节目是我前些年看的，在我的记忆中像两个梦一样，已经有些遥远，有些朦胧。随着时间的推移，也许这

"两个梦"会逐渐淡去，甚至在记忆中消失。试想想，我们每个人都做过很多梦，梦醒即梦散，有多少梦能长久留在我们的记忆中呢！

2009年11月底，《北京日报》副刊部组织我们到云南玉溪参加笔会。笔会的最后一天，也就是11月29日，笔会的组织者把我们拉到了澄江县一个叫抚仙湖的地方。抚仙湖？我怎么从来没听说过？抚仙湖有什么好看的？及至到了抚仙湖看了湖水，听了当地人对抚仙湖的介绍，并翻阅了宾馆床头上放的有关抚仙湖的资料，我不由得兴奋起来，啊，天爷，原来我记忆中的两个节目都发生在抚仙湖，都是在抚仙湖拍摄的。有把记忆中的云朵变成雨水的吗？有把"梦中"的情景变成活生生的现实展现在眼前的吗？这样的事情我就遇到了，这让我大喜过望，深感幸运。

抚仙湖的美，当然取决于抚仙湖的水。有人把抚仙湖的水比作钻石般透明，也有人把抚仙湖的水比成翡翠般美丽，我都不愿认同。因为钻石和翡翠不管怎样宝贵，还都是物质性的东西。直到看见明代的一个文学家把抚仙湖的水说成是"碧醍醐"，我才觉得有些意思了。醍醐虽然也具有物质的性质，但同时又被赋予了仙性、佛性和神性，用醍醐比喻抚仙湖的水是合适的。下午我们在湖里划船时，我就暗暗打定主意，要下到水里游一游。我看了湖边竖立的标牌，说下湖游泳是可以的，为安全起见，天黑之后最好别下湖。有这等好水，又有下水游泳的机会，我可不愿错过。愚钝如我辈，何不借机接受一下

"醍醐"的灌顶呢？

从船上下来，朋友们上街去购物。我换上游泳裤，开始下湖。季节到了小雪，加上天色已是傍晚，湖水极凉，跟冰水差不多。可我把身体沉浸在水里就不觉得凉了，相反，似乎还有些温暖。我在水边蛙泳、自由泳、俯泳、仰泳，来来回回游了好几趟。望着远山青黛的脊梁，望着天空已经升起的将圆的月亮，我畅快得直想大声呼喊。我真的喊了，我在水里举起双臂喊了好几声。我听见我的长啸一样的喊声贴着清波荡漾的湖面传得很远很远。哎呀，太痛快了！我们不远千里万里，跑到这里，跑到那里，原来追寻的都是自然之美啊！我们最想投入的还是自然的怀抱啊！亏得这次来到了抚仙湖，不然的话，我可能一辈子都无缘得到抚仙湖的抚慰啊！

晚饭之后安排的是歌舞晚会，我没有按时到晚会上去，还想到湖边去看看月亮，再看看月光下的抚仙湖。当晚是农历十月十三，月亮早早地就升了起来，而且月亮眼看就要圆了。月亮哪儿都有，但要看到真正明亮的月亮却不是很容易。抚仙湖上空的月亮无疑是明亮的，我不能辜负这么好的月亮和月光。

湖边铺展着开阔而洁净的沙滩，我仰面躺在沙滩上，久久地望着月亮。天空没有云彩，星子在闪烁。在深邃的天空和群星的衬托下，月亮像一个巨大的晶体，在无声地放着清辉。过去我一直认为，太阳是有光芒的，而月亮只有光，则无芒。这次在抚仙湖边看月亮，我改变了以往对月亮的看法，其实月亮也是有芒的。我觉出来了，月亮的道道光芒从高天照射下来，像是直接照到了我眼上。只不过，太阳的光芒是强烈的，人们不敢正视它。而月亮的光芒是柔和的，给人的是一种普度众生的感觉。

我坐起来，眺望月光下的湖面。远山看不到了，波光粼粼的湖面一望无际。白天看，湖面是深蓝色，比天空还要蓝。夜晚看，湖面有些发紫，宛如薰衣草花正遍地盛开。月亮映进湖里，天上有一个月亮，湖底似乎也有一个月亮。天上的月亮往下照，湖底的月亮往上照，两个月亮交相辉映。我想起湖底的古城遗址。湖水的透明度这样高，月光的穿透力又这样好，古城的街道也应该洒满了月光吧，留在古城里的那些魂魄大概也在踏月而行吧？我还想起那些捕鱼的渔民。因季节不对，我没有看到那些渔民的身影。但我看到了水边的水车和立在岸边上的一只只巨大的鱼篓。没有风，没有人声，也没有鸟鸣，一切是那么静穆。湖水偶尔拍一下岸，发出的声音是那样轻柔，好像还有一点儿羞怯，如少女含情脉脉的温言软语。要是有一支油画笔就好了，可以把停泊在湖边的游船、船边水中的月影以及岸边的草亭和树林画下来，那将是一幅多么静美的图画！可惜我不会画画；要是有一首诗就好了，可以把眼前的美景描绘一下，把心中的情感抒发一下，可惜我不是诗人；要是有首歌就好了……想到歌，我真的轻轻地唱了起来。那是一支关于月亮的歌，曲子舒缓、悠长，还有那么一点儿伤感。唱完了歌，一种虚幻感让我一时有些走神儿，身体仿佛漂浮起来，在向月亮接近。我知道，那不是我的身体在漂浮，而是灵魂在漂浮，那种感觉真是美妙极了。人往往追求实感,殊不知,至高的美的境界是虚,是太虚。白天为实,夜晚为虚;阳光为实,月光为虚;湖水为实,氤氲为虚。人从虚空来,还到虚空去,虚的境界才更值得我们追寻。

2010 年 1 月 9 日于北京小黄庄

草原上的河流

我多次看过大江、大海、大河,却一直没有看过草原上的河流。我只在电影、电视和画报上看见过草原之河,那些景象多是远景或鸟瞰之景。在我的印象里,草原上的河流蜿蜒飘逸,犹如在绿色的草原上随意挥舞的银绸,煞是漂亮动人。这样的印象,是别人经过加工后传递给我的,并不是我走到河边亲眼所见。别人的传递也有好处,它起码起到了一个宣传作用,不断提示着我对草原河流的向往。我想,如果有机会,能近距离地感受一下草原上的河流就好了。

机会来了。2014年初夏,受朋友之约,我来到了向往已久的呼伦贝尔大草原,终于见到了流淌在草原上的河流。那里的主要河流有伊敏河、海拉尔河,还有额尔古纳河等。更多的是分布在草原各处名不见经传的支流。如同人体的毛细血管,草原铺展到哪里,哪里就有流淌不息的支流。水的源头有的来自大兴安岭融化的冰雪,有的是上天赐予的雨水,还有的是地底涌出来的清泉。与南方的河流相比,草原上的河流有一个突出的特点,那就是自由。左手一指是河流，右手一指是河流，它随心所欲、我行我素，想流到哪里都可以。我看见一条河流，河面闪着鳞片样的光点，正淙淙地从眼前流过。我刚要和它打一个招呼，说一声再见，它有些调皮似的，绕一个弯子，又掉头回来了。它仿佛眨着眼睛对我说："朋友，我没有走，我在这儿呢！"

在河流臂弯环绕的地方，是一片片绿洲。由于河水的滋润、明水的衬托，绿洲上的草长得更茂盛、绿得更深沉。有羊群涉过水流，到洲子上吃草去了。白色的羊群对绿洲有所点化似的，使绿洲好像顿时变成了一幅生动的油画。

而南方的河流被高高的堤坝规约着，只能在固定的河道里流淌。洪水袭来，它一旦溃堤，就会造成灾难。草原是不怕的，草原随时敞开辽阔的胸怀，不管有多少水，它都可以接纳。水大的时候，顶多把草原淹没就是了。但水一退下去，草原很快就会恢复它绿色的本色。绿色的草原上除了会增加一些水流，还会留下一些湖泊和众多的水泡子。从高处往下看，那些湖泊和水泡子宛如散落在草原上的颗颗明珠。

在一处坐落着被称为亚洲第一敖包的草原上，我见几个牧民坐在河边的草坡上喝酒，便走过去和他们攀谈了几句。通过攀谈得知，他们四个是一家人，父亲和儿子、婆婆和儿媳。在羊圈里剪羊毛告一段落，他们就带上羊肉和酒，坐在松软的草地上喝酒。他们没有带酒杯，就那么人嘴对着瓶嘴喝。他们四个都会喝，父亲喝一口，把酒瓶递给儿子；婆婆喝一口，把酒瓶递给儿媳。他们邀我也喝一点儿，我说："谢谢，我们一会儿到蒙古包里去喝。"我问他们河水深不深，能不能下水游泳。小伙子搭话，说水不深，天热时可以到河里游一游。正说着，我看见三匹马从对岸走来，轻车熟路般下到河里。河水只没过了它们的膝盖，连肚皮都没湿到。马儿下到河里并不是都喝水，有的在河里走来走去，像是把河水当成了镜子，在对着"镜子"把自己的面容照一照。我又问他们，河里有没有鱼？小伙子说："鱼当然有，河里有鲫鱼、鲇鱼、鲤子，还有当地特有的老头儿鱼。老头儿鱼最好吃。"那么，月光下的河流是什么样子呢？小伙子笑了，说月亮一出来，满河都是月亮，可以在漂满月亮的河边唱长调。

又来到一条小河边，我看见河两边的湿地上开着一簇簇白色的花朵。草原上的野花自然很多，数不胜数。红色的是萨日朗，紫色的是野苜蓿，明黄的是野罂粟，蓝色的是勿忘我。这种白色的花朵是什么花呢？我正要趋近观察一番，不对呀，花朵怎么会飞呢？再一看，原来不是花朵，是聚集在一起的蝴蝶。蝴蝶是乳白色，翅膀上长着黑色的条纹，一片蝴蝶至少有上百只。蝴蝶们就那么被吸附一样趴在地上，个别蝴蝶飞走了，很快又有后来者加入进去。这么多蝴蝶聚在一起干什么呢？同行的朋友们纷纷做出猜测，有人说蝴蝶在开会，有人说蝴蝶在谈恋爱，还有人说蝴蝶在产卵。蝴蝶们不说话，它们旁若无人似的，该干什么还干什么。

我想和蝴蝶做一点儿游戏，往蝴蝶群中撩了一点儿水。这条小河里的水很凉，也很清澈，像是从地底涌出的泉水汇聚而成。水珠落在蝴蝶身上，蝴蝶像是有些吃惊，纷纷飞扬起来。一时间，纷飞的蝴蝶显得有些缭乱，水边犹如开满了长翅膀的白花。蝶纷纷，"花"纷纷，人也纷纷，朋友们纷纷拿出手机，拍下这难得的画面。

这样清的水应该可以喝。我以手代勺，舀起一些水尝了一口。果然，清洌的泉水有着甘甜的味道。

倘若是我一个人独行，我会毫不犹豫地下到河里去，尽情地把泉水享受一下。因是集体出行，我只能和小河告别，眼睁睁地看着河水曲曲折折地流向远方，远方。

我该怎样描绘草原上的河流呢？我拿什么概括它、升华它呢？平日里，我对自己的文字能力还是有些自信的，可面对草原上的道道河流，我感到有些无能，甚至有些发愁。直到有一天晚上，我们来到被誉为"长调之乡"的新巴尔虎左旗，听了蒙古长调歌手的演唱，感动得热泪盈眶之余，我才突然想到，有了，我终于找到和草原上的河流相对应的东西了，这就是悠远、自由、苍茫、忧伤的蒙古长调啊！长调的婉转对应河流的蜿蜒，长调的起伏对应河流的波浪，长调的悠远对应河流的不息，长调的颤音对应河流的浪花……我不知道是草原上的河流孕育了蒙古长调，还是蒙古长调升华了河流，反正从此之后，我会把长调与河流联系起来，不管在哪里，只要一听到动人情肠的蒙古长调，我都会想起草原上的河流。

2014 年 6 月 26 日于北京和平里

情满康定

我最初知道四川甘孜藏族自治州的康定,是因为《康定情歌》。说老实话,第一次听《康定情歌》时,我还吃不准康定是不是一个地名,以为康定是用来修饰情歌的。是呀,康和定都是美好的字眼,健康的爱情,稳定的爱情,都是人们所向往的,多好呀!后来我才知道,原来有一个地方叫康定,那首情歌产生于康定,所以叫《康定情歌》。这样一来,在我的心目中,情歌就和康定紧紧绑定在一起,仿佛情歌是为康定准备的,康定也是为情歌准备的,二者谁都离不开谁。又好比,情女是为情男而生,情男也是为情女而生,他们息息相关,不可分离。反正我一听"情歌"二字,马上就想起了康定;一听到"康定"二字呢,马上就想到了情歌。不光我本人是这样的印象,当有的朋友通过微信知道我到了康定时,马上回信说:"康定我知道,就是出《康定情歌》的那个地方。"由此可见,一件文艺作品,对一个地方的传播和知名度的提升,力量是多么巨大。

我记不清第一次听《康定情歌》是在什么时间、什么地点，总之我一听就记住了，再也不会忘怀。情由人发，情由事生，任何情感的抒发，都是以人世间的一些故事为基础。《康定情歌》也有着叙事的功能，所叙述的当然是一个爱情故事。故事很简单，是说在一座叫跑马的山上，山峦起伏，层峦叠翠。在蓝蓝的天空下，飘着一朵洁白的云。是的，白云不多，只有一朵。因其只有一朵，才显得珍稀，更具有象征意义。到了夜晚，代替白云的是一弯新月，月光泼洒下来，照着古老而神秘的康定城，显得十分静谧。就是在这样风景如画的地方，张家的一位大哥，看上了李家的一位大姐。张大哥之所以看上了李大姐，情歌中说了两个原因，一来是李大姐人才好，二来是李大姐会当家。人才好，指的是李大姐长相美丽出众；会当家呢，指的是李大姐聪明能干，持家有方。作为一个姑娘家，具备这两个条件就足够了，足以让张家大哥动情动心、不懈追求。情歌对男子也有评价，叫"世间溜溜的男子"。我注意到，情歌中所有的评价用语都是"溜溜的"，不管对风景还是对人物，一律用"溜溜的"来评价。我问了一下当地的朋友，得知"溜溜的"意思相当于美美的、靓靓的、棒棒的，源于当地所流行的"溜溜调"。"溜溜的"不怕重复使用，重复越多，似乎就越"溜溜的"。这支情歌除了情节简单，曲子也很简单，让人一听就能记住，一学就会唱，一唱就能唤起"溜溜的"情感，让人唱了还想唱。这让我想到，世间一切美好的事物，包括艺术作品，都是简单的，简单如白云，如月光，如流水，如花朵。

车子开过被称为"川藏第一桥"的大渡河大桥，穿过世界上最长的隧道二郎山隧道，我们一进入甘孜州的首府康定市，首先映入眼帘的是一条翻滚奔腾、穿城而过的河流。这条河激越的形态和天籁般的轰鸣，顿时使我兴奋起来。我想起在都江堰看到的由雪山上的雪水汇聚而成的岷江，就是这般壮观的样子。虽然还不知道康定的河流叫什么名字，但我心潮起伏，似乎已经喜欢上了这条河流。我有些迫不及待，一到"康定情歌"大酒店住下来，脸都忘了洗一把，就下楼去看河。我打听出来了，知道这条河叫折多河，是从折多山上流下来的。折多河离酒店只有一二百米，我一走出酒店的大门，就听见了折多河的涛声。折多河是从西向东流，也是从高处向低处流。我站在一座桥上向上游望去，因河流是顺着一定的坡度倾泻而下，我简直像是在观看一条长长的瀑布。河床不是很宽，夹岸是用大块的花岗岩条石砌成的石壁。"瀑布"冲击着起伏的河底，撞击着陡立的石壁，使水不再是蓝色，变成了白色，变成了白雪一样的白色。千堆雪，万层雪，满河雪波连天涌，像倾倒的雪山一样。我沿着岸边一处石砌的台阶，下到离水流最近的地方，任飞溅的浪花溅到我的身上、我的脸上。水流带风，扑面而来的河风有些凛冽，是冰的气息，雪的气息。我蹲下身子，伸手把河水撩了两下。我试出来了，河水冰凉冰凉，像是透过肌肤，凉到了骨子里。伏天未尽，北京仍暑热难耐，而康定却是这样一个清凉世界。康定的海拔高度在二千五百米以上，盛夏的平均温度也就是十几摄氏度左右，怎么能不凉爽宜人呢？我站在水边,别的尘世的声音都听不见了,满耳充盈的都是轰鸣的涛声。我沉迷于这样的涛声,涛声越大,我的内心越是沉静,越是忘我,仿佛到了一种超越尘世的境界。水流的速度极快,快得几乎看不到水在流。以河面上垂柳的柳条为参照,我看到几根没有柳叶的柳条,根本没有机会插入水中,只能顺着水流,像是在硬物质一样的水面上快速颤动。看着看着,我的头微微有些眩晕,有些走神,仿佛自己也变成了水的一分子,在随着水流流向不知名的远方。

看过水看山,看云。举目望去,四面都是高高耸立的青山,每座山的山尖和山腰,都有白云在缭绕。白云不止一朵、两朵,而是一块又一块,一片又一片。那些云彩像是被扯薄的棉絮,又像是透明的轻纱。那些云彩是动态的、变化的,它们在缓慢的移动过程中,一会儿薄一会儿厚,一会儿宽一会儿窄,变幻着各种各样让人浮想联翩的形状。青山的某些部分一会儿被遮住了,像是戴上了一层面纱,一会儿面纱飘走了,青山复露出真容。青山是实的,白云是虚的;青山是客观的,白云像是主观的。实的东西因虚的不同而不同,客观的东西因主观的变化而变化。

将目光收回,我看到康定城周边的一些藏式的楼房,那些楼房多是米黄色调,深陷的窗洞上方点缀着一些砖红色的花朵,跟周围的青山十分协调,看去给人以典雅的庄严感。

因《康定情歌》的远播,跑马山早已闻名中外,到了康定,跑马山是必定要看的。到康定的第二天下午,我们就乘坐缆车来到跑马山的山顶。跑马山原名叫"帕姆山",因与跑马山的发音比较接近,又因情歌里唱的是"跑马溜溜的山",人们就把全称为"多吉帕姆仙女山"叫成了跑马山。跑马山上苍松翠柏,山花烂漫,经幡飘飘,云雾缭绕,仿佛充满了仙气。跑马山既然是一座情山,山上的景点处处以情命名,房子为情宫,石头为情石,水池为情人池,树林为情侣林。据传在情人池畔,就是张大哥和李大姐在月光下约会的地方。在跑马山的景区中心,还建有一处圆形的草地,叫跑马坪。从全国各地来的男女游客,在宽敞的跑马坪上手拉手围成一个个圆圈唱歌跳舞,他们唱《康定情歌》,也唱别的情歌,激情荡漾,那是一派何等欢乐的景象!

2020年8月9日凌晨四点多一点儿,我就一个人悄悄走出酒店,到折多河边去看月亮。大概因为我有一个执念,《康定情歌》的四段唱里都有"月亮弯弯",如果在康定看不到月亮,我会觉得遗憾。我算了一下,这天是农历的六月二十日,月亮出来得比较晚,在凌晨四点的时候,月亮还应该挂在天上。说来我真是幸运,来到河边抬头一仰望,我就把月亮看到了。月亮正挂在中天,不圆,也不弯,是半块月亮。月亮晶亮晶亮,像用冰雪擦过一样。月亮虽说只有半块,却丝毫不影响它散发月光的能量,好像发光的能量从整块集中到半块上,月亮越小,光明度就越高。月光从透明度极高的高空普照下来,它照在房子上,照在桥面上,照在格桑花的朵瓣上,无处不关照到。月光泼洒到折多河里,是与白天洒满阳光不同的另一番景象,奔腾不息的河水里,闪耀的不再像是雪光,而像是满河的月光。一河月光向东流,它是不是要流过大渡河,流过泸定河,流过长江,一直流到东海里去了呢?

水有源,河有源,我们追寻着折多河的源头,曲曲折折,一路向西,终于来到了折多河的发源地折多山。折多山幅员辽阔,为青藏大雪山一脉,最高峰海拔达四千九百六十二米。折多山以东,是包括二郎山在内的山区,往西则是青藏高原的东部,进入了真正的藏区。一进入山里,我就看见一股股泉水从山上流下来。山上灌木葱茏,植被丰厚,泉水从山上往下流时,几乎是隐蔽的状态,明明灭灭,显得有些纤细。到了山脚,大约是多泉汇聚,水流才大起来,发出哗哗的响声。这样自上而下的水流,具有一定的推动力。让人眼前一亮的是,山里的藏民们在出水口处安上了带有顶盖的转经轮,利用水流的力量,推动经轮下方的叶轮不停转动。我去过西藏、甘肃和青海的一些寺院,看到去寺院祈福的人们都是用手推动经轮。而这里是利用自然的力量,在推动经轮日日夜夜长转不息,祈愿藏族人民永远幸福。

折多山上有草原、平湖,也有庄稼地。地里的青稞到了成熟期,在阳光的照耀下闪着金黄的光芒。大片的薰衣草,花儿呈蓝紫色,吸引了不少游客前往观光。土豆的花儿也在开放,它的花朵白中带粉,开起来不争不抢,似乎很平常,但土豆花儿也是五彩斑斓之一种,与庄稼地里其他色彩形成了和谐共生的互相支持。瓦蓝的平湖里映着天上的白云,乍一看,我还以为是白云落在了湖里呢！湖水映白云不稀罕，湖里怎么还有一块一块的黑云呢？再一看，哪里是什么黑云，原来是披散着长毛的牦牛走到湖水里去了。成群的牦牛在湖边吃着草，它们也许想喝一点儿水，或是想洗个澡，就慢慢走到并不深的湖水里去了。折多山上的草原一望无际，草原上点缀着各种各样的野花，一如数不尽的星光闪烁在浩瀚的星空。

忽然下起了雨，雨下得还不小，天地间一片朦胧，车前面挡风玻璃上的雨刷刷都刷不及。隔着窗玻璃，我看到右边的山谷里一片白花。大雨不但遮不住白花的白，经过雨水的洗礼，白花似乎更显光辉。我问同车的甘孜州作协主席格绒追美："这是什么花？"追美主席说："这是河谷梅花。"啊，好漂亮的高山草本梅花！

雨来得快，去得也快。雨过天晴之际，我们登上了折多山的观景台。在观景台远眺，我们竟然看到了向往已久的贡嘎雪山。贡嘎雪山最高峰海拔七千五百五十六米，被称为"蜀山之王"。雪山上冰雪覆盖，像一座闪着银光的银山。我想，折多河里日夜奔腾的河水，也应该有贡嘎雪山上流下来的雪水吧。

看到这里，也许有的朋友会问：你写的不是康定的情吗，怎么写了这么多的景呢？我的回答是：我是以景写情，景就是情，情就是景。正如王国维所言："一切景语皆情语。"

2020 年 8 月 26 日于怀柔翰高文创园

过　客

　　北京十月文学院在尼泊尔首都加德满都建立了一个中国作家居住地，我是受邀去居住地体验和写作的首位作家。时间是2017年的5月下旬到6月上旬，前后十五六天。最后一周，我被尼泊尔的朋友安排住在山上一家叫尼瓦尼瓦的小型宾馆。宾馆的名字若翻译成中文，应为太阳花园。太阳花园的海拔高度在二千米以上，得风得水，腾云驾雾，宛如仙境。我凭栏站在房间二楼的阳台上，近观层峦叠嶂的满目青山，远眺直插云天的喜马拉雅雪山，恍然生出一种出世之感。在此居住期间，我看不到电视，听不懂尼人语言，每天所做的，不是看书写作，就是尽享优美的自然风光和清新空气，以养眼养心。同时，我还收获了一份新的感悟，真正知道了什么叫过客。

　　宾馆里每天都会迎来一些旅游观光的客人，少则三五人，多则几十人。他们有的来自欧洲，有的来自澳洲，绝大多数来自中国。中国的游客，北自哈尔滨，南自三亚，东自江苏、浙江，西自宁夏、陕西等，出发地遍及国内的四面八方。从年龄上看,游客多是一些身手矫健的年轻人,也有一些年过七旬的白发老人。他们兴致勃勃,都是满怀期望的样子。傍晚时分,他们刚从旅游车上下来,来不及把行李放进房间,就纷纷拥到观景台上用手机拍照。他们照白云、照群山、照花朵,也照自己。他们还摆出各种姿势,互相拍照。拍完之后,他们就到宾馆的大堂里找"外飞"(Wi-Fi),急着通过网络把照片传至微信的朋友圈。上山时他们被导游告知,到这个景点,主要是看日落和日出。这让我想到,对于人类世界来说,所有热量都是太阳提供的,人类的生存离不开太阳,而从欣赏角度讲,无论走到哪里,太阳还是最壮美、最恒久的东西。然而,由于山上往往是云雾缭绕,他们既看不到日落,也看不到日出,未免有些失望。游客就是这样容易被引导,引导仿佛为他们画定了方向和目标,引导者让他们看什么,他们就顺从地看什么。我想告诉他们,如果看不到日落和日出,其实山上的云雾也非常值得欣赏。云雾是动态的,在不断变化:有时浓,有时淡;有时薄,有时厚;有时平铺直叙,有时丝丝缕缕;有时翻滚奔涌,有时凝然寂静。它们的变化塑造着每一座山、每一棵树、每一只鸟、每一朵花,万事万物无不以云雾的变化而变化。山上的现实为实,云雾为虚,一切实的东西因虚的不同而不同。我意识到我的想法可能有些抽象,就是说给他们,他们也不一定爱听,就没说。

不管他们对这个景点的观感、收获如何,第二天吃过早饭,他们像完成了某项任务一样,便背起行囊,拉上拉杆箱,登车下山去了，奔赴行程计划中的下一个景点。他们一走，熙熙攘攘的宾馆顿时冷清下来，日复一日，每天都是这样。我与每一拨儿游客都是不期而遇，同样地，也是在不期然之间，他们就扬长而去。他们这一去，这一辈子我也许再也见不到他们了。这时我脑子里突然跳出一个词：过客。他们都是过客，而且是匆匆的过客。

"过客"这个词我以前听说过，但词本身也像一位过客一样，一听就过去了，并没往心里去，更没有深究过。这次我有机会目睹一拨儿又一拨儿过客，有了事实的支持和提示，我才牢牢记住了这个词，并加深了对"过客"含义的理解。如果我像他们其中的一员一样，也是一位匆匆的过客，"只缘身在此山中"，也许至今仍不知道"过客"为何物。就是因为我慢下来了、停下来了，以静观动，才恍然大悟，原来这就是过客。一时我稍稍有些得意，他们都是走马观花的过客，而我总算没成为跟他们一样的过客。

不过得意很快就过去了，我虽说在宾馆多住了几天，但不管是对太阳花园而言，还是对尼泊尔而言，我何尝不是一位过客呢？如一只鸟飞过蓝天，鸟不会在天空留下任何痕迹，尼泊尔也不会记得我这么一个中国人去过那里。

再往远一点儿想，我们每个人都只有一生一世，相对于时间、历史和地球来说，每个人都是过客，短暂的过客。李白诗云："生者为过客，死者为归人。"也是说过客是每个生命的必然命运。可在潜意识里，人们总有些不大甘心，不知不觉间会对过客命运进行一些抗争。是不是可以这样说，每个人的生命过程都是与过客命运抗争的过程。抗争的办法有千种万种：或慷慨悲歌，或低吟浅唱；或波澜壮阔，或曲径流觞；或万众瞩目，或琐碎日常；等等。不论使用什么办法，都是想通过抗争，使宝贵的生命焕发出应有的光彩。我上面所说的那些游客的到处旅游，也是为了增加游历，增长见识，也是抵抗过客命运的办法之一种，只不过他们的抵抗太匆忙了，过于过客化，并没有收到应有的效果。相反，他们的行为像是进一步印证了过客的说法。

毫无疑问，我们的写作也是对过客命运的一种抗争。"何如海日生残夜，一句能令万古传。"写作者的写作动力，大都源于一种想象，源于在想象中能够抓住自己的心，建立心和世界的联系，并再造一个心灵世界，以期收到"万古传"的效果。不管能否收到这样的效果，都要求我们一定要保持清醒的生命意识，起码能够慢下来、停下来、静下来，全神贯注、竭尽全力写好每一篇作品。人可以成为过客，所创作的作品最好不要成为"过客"。

2017 年 6 月 11 日北京和平里

采撷生命之花

广袤的新疆大地盛产棉花,据说目前新疆每年的棉花产量,占全国棉花总产量的比重超过了百分之八十。这个惊人的数字,意味着全国人民所穿的十件衣服当中,有八件是用天山南北所产的棉花做成的。

每年夏秋之交,当新疆遍地的棉花盛开成雪白的花海之际,就会有大批的河南农村妇女,成群结队,不远万里奔赴新疆帮助采摘棉花。蜜蜂追花,她们也追花。蜜蜂追花,是为了酿造甜蜜,她们追花呢,是为了奉献温暖。

阿慧的这部长篇纪实性文学作品,追踪记述的就是地处中原的河南农村妇女,特别是豫东周口地区的农村妇女,去新疆打工拾棉花的故事。因我的老家就在周口沈丘县,我听说我们村的人也有去新疆拾棉花的,读阿慧的书,我仿佛看见我们村的大娘、婶子、嫂子、弟媳或姐姐、妹妹,在遥远的新疆棉花地里辛勤劳作的身影,感到格外亲切,并不时为之感动。

追溯起来,不管是逃荒还是创业,中原人都有西行的传统。山东人是闯关东,山西人、河北人是走西口,而河南人习惯沿着陇海线过潼关,奔西面而去。不过,他们一般来说到了陕西就停下了,就地谋生,不再西进。也有人走到了青海和甘肃,只是人数极少,没形成规模。再往西域新疆,就更少有河南人涉足,不仅"西出阳关无故人",西出天山更是故人难觅。然而,到中华人民共和国成立之后就不一样了,随着新疆的解放,随着新疆生产建设兵团驻扎下来参与新疆的开发建设,随着西部大开发国家战略的实施,随着古老的丝绸之路被重新打通,去新疆的河南人逐渐多了起来。我去过新疆几次,每到一地,我几乎都能遇见老乡,听到乡音,新疆连豫剧团都有了。新疆到底有多少河南人,恐怕没人做过统计。我只知道,在我们老家,差不多每个村庄都有去新疆谋生的人。别的村不说,只说我们村吧,就有一些人先后去了新疆。在各个历史阶段,他们去新疆的原因各不相同。第一个去新疆的人,是一个地主分子,他喜欢说评词,被说成是好逸恶劳的二流子,送到新疆劳动改造去了。第二个去新疆的人是一个地主家的闺女,她想脱离我们那里严酷的阶级斗争环境,自愿远嫁他乡。"文化大革命"后期,有一个当过造反派的人受到村干部打击报复,在村里待不住,逃到新疆去了。他在新疆落户之后,把一家老小都接到新疆去了。改革开放之后,全国掀起了外出打工热潮,我们村至少又有两户人家,随着打工的潮流,去新疆安了家。想想看,仅我们一个村去新疆的人就这么多,把全周口、全河南去新疆的人都加起来,不知有多少呢！

千万不要小看那些远走新疆的河南人，他们中不少都是有志向的人，都是不屈的人，都是不甘平庸的人，都是有创业精神的人。他们到了新疆，不但带去了劳动力，带去了生产技术，还带去了源远流长的中原文化，带去了中原人坚忍、顽强、勤劳的民族精神。他们的奉献，对于新疆的发展、繁荣、稳定，包括文化融合和民族大团结，都发挥了不可估量的积极作用。

每一个生命个体的命运，都承载着历史和现实，并在与时代的交汇中，焕发出心灵的光彩。我曾设想过，去新疆把我们村去的那些乡亲逐个采访一下，说不定能写成一本书。可我又一想，新疆那么大，他们分散得东一个、西一个，想找到他们不是那么容易，就把想法放弃了。我们那里的妇女去新疆拾棉花的事，我也听说过，也很感兴趣，曾动过去实地踏访的念头。但想到自己岁数大了，有些力不从心，访问不成，还有可能给人家添麻烦，就没付诸实践。让人高兴的是，周口年富力强的女作家阿慧去了。阿慧并不知道我的心愿，但她做的，正是我想做的；她所写的，正是我想写的。阿慧差不多等于替我完成了一个心愿啊！

在秋风萧瑟、雨雪交加的日子里，阿慧只身去到新疆茫茫无际的棉花地里，与拾棉花的姐妹们同吃、同住、同干活儿20多天，克服了许多意想不到的困难，付出了极大的耐心、智慧和辛劳，在定点深入生活方面下够了苦功夫、笨功夫，才取得了如此丰满的收获。王安忆在给我的短篇小说集写的序言里，说我的写作"有些笨"。对这样的说法，我一开始不大理解，觉得自己就是不太聪明呗。后来我才渐渐理解了，原来王安忆说的是好话，是在鼓励我。我愿意把这样的话转赠给阿慧。阿慧明白，不管是采访，还是写作，都没有任何捷径可走，都要不得小聪明，必须脚踏实地，一步一个脚印，把笨功夫下够才行。道理跟采摘棉花一样，花朵子长在花托上，不管花朵子开得有多么大、多么多，你不到棉花地里，不动手把花朵子采下来，棉花就变不成你的。你只有脚到、眼到、手到、心到，棉花才会属于你。这不仅是一个实践的过程，更是一个态度问题。阿慧把自己的姿态放得很低，真诚地融入拾棉花妇女的队伍，很快把自己变成打工姐妹中的一员。拾棉花时，别人站着拾，她也站着拾；别人跪着拾，她也跪着拾。别人拾的棉花，都是装在自己的棉花包里；她拾的棉花，都装进了别人的棉花包里。听姐妹们讲到辛酸的往事，她的眼圈子比人家红得还快，泪水子比人家流得还多。人心换人心，就这样，阿慧赢得了姐妹们的信任，成了她们的知心人，有什么心里话，她们都愿意跟阿慧倾诉。

在这部《大地的云朵》里，阿慧以云朵喻棉花，以棉花喻人，采取"花开数朵，各表一枝"的做法，一共表了三十二朵花。她给每一朵花都命了名，如"财迷女""减肥女""追梦女"等。那些花有女花，也有男花；有嫩花，也有老花；有家花，也有野花；有正开的花，也有已经凋谢的花；有流动的花,也有早已在新疆扎根,并成为种棉大户的花。按阿慧的说法是,"所有的花都不一样"。虽说目的都是为了"抓钱",但出发点有所不同,有的为了盖房,有的为了攒嫁妆,有的为了经济独立,有的为了看世界,也有的为了戒赌,还有的为了还债,等等,不一而足。不管动机如何不同,反正他们一到新疆的棉田,都开出了属于自己的、特色独具的生命之花。随着时间的推移,新疆或许不需要人工采摘棉花了,改为机器收采;棉田或许不再是棉田了,可能会变成油田,或变成城市,变成历史。如果没有人把河南人去新疆拾棉花的故事记录下来,若干年后,很可能是落花流水,了无痕迹。幸好,负有使命感的阿慧,用她的笔、她的文字、她的心,深情地、细节化地、生动地记述了这些故事,并使这些故事有了历史价值、时代价值、文化价值、生命价值、审美价值和文学价值。阿慧实在是做了一件有意义、有功德的事。

  阿慧这部书的语言也值得称道。语言大师在民间。这部书的语言好就好在,阿慧以对语言的敏感,并抱着虚心学习的态度,忠实地记录下了民间那些故事讲述者原汁原味的、带有地方色彩的语言。人靠衣裳马靠鞍,好的作品靠语言。连我这个对语言比较挑剔的人,看了阿慧作品中的有些语言也觉得新鲜,意识到语言的翻新没有穷尽,永远在路上。为了节省语言,我这里就不再举例子了。

  我想,阿慧这部非虚构作品所使用的材料,如果把它虚构一下,想象一下,调整一下结构,找到新的光点,写成若干篇小说也不是不可以。在序的最后，这算是我向阿慧提的一个建议吧。

2020年3月18日至21日（抗击新冠肺炎疫情期间）

于北京和平里

第二辑 友情

作家中的思想家

——怀念史铁生

史铁生离开我们已经十年了,我时常想念他。每想起史铁生,我的心思都会走得很远很远,远得超过了十年、二十年、三十年,好一会儿回不过神来。

在史铁生辞世两周年之际,中国作家协会曾组织召开了一场对史铁生作品的讨论会,铁凝、张海迪、周国平等众多作家、评论家和学者与会,对史铁生的人格修为和创作成就做出了高度评价。讨论会达成了一个令人难忘的共识:在这个不轻言"伟大"的时代,史铁生无愧于一个伟大的生命、伟大的作家。

在那次讨论会上,我简短地发了言,谈到史铁生坚强的生命力量、超凡的务虚能力,还谈到做梦梦见史铁生的具体场景和生动细节。随后我把发言整理成一篇千把字的文章,发在北京的一家报纸上,文章的题目叫《梦见了史铁生》。我一直觉得文章过于短了,不能表达我对史铁生的理解、敬意和思念之情,甚至对不起与史铁生生前的诸多交往。在纪念史铁生先生逝世十周年的日子,请允许我用稍长一点儿的篇幅,回顾一下结识史铁生的过程，再认识史铁生作品独特的思想内涵，以表达我对史铁生的深切怀念。

　　读好作品如同交心，读了《我的遥远的清平湾》，我的心仿佛一下子与史铁生的心贴得很近，几乎萌生了同气相求般的念头。我知道，当年我所供职的煤炭工业部离史铁生的家很近，一个在地坛公园的北门外，一个在地坛公园的南门外，我只需从北向南穿过地坛公园，步行十几分钟就可以到达史铁生的家，见到我渴望拜访的史铁生。可是，我不会轻易贸然登门去打扰他。他身体不好，精力有限，需要保持相对自主和宁静的生活。特别是我在有的媒体看到，史铁生因承受不起众多热情读者的造访，不得不在门上贴了"谢客"的告知。在这种情况下，我更得尊重他的意愿。在尊重他人意愿的同时，也是尊重我自己。地转天也转，我坚信总有一天我会遇见史铁生。好比一个读者遇见一本好书，我遇见史铁生也应该是一件自然而然的事。

　　事情的经过，说来好像是一个故事，为我和史铁生牵线搭桥的竟然是远在上海的王安忆。1986年秋后，我应上海文艺出版社之约写完了一部长篇小说。因小说是一遍完成，没有誊抄，没留底稿，我担心通过邮局邮寄把书稿弄丢就不好了，就把一大摞稿子装进一只帆布提包里，让我妻子提着提包，坐火车把稿子送到上海去了。此前，王安忆在《北京文学》上看到了我的短篇小说《走窑汉》，知道了我的名字。她听《上海文学》的编辑姚育明说我妻子到了上海，就让我妻子到她家去住。

我妻子以前没见过王安忆，不好意思到王安忆家去住，打算住旅馆。王安忆说，大家都不富裕，能省一分就省一分。王安忆又说她丈夫出差去了，只有她一个人在家，我妻子住在她家里是可以的，不必有什么不好意思。就这样，和王安忆一样，同是当过下乡知青的我妻子姚卫平就住进了王安忆的家。晚上，我妻子和王安忆一块儿看电视，见王安忆一边看电视，手上还在一边织着毛衣。整件毛衣快织好了，已到了收袖阶段。我妻子也很爱织毛衣，织毛衣的水平也很高。说起织毛衣的事，王安忆告诉我妻子，这件毛衣是为史铁生织的，天气一天比一天冷，毛衣一织好，她马上给史铁生寄去。我妻子一听对王安忆说，毛衣织好后不要寄了，她回北京时捎给史铁生不就得了。王安忆说那也好。

  我妻子在一天上午从上海回到北京，当天下午，我和妻子就各骑一辆自行车，从我家住的静安里，到雍和宫旁边的一个平房小院，给史铁生送毛衣去了。我记得很清楚，那天的北风刮得很大，满城似乎都在扬沙。我们得顶着寒风，眯着眼睛，才能往前骑。我还记得很清楚，王安忆为史铁生织的毛衣是墨绿色，纯羊毛线的质地，织毛衣的针型不是"平针"，是"元宝针"，看去有些厚重，仅用手一抚，就给人一种温暖的感觉。

  收到毛衣的史铁生显得有些激动，他激动的表现是举重若轻，以说笑话的口气，在幽默中流露出真诚感激的心意。他说，王安忆那么大的作家，她给我织毛衣，这怎么得了，我怎么当得起！我看这毛衣我不能穿，应该在毛衣上再绣上"王安忆织"几个字，然后送到博物馆里去。

我注意看了一下，史铁生身上所穿的一件驼色平针毛衣已经很旧，显得又小又薄又瘦，紧紧箍在他身上，他坐在轮椅上稍一弯腰，后背就露了出来。王安忆此时为史铁生织了一件新的毛衣，可以说是必要的，也是及时的，跟雪中送炭差不多吧。

通过交谈得知，史铁生生于1951年的年头，我和妻子生于1951年的年尾，我们虽然同岁，从生月上算，他比我们大了十一个多月。从那以后，我们就叫他"铁生兄"。

我和铁生兄交往频繁的一段时间，是在1993年春天的四五月间。那段时间，王安忆让我帮她在北京借了一小套单元房，一个人在单元房里写东西。在开始阶段，王安忆的写作几乎是封闭性的，她不想让别人知道她在北京写作，也不和别的文友联系。她主动看望的作家只有一位，那就是史铁生。此时，史铁生的家已从雍和宫那里搬到了城东的水碓子。王安忆写作的地方离史铁生的家比较远，王安忆对北京的道路又不熟悉，她每次去史铁生家，都是让我陪她一块儿去。每次见到史铁生，王安忆都是求知欲很强的样子，都是"终于又见到了铁生"的样子，总是有许多问题要向史铁生发问，总是有许多话要与史铁生交谈。常常是，我们进屋后还未及寒暄，他们之间的交谈就进入了正题。在我的印象里，王安忆在别人面前话是很少的，有那么一点儿冷，还有那么一点儿傲。只有在史铁生面前，她才显得那么谦虚、热情、话多，简直就是拜贤若渴。

他们的交谈，涉及的内容十分广泛：有中国的、世界的，历史的、现实的，哲学的、艺术的，抽象的、具体的等。可谓思绪飞扬，海阔天空。比如，王安忆刚出版了新的长篇小说《纪实与虚构》，史铁生看过了，她要听听史铁生的批评意见。比如，他们谈到对同性恋的看法，对同性恋者应持什么样的态度。再比如，他们探讨艺术的起源，是贵族创造了艺术，还是民间创造了艺术？富人和穷人谁更需要欣赏艺术？由于王安忆的问题太多，有时会把史铁生问得卡了壳。史铁生以手扶额，说，这个，您让我想想。仍想不起该怎么回答，他会点一根烟，借助烟的刺激性力量调动他的思维。由于身体的限制，史铁生不能把一根烟抽完，只能把一根烟抽到三分之一或顶多抽到一半，就把烟掐灭了。抽了几口烟之后他才说："我想起来了，应该这么说。"

王安忆如此热衷于和史铁生交谈，可她对史铁生的看法并不是一味认同，而是有的认同，有的不认同。对于不认同的看法，她会严肃认真地摇头，说她觉得不是，并且说出自己不认同的理由。王安忆这样做，像是准备好了要去找史铁生"抬杠"似的，并在棋逢对手的"抬杠"中激发思想的火光，享受在心灵深处游走的乐趣。

由于思想水平不在一个层面上，对于他们两个的争论，我只能当一个旁听者，一点儿都插不上嘴，跟一个傻瓜差不多。不过，听两个智者的争论，对我也有启迪，它至少让我懂得，世界上存在着很多问题，需要人类用心发现，加以思索。人类的大脑就是用来思索的，如果不思索，身体上方顶着一个脑袋恐怕跟顶着一个葫芦差不多。特别让我记忆深刻的是，有一次铁生兄在观察了我的头型之后对我和妻子说："我看庆邦的脑容量挺大的。"在此之前，我从来未注意过自己的头型，也没有听说过"脑容量"这样的说法。是铁生兄的提示，使我意识到自己不但有脑子，而且脑子的容量还不小。既然脑容量不小，就不能让它闲置着、空着，应当把它开发利用起来，以不辜负脑子的容量。每个人观察别人都是从自己出发，铁生兄观察了我的头型，促使我反过来观察他的头型。观察的结果让我吃惊，我发现他的头颅格外地大，比一般人的头颅都要大。由于截瘫使他身体的下半部萎缩，变细变小，与他硕大的头颅形成了反差，说句不太恭敬的话，他看上去像一个"大头娃娃"。他的脑袋之所以这样大，我想有先天的原因，也有后天的因素。他失去了肢体行动能力，脑力有所偏劳，就使脑袋越变越大。他的脑袋大，脑容量就大，大得无与伦比，恐怕比电脑的容量都大。

史铁生的难处在于，他有这样一个超强智慧的大脑，靠这样的大脑思考和写作，供给大脑的能源却常常不给力。我们都知道，让大脑开动和运转的能源，是源源不断的供血和供氧，而铁生后来由于又得了尿毒症，恰恰是血液出了问题。为了清除血液中的毒素，保住生命和脑力劳动的能力，他不得不每星期到医院透析三次，每次都要在病床上躺两三个小时。铁生曾对我讲过，有一次在透析过程中，他亲眼看见他的被抽出的血流,在透明的塑料管子里被一块血栓堵住了,以至于血流停止了流动,滞留的血液很快变了颜色。他赶快喊来护士,护士除掉了血栓,透析才得以继续进行。铁生还曾对我讲过,在病床上透析期间,他的脑子仍然在思索,血液循环到了体外,思索一刻都没离开过他的大脑。但由于大脑的供血和供氧不足,他的思索十分艰难,常常是好不容易得到了一个新的理念,因没有及时抓住,理念像倏忽闪过的火花一样,很快就消散了。铁生后来想了一个办法,透析时手里抓着一部手机,有了新的念头时,他赶紧在手机上记下一些记号,等回家后再在电脑上整理出来。我记下这些细节,是想让读者朋友们知道,史铁生为人类思想文化的贡献,需要付出多么顽强的意志力。我还想让大家知道,我们在享受史铁生留下的思想成果时,应该感知到他的作品千辛万苦不寻常,看来字字都是血啊!

  王安忆在北京写作的消息,还是被有的作家朋友知道了,他们打电话找到我,纷纷要求请王安忆吃饭,和王安忆聚一聚。参加聚会的主要作家有莫言、刘恒、刘震云、王朔等。当然了,每次聚会都少不了铁生。我在一些西方作家的传记里,看到在巴黎、伦敦、莫斯科等首都城市形成的文学沙龙中,对某些作家的成长和提升曾起了重要的作用。我们那段时间的频繁聚会,几乎形成了一个文学沙龙,"沙龙"的活动让我受益良多。我想我是沾了王安忆和史铁生的光,不然的话,那些在京城已经很有名气的作家不一定会带我玩。就史铁生的身体状况而言,其实他不适合外出参加那样的聚会,看着满桌子山珍海味，看到朋友们大吃大喝，他一点儿都不敢多吃。比如说他很喜欢吃花生米，可他每次只能吃六粒，多吃一粒，钾就会超标。他每次去参加聚会，对他来说都是一种负担。可为了朋友们之间的情谊，他还是坚持坐着轮椅去参加聚会。每次把铁生从家里接到饭店，差不多都是我争着为他推轮椅。我个子较矮，轮椅也低，我推比较合适。还有，我视铁生为兄长，我在他身后为他推轮椅，感觉有一种亲近感。

王安忆回上海后，我和妻子还是经常去看史铁生。有两三年的春节前，我和妻子每次去看史铁生，都会给铁生提去一桶十斤装的花生油。铁生和他的妻子陈希米，都不愿意让我们给他们送东西。有一次，铁生笑着说了一个词，让我觉得也很好笑。他说出来的词叫"揩油"，说我们给他送油，他就成了一个"揩油者"。我解释说："快过年了，我们单位给每人发了一桶油，我妻子的单位给每个职工发的也是油，这么多油吃不完，你们就算帮我们吃点儿吧。"

在春节前去看望铁生，铁生会送给我们他亲手制作的贺年卡。要是赶上铁生出的有新书，他就会签名送我们一本。有一回，铁生一下子送给我们三本人民文学出版社出版的、厚重的《史铁生作品集》，在每本集子的扉页上都写上了我和妻子的名字。对于史铁生的每一部作品，我都是抱着十分虔诚的态度，就近放在手边，一点儿一点儿慢慢看、细细读。在我自己写作的间隙，需要休息一会儿，就捧起他的书，看上那么一两页。我在书中不仅夹有书签，还有圆珠笔，看到让我会心的地方，我就会暂停阅读，用笔在文字下面画上横线做标记。拿史铁生的《病隙碎笔》来说，我读了将近半年才读完。我们不能像平时消费故事一样读史铁生的书，因为史铁生为我们提供的是与一般的写作者写的完全不一样的书。如果说史铁生的书里也有故事，那不是现实的故事，是务虚的故事；如果说他的作品里也有抒情，那不是形而下的抒情，而是形而上的抒情；如果说他作品中的人物也有表情，那不仅是感性的表情，更是思想的表情；如果说他的书写也离不开文字，他的文字不再是具象的，而是抽象的。史铁生的创作之所以为一般人所不能想象，之所以达到了别的创作者不能企及的高度和深度，是被逼出来的，命运把他逼到墙角，促使他置之死地而后生。轮椅上的生活，限制了他的外部活动，他只能转向内部，转向内心深处，并拿起思考的武器，进入一种苦思冥想的生活。像我们这些身体健全的人，整天耽于物质生活的丰富和外部生活的活跃，没时间也没能力思考那些玄妙而高深的问题，对世界的认识只能停留在人所共知的水平。史铁生以巨大的心智能量，以穿越般的思想力度，还有对生命责任的担当，从层层灰暗的概念中索取理性之光，照亮人们的前行之路。周国平先生称史铁生是"轮椅上的哲人"。铁凝评价史铁生说：铁生是一个真正有信仰的人，一个真正坚持精神高度的写作者，淳厚，坦然，诚朴，有尊严。他那么多年坐在轮椅上，却比很多能够站立的人看得更高；他那么多年不能走太远的路，却比游走四方的人拥有更辽阔的心。

我们都知道，作家的写作，背后离不开哲学的支持，特别是离不开务虚哲学的支持。然而我们不得不承认，我国的务虚哲学是薄弱的、匮乏的，以致我们的写作得不到提升，不能乘风飞翔，只能在现实的泥淖里挣扎。中华民族几千年文明史，不能说我们没有哲学，哲学还是有的，但我们的哲学多是社会哲学、道德哲学、人生哲学、处世哲学，还有治国哲学、集体哲学、权力哲学、斗争哲学等，多是实用性的功利主义哲学。我们说史铁生的写作上升到了哲学的高度，在于他贡献的是生命哲学，是超越了功利的哲学。我们长期缺乏的就是生命哲学，在20世纪末和21世纪初，是史铁生先生填补了这项空白。史铁生紧紧扣住"生命本身"这个哲学命题，深入探讨的是肉身与精神、精神与灵魂、生与死、神与梦，还有善与恶、爱与性、遮蔽与敞开、幸福与痛苦等。史铁生认为，不能把人的精神和灵魂混为一谈，这两者是有区别的，灵魂在精神之上。他谈道："人死后灵魂依然存在，是人类高贵的猜想。""灵魂的问题从来就在信仰的领域。""并非看得见摸得着的东西才存在。""作恶者更倾向于灵魂的无。死即是一切的结束，恶行便告轻松。"史铁生的论述，给我留下印象最深的是关于生命与生俱来的三个困境，那就是孤独、痛苦和恐惧。孤独，是因为人生来只能是自己，无法与他人彻底沟通。痛苦来自无穷的欲望，实现欲望的能力永远赶不上欲望的能力。恐惧是害怕死亡，又不可避免走向死亡。史铁生指出生命的困境不是悲观的原因，还是要赋予生命以理想的、积极的意义。他接着指出：

"正是因为有了孤独,爱就显得弥足珍贵;如果没有欲望的痛苦,就得不到实现欲望的快乐;生命的短暂,人生的虚无,反而为人类战胜自己、超越困境和证明存在的意义敞开了可能性空间。"

西方哲学家关于生命的哲学,一般来说是从概念到概念、从虚到虚。史铁生不是,他的生命哲学是从自己出发,从自己饱经苦难的生命出发,以自己深切的生命体验作为坚实可靠的依据。他的哲学先是完成了一种灵魂的自我拯救,再是指向对所有灵魂的拯救。正如中国社会科学院文学研究所研究员陈福民所言:"史铁生以自己的苦难,为我们这些健全人背负了生与死的沉重答案,他用自己的苦难提升了大家对生命的认识,而我们没有任何成本地享受了他所达到的精神高度。从这个意义上说,史铁生堪称当代文化英雄。"

很多人对死有所避讳,甚至有些自欺,不愿谈死。史铁生直面死亡,是作家中谈死最多的一位。他说:"人什么都可能躲过,唯死不可逃脱。"他把人之死说成是节日,"死是一个必将到来的节日"。接着他竭力试图证明,人的死是不可能的。生命是一种欲望,人是热情的载体,是人世间轰轰烈烈的消息生生不息的传达者,圆满不可抵达的困惑和与之同来的思与悟,使欲望永无终途。所以一切尘世之名都可以磨灭,而"我"不死。"死,不过是一个辉煌的结束,同时是一个灿烂的开始。"在《我与地坛》结尾处,史铁生把生命比喻成太阳,"但是太阳,它每时每刻都是夕阳也都是旭日。当它熄灭着走下山去收尽苍凉或残照之际，正是它在另一面燃烧着爬上山巅布散烈烈朝晖之时"。

史铁生的作品读得多了，我从中读出了一种浓厚的宗教般的情怀，并读出了默默的超度人的灵魂的力量。莫言在评价史铁生的题词里说过："在他面前，坏蛋也能变为好人，绝望者会重新燃起希望之火。这就是史铁生的道德力量。"史铁生的文章不是宗教的信条，他也没承认过自己信什么教派，但他的一系列关于生命哲学的文章，的确与宗教信仰有相通之处。反正我读了他的文章之后，至少能够比较达观地看待死亡，对死亡不那么恐惧了。

但是，我们还是希望铁生兄能够活着，活得时间越长越好。只有他还活着，我们才能去看望他，跟他交谈，他才能继续写书给我们看。由于铁生的身体是那样在风雨中飘摇的状况，我们时常为他担着一把心，担心他有一天会离我们而去。2010年2月4日，在有的媒体上看到史铁生病危的消息，我和妻子都吃了一惊。未及和陈希米取得联系，我们就匆匆赶到史铁生家，看看究竟发生了什么。还好还好，我们来到铁生家一看，见铁生一切都好好的，仍在以惯常慈爱的笑容欢迎我们。那样的消息史铁生也看到了，他笑着说："他们发了史铁生病危的消息，接着还应该发一条消息，史铁生又活过来了！"这次去看望铁生，我在铁生的卧室的墙角看到一台类似升降机的东西，希米说，那的确是一台电动升降机，是搬运铁生用的。铁生需要上床休息，希米就启动升降机把铁生升到床上，铁生需要下床写作呢,希米就用机器把铁生搬到轮椅上。一同前往的朋友冯敏为铁生照了相,还为铁生、希米、我和妻子照了合影。据说那是史铁生生前最后一次照相留影。铁生开玩笑说:"这次照的相就算是遗像吧!"希米嗔怪铁生:"你瞎说什么!"希米说,"我们铁生的名字起得好,铁生且活着呢!"铁生继续说笑话:"别人家的主妇是里里外外一把手,我们希米是里里外外一条腿。"铁生这样说,是指希米的一条腿有残疾,需要借助一根拐杖在室内外忙来忙去,为铁生服务。

让人痛心的日子还是不可避免地到来了,在 2010 年的 12 月 31 日,在北京最寒冷的日子,史铁生永远离开了我们。是希米把铁生病逝的消息在第一时间告给王安忆,王安忆又通过短信转告我们。第二天就是新年,铁生怎么不等过了新年再走呢?得到铁生远走的消息,我们两口子都哭了,哽咽得半天说不出话来。我们敬爱的好兄长,他的苦难总算受到头了!

2011 年 1 月 4 日,是史铁生六十岁的生日。在当日下午,有上千位铁生的读者,从全国各地自发来到北京的 798 时态空间画廊,共同参加铁生的生日聚会,并深切追思史铁生。那天我一下子买了三束鲜花,一束是我和妻子送给铁生的,另两束是替王安忆、姚育明献给铁生的。在追思活动现场的墙壁上,我一眼就看到了那张放大了的铁生和我们最后的合影。我在合影前伫立良久,眼泪再次从眼角涌出。在追思环节,我有幸代表北京作家协会做了一个简短的发言,我说铁生是我们的同事、我们的兄长,也是我们这个团队最具有凝聚性的力量。

铁生高贵的心灵、高尚的人品、坚强的意志和永不妥协的精神，一直是我们学习的榜样。铁生虽然离开了我们，但死而不亡者寿，他的思想和灵魂之光会永远照耀着我们。记得我还特别说到了铁生的夫人陈希米，希米是铁生生命的支持者，也是铁生思想的同行者，简直就是铁生的一位天使，向陈希米表达了深深的敬意！

　　铁生离开我们已经十年了，我相信，众多铁生的尊崇者已经等了十年，也准备了十年，大家准备在铁生逝世十周年之际，再次集合在史铁生的思想之旗下，发起新一波对史铁生的追思。我不是有意神化铁生，随着时间的推移，史铁生思想与灵魂的神性光辉正日益显现，并愈加璀璨！

2020 年 12 月 10 日早晨 5 点写完于福建泉州

林斤澜的看法

一转眼,林斤澜离开我们已经十年了。

四年前,我写过一篇文章:《北京作家终身成就奖,评浩然还是林斤澜》。文章里说到,那届终身成就奖的候选人有两个,浩然和林斤澜,二者只能选其一。史铁生、刘恒、曹文轩和我等十几个评委经过讨论和争论,最后以无记名投票方式,把奖评给了林斤澜。

北京有那么多成就卓著的老作家,能获奖不易。我知道林斤澜对这个奖是在意的,获奖之后我问他:"林老,得了终身成就奖您是不是很高兴?"话一出口,我就意识到问得有些笨,让林老不好回答。果然,林老哈哈哈地笑了起来。正笑着,他又突然严肃起来,说那当然,那当然。他不说他自己,却说开了评委,说你看哪个评委不是厉害角色呀!

林斤澜和汪曾祺被文学评论界并称为"文坛双璧",一个是林璧,一个是汪璧。既然是双璧,其价值应当旗鼓相当、交相辉映。而实际情况不是这样。相比之下,汪璧一直在大放光彩,广受青睐。林壁似乎有些黯淡,较少被人提及。或者说汪曾祺生前身后都很热闹,自称"汪迷"和"汪粉"的读者不计其数。林斤澜生前身后都是寂寞的,反正我从没听说过一个"林迷"和"林粉"。

这怨不得别人,要怨的话只能怨林斤澜自己,谁让他的小说写得那么难懂呢?且不说别人了,林斤澜的一些小说,比如"矮凳桥系列小说",连汪曾祺都说:"我觉得不大看得明白,也没有读出好来。"因为要参加林斤澜的作品讨论会,汪曾祺只好下决心,推开别的事,集中精力,读林斤澜的小说,一连读了四天。"读到第四天,我好像有点儿明白了,而且也读出好来了。"像汪曾祺这样通今博古、极其灵透的人,读林斤澜的小说都如此费劲,一般的读者只能望而却步。任何文本只有通过阅读才能实现其价值,读者读不懂,不愿读,价值就无法实现。关于"不懂"这个问题一直困扰着林斤澜,他好像也为此有些苦恼。他说:"汪曾祺的小说那么多读者,我的小说人家怎么说看不懂呢?"有一次林斤澜参加我的作品讨论会,他在会上也说过类似的话,他说:"庆邦的小说有那么多读者喜欢,让人羡慕。我的小说,哎呀,他们老是说看不懂,真没办法!"

林斤澜知道自己的小说难懂,而且知道现在的读者普遍缺乏阅读耐心,他会不会做出妥协,就迎合一下读者,把小说写得易懂一些呢?不会的,要是那样,林斤澜就不是林斤澜了,他我行我素,该怎么写还怎么写。关于"不懂",林斤澜与市文联某领导有过一段颇有意思的对话,他把这段对话写在《林斤澜小说经典》的序言里了。领导:"我看了你几篇东西,不大懂。总要先叫人懂才好吧?"林:"我自己也不大懂,怎么好叫人懂?"领导:"自己也不懂,写它干什么!"林:"自己也懂了,写它干什么!"听听,在这种让人费解的对话里,就可以听出林斤澜的执拗。有朋友悄悄对我说,林斤澜的小说写得难懂是故意为之,他就是在人为设置阅读障碍。这样的说法让我吃惊不小,又要写,写了又让人摸不着头脑,这是何苦呢!后来看到冰心先生对林斤澜小说的评价,说林斤澜的小说是"努力出棱,有心作杰",话里似乎也有这个意思,说林斤澜是在有意追求曲高和杰出。

　　静下心来,结合自己的创作想一想,我想到了,要把小说写得好懂是容易的,要把小说写得难懂就难了。换句话说,把小说写得难懂是一种本事,是一种特殊的才能,不是谁想写得难懂就能做到。如愚之辈,我也想把小说写得不那么好懂一些呢!可是不行,读者一看我的小说就懂了,我想藏点儿什么都藏不住。在文艺创作方面,恩格斯有一句名言:"对于艺术品来说,作者的倾向越隐蔽则越好。"对于这一点,很多作家都做不到,连林斤澜的好朋友汪曾祺都做不到,林斤澜却做到了。他在中国文坛的独树一帜就在这里。

　　林斤澜老师的女儿在北京郊区密云为林老买了一套房子,我也在密云买了一套房子,我们住在同一个小区。有一段时间,我几乎每天早上陪林老去密云水库边散步,林老跟我说的话就多一些。林老说，他的小说还是有人懂的。他随口跟我说了几个人，我记得有茅盾、孙犁、王蒙、从维熙、刘心武、孙郁等。他说茅盾在当《人民文学》主编时，主张多发他的小说，发了一篇又一篇，就把他发成了一个作家。孙犁先生对他的评论是："我深切感到，斤澜是一位严肃的作家，他是真正有所探索，有所主张，有所向往的。他的门口，没有多少吹鼓手，也没有多少轿夫吧。他的作品，如果放在大观园，他不是怡红院，更不是梨香院，而是栊翠庵，有点儿冷冷清清的味道，但这里确确实实储藏了不少真正的艺术品。"林老提到的几位作家，对林斤澜的人品和作品都有中肯的评价，这里就不再一一引述了。林老的意思是，对他的作品懂了就好，懂了不一定非要说出来，说出来不见得就好。林老还认为，知音是难求的，几乎是命定的。该是你的知音，心灵一定会相遇。不该是你的知音，怎么求都是无用的。

　　林斤澜跟我说得最多的是汪曾祺。林斤澜认为汪曾祺的名气过于大了，大过了他的创作实绩。汪曾祺是沈从文的学生，沈从文对汪曾祺是看好的。但汪曾祺的创作远远没有达到沈从文的创作成就和创作水准，无论是数量，还是质量，与沈从文相比都不可同日而语。沈从文除了写有大量的短篇小说、散文和文论，还写有中篇小说《边城》和长篇小说《长河》。而汪曾祺只写有少量的短篇小说和散文，没写过中篇小说，亦自称"不知长篇小说为何物"。沈从文的创作内涵是丰富的、复杂的、深刻的。拿对人性的挖掘来说，沈从文既写了人性的善，还写了人性的恶。而汪曾祺的创作内涵要简单得多，也浅显得多，缺少对人性的多面性进行深入的挖掘。汪曾祺的小说读起来和谐是和谐了，美是美了，但对现实生活缺乏反思、质疑和批判，有"把玩"心态，显得过于闲适。有些年轻作者一味模仿汪曾祺的写法，不见得是什么好事。林斤澜对我说，其实汪曾祺并不喜欢年轻人跟着他的路子走，说如果年纪轻轻就写得这么冲淡、平和，到老了还怎么写！林老这么说，让我想起在1996年底的第五次作家代表大会上，当林老把我介绍给汪老时，汪老上来就对我说："你就按《走窑汉》的路子走，我看挺好。"林斤澜分析了汪曾祺之所以写得少，后来甚至难以为继的原因，是因为汪曾祺受到了散文化小说的局限，说他是得于散文化，也失于散文化。说他得于散文化，是说他写得比较散淡、自由、诗化，达到了一种"苦心经营"的随意境界；说他失于散文化呢，是说因为散文写作的资源有限，散文化小说的资源也就同样有限。小说是想象的产物，其本质是虚构。不能说汪曾祺的散文化小说里没有想象和虚构的成分，但他的小说一般来说都有真实的情节、细节和人物做底子，没有真实的底子做依托，他的小说飞起来就难了，只能就近就地取材，越写越实。林斤澜举了一个例子，说汪曾祺晚年写过一篇很短的小说《小芳》，小说所写的安徽保姆的故事，就是以他家的保姆为原型而写。从内容上看，已基本上不是小说，而是散文。小说写出后，不用别人说，汪曾祺的孩子看了就很不满意，说写的什么呀，一点儿灵气都没有，不要拿出去发表。孩子这样说是爱护

"老头儿"的意思，担心别人看了瞎对号。可汪曾祺听了孩子的话有些生气，他说他就是故意这样写。汪曾祺的名气在那里摆着，他的这篇小说不仅在《中国作家》杂志发表了，还得了年度奖呢。

林斤澜最有不同看法的，是汪曾祺对一些《聊斋志异》故事的改写。林斤澜的话说得有些激烈，他说汪曾祺没什么可写了，就炒人家蒲松龄的冷饭。没什么可写的，不写就是了。改写人家的东西，只是变变语言而已，说是"聊斋新义"，又变不出什么新意来，有什么意思呢？这样的重写，换了另外一个人，杂志是不会采用的。因为是汪曾祺重写的，《北京文学》和《上海文学》都发表过。这对刊物的版面和读者的时间都是一种浪费。

另外，林斤澜对汪曾祺的处世哲学和处世态度也不太认同。汪曾祺说自己是"逆来顺受，随遇而安"。林斤澜说自己可能修炼不够，汪曾祺能做到的，他做不到。"逆来"了，他也知道反抗不过，但他不愿"顺受"，只能是无奈。"随遇"他也做不到"而安"，也只能是无奈。无奈复无奈，他说人生本来就是一场无奈嘛，既无奈生，也无奈死。

林斤澜愿意承认我是他的学生，他对我多有栽培和提携。我也愿意承认他是我的恩师，他多次评论过我的小说，还为我的短篇小说集写过序。但实在说来，我并不是一个好学生，因为我不爱读他的小说。他至少给我签名送过两本他的小说集，我看了三几篇就不再看了。我认为他的小说写得过于雕，过于琢,过于紧,过于硬,理性大于感性,批判大于审美,风骨大于风情,不够放松,不够自由,也不够自然。我不隐瞒我的观点,当着林斤澜的面,我就说过我不喜欢读他的小说,读起来太吃力。我见林斤澜似乎有些沉默,我又说我喜欢读他的文论。林斤澜这才说:"可以理解。"

同样是当着林斤澜的面,我说我喜欢读汪曾祺的小说。汪曾祺送给我的小说集,上面写的是"庆邦兄指正",我读得津津有味,一篇不落。因汪曾祺的小说写得太少,不够读,我就往上追溯,读沈从文的作品。我买了沈从文的文集,一本一本反复研读,从中学到了很多东西。有人问我,最爱读哪些中国作家的作品?我说第一是曹雪芹,第二是沈从文。

2019年3月30日(北京)至4月2日(沈丘)

清明节前夕

载于2019年4月12日《文汇报》

评浩然还是林斤澜

近日从报纸上看到,上海评出了新一届上海文学艺术家"终身成就奖"和"杰出贡献奖",获奖者各十二位。这项评选被称为上海文学艺术界的"荣典",颁奖典礼大张旗鼓,那是相当隆重。

看到消息我想起来,北京作家协会也为北京的作家评过"终身成就奖"和"杰出贡献奖",而且已评过两届。这项活动是作为"北京文学节"中的一个项目而举办的,每种奖只评一人。2004年的那次评奖,"终身成就奖"的获得者是王蒙老师,"杰出贡献奖"的获得者是刘恒。颁奖典礼是在著名的首都剧场举行的,记得王蒙老师在"获奖感言"中说了一些幽默的话。高兴之余,他对"终身成就"的说法感到"惊异和悲哀",他希望他的"终身成就"还没有到头儿,还不到"结账"的时候,"怎么着也得再拼一下子呀!"刘恒在"获奖感言"中,感谢大家对他劳动的肯定,说他"感到了一个劳动者应有的喜悦"。不管怎么说,这两位作家获奖是实至名归、各得其所,不存在什么异议。

到了2007年的第二届评奖，"终身成就奖"有两位候选人，一位是浩然，一位是林斤澜。候选人是经过北京作协全体会员投票产生的，得票最多的前两位老作家被确定为候选人。候选人的产生算是初评，最终谁能评上，还要由终评委员会投票决定。终评委员会由北京作协党组成员和主席团委员组成。作为评委之一，我参与了那次评选。若是等额评选，那就省事了，评委们走个程序，在候选人名字后面画个圈儿或打个对钩儿，哈哈一乐就完了。二者只能选其一，就给评委们出了个不大不小的难题：是评浩然，还是评林斤澜呢？投票前有一个讨论，意思是先把意见统一一下。可意见不够统一，或者说发生了一些争议。回想起来，那些争议挺有意思的，越想越有意思。我想还是把那件事情粗略地写下来吧，不然的话，时间一长也许就忘记了。

终评是在一天上午，安排在一家饭店的大包间里进行。这样安排挺好，待评奖结束，评委们不挪窝儿就可以吃一顿烤鸭，还可以喝点儿小酒儿。应到的评委除了北京作协副主席张承志因故未来，别的评委都到了，连史铁生都坐着轮椅按时到场。评奖开始，北京市文联的主要领导先说了一番话。他声明他不是评委，没有投票权，但他个人有一个建议，建议把"终身成就奖"评给浩然。他说了两个理由：一是浩然所取得的公认的文学创作成就；二是浩然因病卧床多年，病情不容乐观，要是把这个奖评给浩然，对浩然的精神将是一个很大的安慰。

北京作协是小作协,是文联领导下的一个协会。文联主要领导这样讲,对评奖无疑带有导向作用,等于差不多把评奖定了盘子。接下来有评委发言,对领导的建议表示了同意。发言把浩然和林斤澜做了比较,认为浩然的创作影响比较广泛,提起浩然的大名,全国的读者很少有人不知道,而林斤澜的创作影响就小些,读者相对小众,如果问起林斤澜是谁,很可能会有人想不起来。还有评委从人道主义立场出发,谈到"终身成就奖"只评给在世的作家,就浩然的身体状况而言,如果这次不评浩然,浩然也许再也没机会得奖了。

话说到这儿,该我谈点儿看法了。我说什么呢?如果可以评两个"终身成就奖",我给浩然和林斤澜都会投赞成票;规定只能评一个,我选择评林斤澜。不管别的评委怎么说,对于这个选择,我不会有丝毫犹豫。

我承认,浩然的名气的确很大。我在农村老家读初中二年级的时候,语文老师反复给我们推荐了两本书,其中一本就是浩然的《艳阳天》。语文老师操着生硬的普通话,不仅自己在课堂上大声朗读《艳阳天》,还让同学们模仿他的声震整个校园的声调,轮流朗读《艳阳天》。我们为书里的故事所感动,乃至对书中每一个正面反面人物都记得清清楚楚。我对浩然是景仰的,但从不敢设想今生会见到浩然。然而,我从煤矿调到北京,不仅见到了浩然,后来还有幸成了浩然在北京作协的同事。我还愿意承认,浩然老师为人谦和、厚道,对人也很好。浩然接替林斤澜当上《北京文学》的主编时,我有一篇题目叫《汉爷》的短篇小说，先期已在编辑部获得通过。这篇小说是写改革开放之后，一个跟当官的儿子在城里生活的老地主，还乡寻找当年被雇农分走的小老婆的故事。有朋友跟我说，浩然要把通过的稿子重看一遍，因浩然对有关阶级的事情比较敏感，我那篇小说能不能发就不好说了。我说没关系，《北京文学》不发，我改投别的刊物就是了。结果是，小说不但很快发了出来，还排在比较突出的位置。浩然当上主编不久，编辑部在戒台寺举办了一个北京作者的笔会。笔会间隙，不少作者纷纷和浩然合影留念。浩然披着驼色呢子大衣，一直微微笑着，慈眉善目的样子，谁跟他合影都可以。我那时和浩然老师还不太熟，加之生性怯懦，我没敢要求与浩然老师合影。浩然老师看见我了，招招手让我过去，说庆邦，咱俩也照一张。这件事给我留下了难忘的印象。

每个作家都有自己的局限。回头再看浩然的作品，因受那个时代以阶级斗争为纲的制约，浩然长篇小说的大纲，也只能是阶级斗争为纲，纲举才能目张。乃至每个人物都要严格按照不同的阶级定位，以家庭成分画像，感情是阶级情，人性是阶级性。人物是什么成分，只能按照事先规定好的成分逻辑，说那个成分的人才能说的话，办那个成分的人才能办的事。贫下中农不但不能说地主分子才会说的话，连中农的话都不能说，一句说错就是阶级立场出了问题。如果抽掉阶级斗争这个"一抓就灵"的东西，故事的开展就失去了逻辑动力，整部小说就没有了支撑点。后来的《金光大道》，是以路线斗争统揽全局，所有人物以路线排队，以路线画线，为走不同道路的人设置冲突，让他们互相掐架，甚至掐得你死我活、昏天黑地。这样的小说很难说能经得起时间的淘洗和历史的检验。也许因为浩然老师人太好了、太听话了，小说才写成那样。

林斤澜和浩然不同，他主要是写短篇小说，好像从未写过长篇小说，创作量较少。他在创作的道路上不断求索，寂寞前行，从来没有"红"过。正如孙犁先生所说："我深切感到，斤澜是一位严肃的作家，他是真正有所探索，有所主张，有所向往的。"又说，"他的门口，没有多少吹鼓手，也没有多少轿夫吧。他的作品，如果放在大观园，他不是怡红院，更不是梨香院，而是栊翠庵，有点儿冷冷清清的味道，但这里确确实实储藏了不少真正的艺术品。"

林斤澜不是好为人师的人，但他愿意跟他故乡温州的作家说，我是他的学生。林老对我的创作多有教诲和提携，他的确是我的恩师。林斤澜老师跟我说过，作家写作要有一个底线，就是独立思考。所谓独立思考，就不是集体思考，不是别人替你思考，不是人云亦云。独立是思考的前提，无独立就无思考。可以说林斤澜本人就是一个独立思考的典范。十年"文化大革命"期间，他宁可一篇小说都不写，也不愿放弃自己的独立思考，不愿写违心的作品。

林斤澜老师也跟我谈起过浩然的为人和浩然的小说，他说浩然人是好人，但小说实在说不上好。浩然的小说除了阶级斗争，就是路线斗争，浩然的文学观里没有文学。可浩然对自己的小说不但没有反思，没有任何悔意，还固执地宣称自己的写作是真诚的，这让林斤澜摇头叹息，大为不解。

我的发言可能有些激动，发言之后，觉得脸上有些热，我用手一捧，脸颊热辣辣的。

接着发言的是邹静之，他也主张评林斤澜。他说终身成就奖嘛，主要是对文学创作而言。至于别的因素，包括身体状况的因素，就不必考虑了。

史铁生说的话比较激烈，我与铁生交往多年，这是第一次听他说出那样言辞激烈的话。他说，要是把"终身成就奖"评给浩然，那个"杰出贡献奖"别人愿意不愿意得还不一定呢！史铁生这样说，因为他是同届的"杰出贡献奖"候选人。史铁生的意思再明确不过，如果浩然得了"终身成就奖"，他就不愿意得那个"杰出贡献奖"。

眼看两种意见相持不下，评委的人数又是一个偶数，主持评选的人有些担心，要是出现两位候选人票数相同的情况怎么办呢？于是把这个问题提了出来，让大家再讨论。

一个简单的事情，不会这么复杂吧！这时我有些急，说不要讨论了，投票吧，投票吧，都是有判断能力的人，我相信大家一定会做出正确的选择，不至于出现票数相同的情况。后来有传说，说刘庆邦当时拍了桌子。这肯定是讹传，我哪里是拍桌子的人。不管遇到什么事，我从来没拍过桌子。我要是拍了桌子，我的手疼，桌子还疼呢！我当时只是有些激动，说话有点儿急而已。

投票结果出来了:林斤澜以微弱多数票获得"终身成就奖",史铁生以绝对多数票获得"杰出贡献奖"。评委会为林斤澜写的授奖词是:林斤澜一生致力于小说艺术的探索,在小说语言、小说艺术及理论方面有独到发现和见解,对中国当代白话文创作极具启发意义。为史铁生写的授奖词是:史铁生的写作直面人类恒久的生活与精神困境,他对存在始终不渝的追问,构成了当代文学中一支重要的平衡力量。

这里顺便说一句,我作为第二届"杰出贡献奖"的候选人之一,一票都没得。当唱票者大声唱出刘庆邦零票时,我一时有些尴尬。但我很快就释然了、坦然了,这表明我没有投自己的票,而是把票投给了我尊敬的铁生兄。

2007年之后,又六七年过去了,北京再也没举办文学节,再也没有评选"终身成就奖"和"杰出贡献奖"。别说举办文学节和给作家评奖了,听说连在全国有广泛影响的"老舍文学奖"也不让评了,不知为什么。

2014年12月27日于北京和平里

王安忆写作的秘诀

至少在两个笔记本的第一页,我都工工整整抄下了王安忆的同一段话,作为对自己写作生活的鞭策和激励。这段话并不长,却有着丰富的内容,且坦诚得让人心悦诚服。我看过王安忆许多创作谈,单单把这段话挑了出来。如果一个作家的写作真有什么秘诀的话,我愿把这段话视为王安忆写作的秘诀。王安忆是这么说的:"写小说就是这样,一桩东西存在不存在,似乎就取决于是不是能够坐下来,拿起笔,在空白的笔记本上写下一行一行字,然后第二天,第三天,再接着上一日所写的,继续一行一行写下去,日以继日。要是有一点儿动摇和犹疑,一切将不复存在。现在,我终于坚持到底,使它从玄虚中显现,肯定,它存在了。"这段话是王安忆的长篇小说《遍地枭雄》后记中的一段话,我以为这也是她对自己所有写作生活的一种概括性自我描述。通过她的描述,我们知道了她是怎样抓住时间的,看到了她意志的力量、坚韧不拔的持续性、对想象和创造坚定的自信,以及使创造物实现从无到有的整个过程。她的描述形象、生动。在她的描述里，我仿佛看到了她伏案写作的身影。为了不打扰她的写作，我们最好不要从正面观察她。只看她的侧影和背影，我们就可以猜出她可能坐了一上午，知道了她的写作是多么有耐心，是多么专注。看到王安忆的描述，我不由得想起自己在老家农村锄地和在煤矿井下开掘巷道的情景。每锄一块地，当望着长满禾苗和野草的大面积的土地时，我都有些发愁，锄板长不盈尺，土地一望无际，什么时候才能把一块地锄完呢？没办法，我们只能顶着烈日，挥洒着汗水，一锄挨一锄往前锄。锄了一天又一天，我们终于把一大块锄完了。在地层深处开掘巷道也是如此。煤矿的术语是把掘进的进度说成进尺，按图纸上的设计，一条巷道长达数百米，甚至逾千米，而我们每天所能完成的进尺不过两三米。其间还有可能面临水、火、瓦斯、地压和冒顶的威胁，不知要战胜多少艰难险阻。就这样，我们硬是在无路可走的地方开掘出一条条通道，在几百米深的地下建起一座座巷道纵横的不夜城。之所以联想起锄地和打巷道，我是觉得王安忆的写作和我们干活儿有类似的地方，都是一种劳动。只不过，王安忆进行的是脑力劳动，我们则是体力劳动。哪一种劳动都不是玩儿的，做起来都不轻松。还有，哪一种劳动都带有不同程度的强制性。我们的强制来自外部，是别人强制我们。王安忆的强制来自内部，是自觉地自己强制自己。我把王安忆的这段话说成是她写作的秘诀，后来我在她和张新颖的谈话中得到证实。王安忆说："我写作的秘诀只有一个，就是勤奋地劳动。"她所说的秘诀并不是我所抄录的一段话，但我固执地认为它们的意思是一样的，不过前者是"详细版"，后者是"简化版"而已。很多作家否认自己有什么写作的秘诀，好像一提秘诀就有些可笑似的。王安忆不但承认自己有写作的秘诀，还把秘诀公开说了出来。在她看来，这没什么好保密的，谁愿意要，只管拿去就是了。的确，这样的秘诀够人实践一辈子的。

2006年底，中国作家协会召开第七次"作代会"期间，我和王安忆住在同一个饭店，她住楼下，我住楼上。我到她住的房间找她说话，告辞时，她问我晚上回不回家，要是回家，给她捎点儿稿纸来。她说现在很多人都不用手写东西了，找点儿稿纸挺难的。我说会上人来人往的这么乱，你难道还要写东西吗？她说给报纸写一点儿短稿，又说晚上没什么事，电视又没什么可看的，不写点儿东西干什么呢？我说正好我带来的有稿纸。我当即跑到楼上，把一本稿纸拿下来，分给她一多半。一本稿纸是一百页，一页有三百个方格，我分给她六七十页，足够她在会议期间写东西了。有人说写作所需要的条件最简单，有笔有纸就行了。笔和纸当然需要，但一个最重要的条件往往被人们忽略了，这个条件就是时间。据说任何商品的价值都是时间的价值，价值量的大小取决于生产这一商品所需的社会必要劳动时间的多少。时间是写作生活的最大依赖，写作的过程就是时间不断积累的过程，时间成本是每一个写作者不得不投入的最昂贵的成本。每个人的生命在某种意义上说就是一个活的容器，这个容器里盛的不是别的东西，就是一定的时间量。

一个人如果任凭时间跑冒滴漏，不能有效地抓住时间，就等于抓不住自己的生命，将一事无成。王安忆深知时间的宝贵，她就是这样抓住时间的。安忆既有抓住时间的自觉性，又有抓住时间的能力。和安忆相比，我就不行。我带了稿纸到会上，也准备写点儿东西，结果只是做做样子，在会议期间，我一个字都没写。一下子从全国各地来了那么多作家朋友，我又要和人聊天，又要喝酒，喝了酒还要打牌，一打打到凌晨两三点，哪里还有什么时间和精力写东西！我挡不住外部生活的诱惑，还缺乏必要的定力。而王安忆认为写作是诉诸内心的，她不喜欢和人打交道，她看待内心的生活胜于外部的生活。王安忆几乎每天都在写作，一天都不停止。她写了长的写短的，写了小说写散文、杂文、随笔。她不让自己的手空下来，把每天写东西当成一种训练，不写，她会觉得手硬。她在家里写，在会议期间写，更让我感到惊奇的是，她说她在乘坐飞机时照样写东西。对一般旅客来说，在飞机上那么一个悬空的地方，那么一个狭小的空间，能看看报看看书就算不错了，可王安忆在天上飞时竟然也能写东西，足见她对时间的缰绳抓得有多么紧，足见她对写作有多么痴迷。

　　有人把作家的创作看得很神秘，王安忆说不，她说作家也是普通人，作家的创作没什么神秘的，就是劳动，日复一日地劳动，大量地劳动，和工人做工、农民种田是一样的道理。她认为不必过多地强调才能、灵感和别的什么，那些都是前提，即使具备了那些前提，也不一定能成为好的作家，要成为一个好的作家，必须付出大量艰苦的劳动。在我看来，安忆铺展在面前的稿纸就是一块土地，她手中的笔就是劳动的工具，每一个字都是一棵秧苗，她弯着腰，低着头，一棵接一棵把秧苗安插下去。待插到地边，她才直起腰来，整理一下头发。望着大片的秧苗，她才面露微笑，说，嗬，插了这么多！或者说每一个汉字都是一粒种子，她把挑选出来的合适的种子一粒接一粒种到土里去，从春种到夏，从夏种到秋。种子发芽了，开花了，结果了。回过头一看，她不禁有些惊喜。惊喜之余，她有时也有些怀疑，这么多果实都是她种出来的吗？当仔细检阅之后，证实确实是她的劳动成果，于是她开始收获。安忆不知疲倦地注视着那些汉字，久而久之，那些汉字似乎也注视着她，与她相熟相知，并形成了交流。好比一个人长久地注视着一块石头，那块石头好像也会注视她。仅有劳动还不够，王安忆对劳动的态度也十分在意。她说有些作家，虽然也在劳动，但劳动的态度不太端正，不是好好地劳动。她举例说，有些偷懒的作家，将生活中的东西直接搬入作品，给人的感觉是连筛子都没筛过。如同一个诚实的农民在锄地时不能容忍有"猫盖屎"的行为，王安忆不能容忍马马虎虎，投机取巧，偷工减料，得过且过。她是勤勤恳恳，老老实实，一丝不苟。如果写了一个不太好的句子，她会很懊恼，一定要把句子理顺了、写好了，才罢休。

王安忆自称是一个文学劳动者，同时，她又说她是一个写作的匠人，她的劳动是匠人式的劳动。因为对作品的评论有雕琢和匠气的说法，作家们一般不愿承认自己是一个匠人，但王安忆勇于承认。她认为艺术家都是工匠，都是做活儿。千万不要觉得工匠有贬低的意思。类似的说法我听刘恒也说到过。刘恒说得更具体，他说他像一个木匠一样，他的写作也像木匠在干活儿。从普通劳动到匠人的劳动，这就使问题进了一步，值得我们深入探究。在我们老家，种地的人不能称之为匠人，只有木匠、石匠、锡匠、画匠等有手艺的才有资格称匠。一旦称匠，我们那里的人就把匠人称为"老师儿"。"老师儿"都是"一招鲜，吃遍天"的人，他们的劳动是技术性的劳动。让一个只会种地的农民在板箱上作画，他无论如何都画不成景。请来一个画匠呢，他可以把喜鹊噪梅画得栩栩如生。王安忆也掌握了一门技术，她的技术是写作的技术，她的劳动同样是技术性的劳动。从技术层面上讲，王安忆的劳动和所有匠人的劳动是对应的。这是第一点。第二点，一个石匠要把一块石头变成一盘磨，不可能靠突击，不可能在短时间内完工。他要一手持锤，一手持凿子，一凿子接一凿子往石头上凿。凿得有些累了，他停下来吸根烟，或喝口水，再接着凿。他凿出来的节奏是匀速，叮叮叮叮，像音乐一样动听。我读王安忆的小说就是这样的感觉，她的叙述如同引领我们往一座风景秀美的山峰攀登，不急不缓，不慌不忙，不跳跃，不疲倦，不气喘，扎扎实实，一步一步往上攀。我们偶尔会停一下，绝不是不想攀了，而是舍不得眼前的秀美风光，要把风光仔细领略一下。随着各种不同的景观不断展开，我们攀登的兴趣越来越高。当我们登上一个台阶又一个台阶，终于登上她所建造的诗一样的小说山峰，我们得到了极大的精神满足。第三点，匠人的劳动是有构思的劳动，在动手之前就有了规划。比如，一个木匠要把一块木头做成一架纺车，他看木头就不再是木头，而是看成了纺车，哪儿适合做翅子，哪儿适合做车轴，哪儿适合做摇把，他心中已经有了安排。他的一斧子一锯，都是奔心中的纺车而去。王安忆写每篇小说，事先也有规划。除了小说的结构，甚至连一篇小说要写多长，大致写多少个字，她几乎都心中有数。第四点，匠人的劳动是缜密的、讲究逻辑的劳动，也是理性的劳动。一把椅子或一口箱子的约定俗成，对一个木匠来说有一定的规定性，他不能胡乱来，不可违背逻辑，更不可能把椅子做成箱子或把箱子做成椅子。在王安忆对我的一篇小说的分析里，我第一次看到了逻辑的动力的说法，第一次听说写小说还要讲究逻辑。此后，我又多次在她的文章里看到她对逻辑重要性的强调。在和张新颖的谈话里，她肯定地说："生活的逻辑是很强大严密的，你必须掌握了逻辑才可能表现生活的演进。逻辑是很重要的，做起来很辛苦，做起来真的很辛苦。为什么要这样写，而不是那样写？事情为什么这样发生，而不是那样发生？你要不断问自己为什么，这是很严格的事情，这就是小说的想象力，它必须遵守生活的纪律，按着纪律推进，推到多远就看你的想象力的能量。"

以上四点，我试图用王安忆的劳动和作品阐释一下她的观点。其实这些都不重要。重要的问题在于，工匠的劳动是不是保守的、机械的、死板的、墨守成规的，会不会影响感性的鲜活、情感的参与、灵感的暴发、无意识的发挥。一句话，工匠式的劳动是不是会拒绝神来之笔。我的看法是，一切创造都是从劳动中得来的，不劳动什么都没有。换句话说，写就是一切，只有在写的过程中，我们才会激活记忆，调动感情，启发灵感。只有在有意识的追求中，无意识的东西才会乘风而来。所谓神来之笔，都是艰苦劳动的结果，积之在平日，得之在俄顷。工匠式的劳动无非是把劳动提高了一个等级，它强调了劳动的技术性、操作性、审美性、严肃性、专业性和持恒性。这种劳动方式不但不保守，不机械，不死板，不墨守成规，恰恰是为了打破这些东西。王安忆的大量情感饱满、飞扬灵动的作品，证明了我的看法不是瞎说。

但有些事情我不能明白，安忆她凭什么那么能吃苦？如果说我能吃点儿苦，这比较容易理解。我生在贫苦家庭，从小缺吃少穿，三年困难时期饿成了大头细脖子。长大成人后又种过地，打过石头，挖过煤，经历了很多艰难困苦。我打下了受苦的底子，写作之苦对我来说不算什么苦。如果我为写作的事叫苦，知道我底细的人一定会骂我烧包。而安忆生在城市，长在城市，父母都是国家干部，家里连保姆都有。应该说安忆从小的生活是优裕的，她至少不愁吃、不愁穿，还有书看。就算她到安徽农村插过一段时间队，她母亲给她带的还有钱，那也算不上吃苦吧。可安忆后来表现出来的吃苦精神不能不让我佩服。1993年春天，她要到北京写作，让我帮她租一间房子。那房子不算旧，居住所需的却缺东少西。没有椅子，我从我的办公室给她搬去一把椅子。窗子上没有窗帘，我把办公室的窗帘取下来，给她的窗子挂上。房间里有一只暖瓶，却没有瓶塞。我和她去商店问了好几个营业员，都没有买到瓶塞。她只好另买了一只暖瓶。我和妻子给她送去了锅碗瓢盆勺，还有大米和香油，她自己买了一些方便面，她的写作生活就开始了。屋里没有电视机，写作之余，她只能看看书，或到街上买一张隔天的《新民晚报》看看。屋里没有电话，那时移动电话尚未普及，她几乎中断了与外界的联系。安忆在北京有不少作家朋友，为了减少聚会，专心写作，她没有主动和朋友联系。她像是在"自讨苦吃"，或者说有意考验一下自己吃苦的能力。她说她就是想尝试一下独处的写作方式，看看这种写作方式的效果如何。她写啊写啊，有时连饭都忘了吃。中午，我偶尔给她送去一盒盒饭，她很快就把饭吃完了，吃完饭再接着写。她过的是饥一顿饱一顿的日子，我觉得她有些对不住自己。就这样，从4月中旬到6月初，在不到两个月的时间里，她写完了两部中篇小说。她之所以如此能吃苦，我还是从她的文章里找到了答案。安忆对自己的评价是一个喜欢写作的人。有评论家把她与别的作家比，她说她没有什么，她就是比别人对写作更喜欢一些。有人不是真正喜欢，也有人一开始喜欢，后来不喜欢了，而她，始终如一地喜欢。她说："我感到我喜欢写，别的我就没觉得和他们有什么不同，就这点不同：写作是一种乐趣，我是从小就觉得写作是种乐趣，没有改变。"是不是可以这样说，写作是安忆的主要生活方式，她对写作的热爱和热情，是她的主要感情，同时，写作也是她获得幸福和快乐的主要源泉。安忆得到的快乐是想象和创造的快乐。一个世界本来不存在，经过她的想象和创造，平地起楼似的，就存在了，而且又是那么具体，那么真实，那么美好，由此她得到莫大的快乐和享受。与得到的快乐和享受相比，她受点儿苦就不算什么了。相反，受点儿苦仿佛增加了快乐的分量，使快乐有了更多的附加值。

每个人有每个人的创作习惯，安忆的习惯对她的写作并没有什么决定性的意义，我就不多说了。我只知道，她习惯在一个大的笔记本上密密麻麻地写作，在笔记本上写完了，再用方格纸抄下来，一边抄，一边润色。抄下来的稿子其实是她的第二稿。她写作不怎么熬夜，一般都是在上午写作。她觉得上午是她精力最充沛的时候，也是她才思最敏捷的时候。在整个上午，她又觉得从十一点到十二点左右这个时间段创作状态最好。她还有一个习惯，可能是她特有的，也极少为人所知。她写作时，习惯在旁边放一块小黑板，用粉笔在黑板上写下一些句子。在北京创作中篇小说《香港的情与爱》期间，我见她写下的其中一句话是"香港是个大邂逅"，这句话在黑板上保留了相当长一段时间，我不知用意何在。小黑板很难找，我问她，为什么非要一个小黑板呢？她说没什么，每写一篇小说，她习惯在黑板上写几句提示性的话。习惯是不可以改变的，我只好想方设法尊重她的习惯。

王安忆这样热爱写作，那么我们假设一下，她不写会怎样？或者说不让她写了会怎样？1997年夏天，我和王安忆、刘恒我们三家一块儿去了一趟五台山，后来我一直想约他们两个到河南看看。王安忆没去过中岳嵩山的少林寺，也没看过洛阳的龙门石窟，她很想去看看。2008年9月中旬，我终于跟河南有关方面说好了，由他们负责接待。我给王安忆打电话时，她没在家，是她的先生李章接的电话。我说了请他们一块儿去河南，李章说："安忆刚从外地回来，她该写东西了。"李章又说，"安忆跟你一样，不写东西不行。"我？我不写东西不行吗？我可比不上王安忆，我玩儿心大，人家一叫我外出采风，那个地方我又没去过，我就跟人家走了。我对李章说，我跟刘恒已经约好了，让李章好好跟安忆说说，还是一块儿去吧。我说我对安忆有承诺，如果她去不成河南，我的承诺就不能实现。李章说，等安忆一回来，他就跟她说。第二天我给安忆打电话，她到底还是放弃了河南之行。安忆是有主意的人，她一旦打定了主意，任何劝说都是无用的。为了写作，王安忆放弃了很多活动。不但在众多采风活动中看不到她的身影，就连她得了一些文学奖，她都不去参加颁奖会。2001年12月，王安忆刚当选上海市作家协会主席时，她一时有些惶恐，甚至觉得当作协主席是一步险棋。她担心这一职务会占用她的时间，分散她的精力，影响她的写作。她确实看到了，一些同辈的作家当上这主席那主席后，作品数量大大减少，她认为这是一个教训。在发表就职演说时，她说她还要坚持写作，因为写作是她的第一生活，也是她比较能胜任的工作，假若没有写作，她这个人便没什么值得一提的了。当上作协主席的第一年,她抓时间抓得特别紧,写东西也比往年多,几乎有些拼命的意思。当成果证明当主席并没有耽误写作时,她似乎才松了一口气。我估计,王安忆每天给自己规定有一定的写作任务,完成了任务,她就心情愉悦,看天天高,看云云淡,吃饭饭香,睡觉觉美,就觉得自己对得起自己,自己对自己有了交代,看电视就能够定下心来,看得进去。要是完不成任务呢,她会觉得很难受,诸事无心,自己就跟自己过不去。作为一个承担着一定社会义务的作家,王安忆有时难免会遇到这样的情况,她本打算坐下来写作,却被别的事情干扰了,这时她的心情会很糟糕,好像整个人生都虚度了一样。人说发展是硬道理,对王安忆来说,写作才是硬道理,不写作就没有道理。在我所看到的有限的对古今中外的作家介绍里,就对写作的热爱程度而言,王安忆有点儿像托尔斯泰。托尔斯泰把写作看成正常的状态,不写作就是非正常状态,就是平庸的状态。托尔斯泰在一则日记里提到,因为生病,他一星期没能写作。他骂自己无聊、懒惰,说一个精神高贵的人不容许自己这么长时间处于平庸状态。和我们中国的作家相比,就思想劳作的勤奋和强度而言,王安忆有点儿像鲁迅。鲁迅先生长期在上海写作,王安忆在上海写作的时间比鲁迅还要长,而且王安忆的写作还将继续下去。王安忆跟我说过,中国的作家,鲁迅的作品是最好的,她最爱读鲁迅。王安忆继承了鲁迅的刻苦、耐劳,也继承了鲁迅的思想精神。王安忆通过自己的思想劳作,不断发出与众不同的清醒的声音。写作是王安忆的第一需要，也是她生命的根基，如果不让她写作，那是不可想象的，所以我们还是不要做这样的假设为好。

写作是王安忆的精神运动，也是身体运动；是心理需要，也是生理需要。她说写作对人的身体有好处，经常写作就身体健康，血流通畅，神清气爽，连气色都好了。她说你看，经常写作的人很少患老年痴呆病的，而且多数比较长寿。否则的话，就心情焦躁，精神委顿，对身体不利。我不止一次听她说过，写作这个东西对体力也有要求，体力不好写作很难持久。她以苏童和迟子建为例，说他们之所以写得多、写得好，其中一个原因是他们的身体比较壮实，好像食量也比较大，精力旺盛，元气充沛。我很赞同安忆的说法，并且与她有着相同的体会。我想不论是精神运动，还是身体运动，其实都是血液的运动。写作时大脑需要氧气，而源源不断供给大脑氧气的就是血液。大脑需要的氧气多，运载氧气的血液就得多拉快跑、保证供应。血流加快了，等于促进了人体内的血液循环，对人的健康当然有好处。拿我自己来说，如果一时找不到好的写作入口，一时进入不到写作的状态，我就头昏脑涨，光想睡觉。一旦找到写作的题目，并进入了写作的状态，我的精神头儿就提起来了，心情马上就好了，看什么都觉得可爱。我跟我妻子说笑话："刘庆邦真是个苦命的人哪！"我妻子说："你要是觉得苦，你就别写了。"我说："那可不行！"

朋友们可能注意到了，我翻来覆去说的都是安忆的写作，写作，没有涉及她的作品，没有具体评论她的任何一篇小说。我的理论水平比较低，没有评论她作品的能力，这点儿自知之明我还是有的。一个高人评论一个低人的小说，一不小心就把低人的小说评高了，而一个低人评论一个高人的小说呢，哪怕费尽九牛二虎之力，所评仍然达不到高人的小说水平应有的高度。王安忆的小说都是心灵化的，她的小说故事都发生在心理的时间内，似乎已经脱离了尘世的时间。她在心灵深处走得又那么远，很少有人能跟得上她的步伐。别说是我了，连一些评论家都很少评论她的小说。在文坛，大家公认王安忆的小说越写越好，王安忆现在是真正的孤独，真正的曲高和寡。有一次朋友们聚会喝酒，莫言、刘震云、王朔纷纷跟王安忆开玩笑。王朔说："安忆，我们就不明白，你的小说为什么一直写得那么好呢？你把大家甩得太远了，连个比翼齐飞的都没有，你不觉得孤单吗？"王安忆有些不好意思，她说不不不。不知怎么又说到冰心，说冰心在文坛有不少干儿子。震云对王安忆说："安忆，等你成了安忆老人的时候，你的干儿子比冰心还要多。"我看王安忆更不好意思了，她笑着说："你们不要乱说，不要跟我开玩笑。"

　　写王安忆需要勇气。梦玮约我写王安忆，我说王安忆不好写，你别着急，容我好好想想。梦玮是春天向我约稿，直到秋天我才写出来。我一直对王安忆满怀敬意，我写得小心翼翼，希望每一句话都不致失礼。1993年，林建法也约我写过王安忆，我对王安忆说，我怕我写不好。王安忆说："没事的，你写好了。"又说,"每个人写别人,其实就是写自己。"我想了想,才理解了安忆的话意。一个人对别人理解多少,就只能写多少,不可能超出自己的理解水平。如果有些地方写得还可以,说明我对安忆理解了。如果写得不好,说明我理解得还不够,接着理解就是了。

2009年9月3日至9月11日于北京和平里

追求完美的刘恒

2009年,刘恒被评为全国第四届专业技术杰出人才。中国的作家很多,可据我所知,获得这种荣誉称号的,刘恒是作家中的第一位。北京市人才荟萃,而在这一届全国杰出人才评选中,刘恒是北京市唯一的一位当选者。《人民日报》在简要介绍刘恒的事迹时,有这么两句话:"刘恒长期保持了既扎实又丰产的创作态势,是中国当代作家中一位不可多得的、德才兼备的领军人物。"

我和刘恒是三十多年的朋友,自以为对他还算比较了解。既了解他的作品,也了解他的人品。我俩相识于20世纪80年代初期。一开始,他是《北京文学》的编辑,我是他的作者。经他的手,我发了好几篇小说。被林斤澜说成"走上知名站台"的短篇小说《走窑汉》,就是刘恒为我编发的。后来我们越走越近,竟然从不同方向走到了一起,都成了北京作家协会的驻会专业作家。如此一来,我们交往的机会就更多一些。刘恒写了小说写电影,写了电影写电视剧,写了电视剧又写话剧和歌剧，每样创作一出手，都取得了非凡的成绩。刘恒天才般的文才有目共睹。当由刘恒编剧的电影《集结号》红遍大江南北，我们在酒桌上向他表示祝贺时，刘恒乐了，跟我们说笑话："别忘了我们老刘家的'刘'字是怎么写的，刘就是文刀呀！"我把笑话接下去，说没错儿，刘恒也是"文帝"啊！

我暂时按下刘恒的文才不表，倒想先说说他的口才。作家靠的是用笔说话，他的口才有什么值得说的呢？不不，正因为作家习惯了用笔说话，习惯了自己跟自己对话，口头表达能力像是有所退化，一些作家的口才实在不敢让人恭维。在这种情况下，刘恒充满魅力的口才方显得格外难能可贵。他不是故意出语惊人，但他每次讲话都能收到惊人的效果。我自己口才不好，未曾开口头先大，反正我对刘恒游刃有余的口才是由衷地佩服。2003年9月，刘恒当选北京作家协会的主席后，在作代会的闭幕式上讲了一番话，算是就职演说的意思吧。刘恒那次讲话，把好多人都听傻了。须知作家都是自视颇高的人，一般来说不爱听别人讲话。可是我注意到，刘恒的那番话确实把大家给震了，震得大家的耳朵仿佛都支棱起来。会后有好几个人对我说，刘恒太会讲话了，刘恒不鸣则已，一鸣惊人啊！他们说，以前光知道刘恒写文章厉害，没想到这哥们儿讲起话来也这么厉害。此后不几天，市委原来管文化宣传工作的一位副书记跟作协主席团的成员座谈。副书记拿出一个纸皮的笔记本，在那里翻。我们以为副书记要给我们做指示，便做好洗耳恭听的准备。副书记一字一句开念，我们一听就乐了，原来副书记念的正是刘恒在闭幕式上讲的那番话。副书记说，刘恒已经讲得很好、很到位，他不必多说什么了，把刘恒的话重复一遍就行了。散会后我们对刘恒说："你看，人家领导都把你的语录抄在笔记本上了。"要是换了别人，真不知道该怎样回答。你听听刘恒是怎么说的，他笑着说："没关系，版权还属于我。"

北京市作家协会的七八个专业作家和二十来个签约作家，每年年底都要聚到一起，开一个总结会，报报当年的收成，谈谈来年的打算，并互相交流一下创作体会。因为这个总结会坦诚相见，无拘无束，简朴有效，不同于一般意义上的总结会，作家们对这个总结会都很期待。我甚至听说，一些年轻作家之所以向往与北京作协签约，很大程度上是因为口口相传的年终总结会对他们具有吸引力。这个总结会之所以有吸引力，窃以为，一个主要原因，是刘恒每年都参加总结会，而且每次都有精彩发言。在我的印象里，刘恒发言从来不写稿子。别人发言时，他拉过一张纸，断断续续在纸上写一点儿字，那些字就是他准备发言的提纲，或者说是几条提示性的符号。轮到他发言了，他并不看提纲，也不怎么看别人，他的目光仿佛是内视的，只看着自己的内心。在这种总结会上，刘恒从不以作协主席的身份发言，他只以一个普通作家的身份，平等而真诚地与同行交心。这些年，刘恒每年取得的成绩都很可喜。但他从来没有自喜过，传达给人的都是不满足和紧迫感。我回忆了一下，尽管刘恒每年的发言各有侧重，但有一个意思是不变的，那就是他每年都说到个体生命时间储备的有限、生命资源的有限,还是抓紧时间,各自干自己喜欢的事情为好。刘恒发言的节奏不急不缓,徐徐而谈。刘恒的音质也很好,是那种浑厚的男中音,透着发自肺腑的磁力。当然,他的口才不是演讲式的口才,支持口才的是内在的力量,不是外在的力量。一切源于他的自信、睿智、远见、幽默和深邃的思想。

北京作协2007年度的总结会是在北京郊区怀柔宽沟开的。在那次总结会上,刘恒所说的两句话给我留下了深刻印象。我认为这两句话代表着他对艺术孜孜不倦的追求,代表着他的文学艺术观,也是理解他所有作品的一把钥匙。他说:"我每做一个东西,下意识地在追求完美。"我听了心有所动,当即插话说:"我们在有意识地追求完美,都追求不到,你下意识地追求完美,却追求到了,这就是差距啊!"刘恒的意思我明白,我们的创作必须有大量艰苦的劳动,才会有灵感的爆发。必须先有长期有意识的追求,才会有下意识的参与。也就是说,对完美的追求意识已融入刘恒的血液里,并深入到他的骨子里,每创作一件作品,他不知不觉间都要往完美里做。对完美的要求已成为他的潜意识,成为一种近乎本能的反应。那么我就想沿着这个思路,看看刘恒是如何追求完美的。

追求完美意味着付出,追求完美的过程是不断付出的过程。刘恒曾经说过:"你的敌人是文学,这很可能不符合事实,但是你必须确立与它决一死战的意志。你孤军奋战。你的脚下有许许多多尸首。不论你愿意不愿意,你将加入这个悲惨的行列。在此之前,你必须证实自己的懦弱和无能是有限的,除非死亡阻挡了你。为此,请你冲锋吧。"刘恒在写东西时,习惯找一个地方,把自己封闭起来。为了排除电视对他的干扰,他连带着堵上电视的嘴巴,把电视也"囚禁"起来。他写中篇小说《贫嘴张大民的幸福生活》时,是1997年的盛夏。那些天天气极热,每天的气温都在三十六七摄氏度。他借的房子在六层顶楼。风扇不断地吹着,他仍大汗淋漓。他每天从早上八点一直写到中午一两点。饿了,他泡一袋方便面,或煮一袋速冻饺子,再接着写。屋里太热,他就脱光了,把席子铺在水泥地上写。坐在席子上吃饭的时候,他觉得自己太苦了,这是人干的事情吗?何苦呢!可又一想,农民在地里锄庄稼不也是这样嘛!他就有了锄庄稼锄累了,坐在地头吃饭的感觉,心里便高兴起来。让刘恒高兴的事还在后头,《贫嘴张大民的幸福生活》一经发表,便赢得了满堂喝彩。随后,这部小说又被改编成了电影和电视剧。特别由刘恒亲自操刀改编的电视剧播出之后,那段时间,人们争相言说张大民。这些年,每年出版的文学作品和拍摄的电视剧不少,但真正立起来的艺术人物却很少。可张大民以独特的艺术形象真正站立起来了。在全国范围内,或许有人不知道刘恒是谁,但一提张大民,恐怕不知道的人很少。

2009年,刘恒为北京人艺写了一部话剧《窝头会馆》。在此之前,刘恒从未写过话剧,他知道写一部好的话剧有多难。但刘恒知难而进,他就是要向自己发起挑战。在前期,刘恒看了很多资料，做了大量准备工作。在剧本创作期间，他所付出的心血更不用说。他既然选择了追求完美，就得准备着承受常人所不能承受的压力和心理上的折磨。话剧公演之后，刘恒不知观众反应如何，有些紧张。何止有些紧张，是非常紧张。须知北京人艺代表着中国话剧艺术的最高品第，《雷雨》《茶馆》等久演不衰的经典剧目都是从人艺出来的。大约是《窝头会馆》首演的第二天，我和刘恒在一块儿喝酒。我记得很清楚，我们那天喝的是茅台。我还专门给刘恒带了当天的一张报纸，因为那期报纸上有关于《窝头会馆》的长篇报道。我问刘恒看到报道没有。他说没有，报纸上的报道他都没有看，不敢看。我问为什么。他说很紧张。他向我提到外国的一个剧作家，说那个剧作家因为一个作品失败，导致自杀。刘恒说他以前对那个剧作家的自杀不是很理解，现在才理解了。当一部剧作公演时，剧作家面临的压力确实很大。当时刘恒的夫人张裕民在加拿大多伦多大学儿子那里，还是张裕民通过互联网，把观众的反应和媒体的评论搜集了一些，传给刘恒，刘恒才看了。看到观众的反应很热烈，媒体的评价也颇高，刘恒的心情才放松了，才踏实下来。在《窝头会馆》首轮演出期间，刘恒把自己放在观众的位置，从不同角度和不同距离前后看了7场。演员每次谢幕时，情绪激动的观众都一次又一次热烈鼓掌。刘恒没有参加谢幕，观众鼓掌，他也不由自主地跟着鼓掌。我想我的老弟刘恒，此时的眼里应会有泪花儿吧！所谓人生的幸福，不过如此吧。

任何文学艺术作品,其主要的功能,都是为了表达和传递感情,情感之美是美的核心。刘恒要在作品中追求完美,他必须找到自己,找到自己和现实世界的情感联系,找到自己的情感积累,并找到自己的审美诉求。我敢肯定地说,刘恒的每部作品所蕴含的丰富情感,都寄托着他对某人某事深切的怀想,投射着自己感情经历的影子。

刘恒创作《张思德》的电影剧本时,我曾替刘恒发愁,也替刘恒担心,要把一点儿有限的人物历史资料编成一部几万字的电影剧本,谈何容易!事实表明,我的担心是多余的。《张思德》的故事情感饱满,人物形象的塑造堪称完美。影片一经放映,不知感动得多少人流下了眼泪。把《张思德》写得这样好,刘恒的情感动力和情感资源何在?刘恒给出的答案是:"我写王进喜、张思德,我就比着我父亲写,用不着找别人。张思德跟我父亲极其相似。"我不止一次听刘恒说过,在写张思德时,他心里一直想的是他去世的父亲。通过写张思德,等于把对父亲的怀念之情找到了一个表达的出口,同时也是在内心深处为父亲树碑立传。刘恒在灵境胡同住时,我去刘恒家曾见过他父亲。那天他父亲拿着一把大扫帚,正在扫院子外面的地。刘恒的父亲个头儿不高,光头,一看就是一个纯朴和善的老头儿。刘恒说他父亲是个非常利人的人,人品极好,在人格上很有力量。他父亲退休后也不闲着,七十多岁了还义务帮人理发。在他们那个大杂院儿里,几乎所有男人的头发都是他父亲理的,包括老人和孩子。谁家的房子漏了,大热天的,他父亲顶着太阳，爬到房顶给人家刷沥青。在帮助别人的时候，他父亲感到很高兴。水有源，木有本。不难判断，刘恒不仅在创作上得到了父亲的情感滋养，在为人处世上也从父亲那里汲取了人格的力量。

看《窝头会馆》，看得我几次眼湿。我对妻子说，刘恒把他对儿子的感情倾注在"窝头"里了。我还对妻子吹牛："这一点别人不一定看得出来，但我能看得出来。"刘恒的儿子远在加拿大求学，儿子那么优秀，长得又是那么帅，刘恒深爱着他，却一年难得见儿子一次，那种牵心牵肝的挂念可说是没日没夜。在这种情况下，让刘恒写一个话剧，他难免要在剧里设计一个儿子，同时设计一个父亲，让儿子对父亲的行为提出质疑，让父子之间发生冲突。冲突发展到释疑的时刻，儿子和父亲都散发出灿烂的人性光辉。有人评论说《窝头会馆》缺乏一条贯穿到底的主线。我说不对，剧中苑大头和儿子的冲突就是贯穿始终的主线，就是全剧的焦点。我对刘恒说出了我的看法，刘恒微笑着认同。刘恒在接受记者采访时承认："写苑大头和儿子的关系，那不就是我跟儿子的关系嘛！"

刘恒追求完美，并不因为这个世界有多么完美。恰恰相反，正因为这个世界是残缺的、不完美的，刘恒才有了创造完美世界的理想。而要创造完美世界，是很难的。这是因为我们每一个创作者都有局限性。我们的胳膊有限，腿有限；经历有限，眼界有限；世俗生活有限，精神生活也有限。最大的局限是，我们的生命有限，我们每个人都只有一生啊！我早就听刘恒说过一个作家的局限性。他认为，我们得认识到这种局限性，承认这种局限性，而后在局限性里追求完美，追求一种残缺的完美。正因为有限，我们才有突破有限的欲望。正因为残缺，我们对完美的追求才永无止境。

刘恒写过一部中篇小说叫《虚证》，因为没有拍成电影，也没有改编成电视剧，它的影响是有限的。但文学界对这部小说的评价很高。刘恒也说过："一向不满意自己的作品，《虚证》是个例外，它体现了我真正的兴趣。"可以说这部小说是刘恒极力突破局限并奋力追求完美的一个例证。刘恒的一个朋友，在身上坠上石头，跳进北京郊区一个水库里自杀了。在自杀之前，他发了几封信，为自己的行为辩解，说他自己是对的。可巧这个人我也认识，我在《中国煤炭报》副刊部当编辑时，曾编发过这个人的散文。应该说这是个有才华的人。自杀时才三十多岁，已是某国营大矿的党委副书记，前程也很好。他的自杀实在让人深感惋惜。他的命赴黄泉让刘恒受到震动，刘恒想追寻一下他的生命历程和心理历程。刘恒想知道，这个人到底走进了什么样的困境，遭遇了多么大的痛苦，以至于非死不能解脱自己。斯人已去，实证是不可能的。刘恒只能展开想象的翅膀，用虚证的办法自圆其说。刘恒这个小说的题目起得好，其实小说工作的本质就是务虚，就是虚证。刘恒将心比心，把远去的人拉回来，为其重构了一个世界。这个人从物质世界消逝了，刘恒却让他在精神世界获得新生。更重要的是，刘恒以现实的蛛丝马迹为线索、为材料，投入自己的心血，建起了一个属于自己的心灵世界。这个世界是心灵化的，也是艺术化的。它介入了现实世界，又超越了现实世界。它突破了物界的局限，在向更宽更广的心界拓展。刘恒之所以对这部小说比较满意，大概是觉得自己在突破局限方面做得比较成功吧。

对于完美，刘恒有自己的理解和标准。不管写什么作品，他给自己标定的都是高标准。为了达到目标，他真正做到了扎扎实实、一丝不苟。一丝不苟不是一个陌生的词，人们一听也许就滑过去了。但在形容刘恒对审美标准的坚持时，我绕不过一丝不苟这个词。如果这个词还不尽意，你说刘恒对完美标准的坚持近乎苛刻也可以。由刘恒担纲编剧的电影《集结号》，是中国近年来不可多得的一部好电影。在残酷战争中幸存下来的连长谷子地，一直在找团长，问他有没有吹集结号。这个追问最终也没什么结果。谷子地无疑是一个悲剧性的人物，他的牺牲精神和浓重的悲剧感的确让人震撼。刘恒提供的剧本，直到剧终谷子地也没有死。可导演在拍这个电影时，却准备把谷子地拍死。刘恒一听说要把谷子地拍死就急了，他找到导演，坚决反对把谷子地拍死。一般来说，编剧把剧本写完，任务就算完成了，剩下的事都由导演干，导演愿意怎么拍，就怎么拍，编剧不再参与什么意见。可刘恒不，刘恒作为中国电影界首屈一指的大编剧，他有资格对导演说出并坚持自己的意见。加上刘恒在电影学院专门学过导演，还有执导电视剧的实践经验，他的意见当然不可等闲视之。通过对这个具体作品、具体细节的具体意见，我们就可以具体地看出刘恒所要达到的完美标准。这个标准的背后有着丰富的内容。除了在目前政治背景下对一部电影社会效果的总体把握，除了对传统文化心理和受众心理的换位思考，还有对电影艺术"度"的考虑。所谓度，就是分寸感。任何艺术门类都讲究分寸感，一旦失了分寸，出来的东西就不是完美的艺术。刘恒说："悲剧感的分寸，跟人生经验有直接关系。有时候我们经常看到一种情况就是，人物已经非常悲怆了，但我们的观众没有悲怆感。因为所谓的悲剧效果是他自己造成的。"在日常生活中，刘恒是一个很随和的人。朋友们聚会，点什么菜，喝什么酒，他都微笑着，说随便，什么都行；可在艺术上遇到与他完美艺术追求相悖的地方，他就不那么随和了，或者说他的倔劲就上来了，简直有些寸步不让的意思。不知他跟导演说了什么样的狠话，反正连导演也不得不服从他的意志，给谷子地留了一条生路。从电影最后的效果看，刘恒的意见是对的，他的"固执己见"对整部电影具有拯救般的意义。倘是把谷子地拍死，这个电影非砸锅不可。

刘恒在创作上相当自信。他所取得的一连串非凡的创作业绩支撑着他的自信。有自信，他才不为时尚和潮流所动，保持着自己对完美艺术标准的坚守。同时，他对自己的创作也有质疑，也有否定。通过质疑和否定，他不断创新，向更加完美的艺术境界迈进。刘恒的长篇小说《苍河白日梦》是部好小说。在写这部长篇时，他把自己投进去，倾注了太多的感情，以致在写作过程中，他竟然好几次攥着笔大哭不止。他的哭把他的妻子张裕民吓坏了，也心疼坏了，张裕民说："咱不写了还不行吗，咱不写了还不行吗？"这样劝刘恒时，张裕民的眼里也满含热泪。但不写是不行的，刘恒哭一哭，也许心里就好受些。哭过了，刘恒擦干眼泪，继续做他的"白日梦"。回想起来，我自己也有过几次号啕大哭的经历，但都不是在写作过程中发生的。我写到动情处，鼻子一酸，眼睛一湿，就过去了。像刘恒这样在写一部小说时几次大哭，在古今中外的作家中都很少听说。

可后来刘恒跟我说，他对这部小说质疑得很厉害。依我看，这部小说的质量不容置疑，他所质疑的主要是自己的写作态度。他认为自己掉进悲观的井里了，"一味愤世愤世，所愤之世毫毛未损，自己的身心倒给愤得一败涂地。况且只是写小说，又不是跟谁拼命，也不是谁跟你拼命，把自己逼成这个样子实在不能不承认是太不聪明了"。于是刘恒要求变，要把自己从悲观的井里捞出来，从愤世到企图救世，也是救自己，救自己的小说。《贫嘴张大民的幸福生活》是刘恒求变的作品之一。直到这部作品，他"终于笑出了声音，继而前所未有地大笑起来了"。有人曲解了刘恒这部小说的真正含义，或许是故意曲解的。刘恒一点儿都不生气。谁说曲解不是真正含义的延续呢？这只能给刘恒增添更多笑的理由。我也不替刘恒辩解，愿意跟他一块儿笑。我对刘恒说："你夫人叫张裕民，你弄一个人叫张大民，什么意思嘛！"刘恒笑得很开心，说这是他的疏忽，当时没想那么多。张裕民也乐了，说："对呀，你干吗不写成刘大民呢，以后你小说中的人物不许姓张。"

刘恒对完美艺术的追求，还体现在他对多种艺术门类创作的尝试上。上面我说到他写了话剧《窝头会馆》，2009年，他还写了歌剧《山村女教师》。刘恒真是一个多面手，什么样的活儿他都敢露一手。2008年秋天，我们应朋友之约，到河南看了几个地方。去河南之前，刘恒说他刚从山西回来。我问他到山西干什么去了，他说到贫困山区的学校访问了几个老师。他没怎么跟我说老师的情况，说的是下面一些买官卖官的现状。刘恒的心情是沉重的，觉得腐败的现象太严重了。我以为刘恒得到素材，准备写小说。后来才知道，那时他已接下了创作歌剧的活儿，在为写歌剧做准备。刘恒很谦虚，他说他不知道歌剧需要什么样的词，只不过写了一千多句顺口溜而已。《山村女教师》在国家大剧院一经上演，如潮的好评便一波接一波涌来。很遗憾，这个剧我还没捞到看。我的好几个文学界的朋友看了，他们都说好，说很高雅，很激动人心，是难得的艺术享受。

在北京作协2009年度的总结会上，刘恒谈到了《山村女教师》。他说他的文字借用了音乐的力量，在音乐的支持下才飞翔起来。歌声在飞翔，剧情在飞翔，听歌剧的他仿佛也有了一种飞翔的感觉。他看到音乐指挥张开着两个膀子，挥动着指挥棒，简直就像一只领飞的凤凰，在带领听众向伟大的精神接近。那一刻，刘恒体会到，艺术享受是人类最高级的享受，也是人类最幸福的时刻。他说:"我们都是凡人,从事了艺术创作,才使我们的心灵有了接近伟大的可能。"

这一切都源于一个根本,源于刘恒对完美人格的追求,源于刘恒无可挑剔的高尚人品。作家队伍是一个不小的群体,这个群体里什么样的人都有,有毛病的人也随手可指。但是,要让我说刘恒有什么缺点,我真的说不出。不光是我,在我所认识的人当中,有文学圈子中人,也有文学圈子以外的人,提起刘恒,无不承认他是一个好人,是一个奉行完美主义的人。俗话说金无足赤,人无完人。在刘恒这里,这句俗话恐怕就要改一改,金可以无足赤,完人还是可以有的。我这样说,一贯低调的刘恒也许不爱听,反正我不是当着他的面说,他也没办法。刘恒有了儿子后,曾写过一篇怎样做父亲的文章,文章最后说:"看到世上那些百无聊赖的人,那些以损人利己为乐的人,那些为蝇头小利而卖身求荣、而拍马屁、而落井下石、而口是心非、而断了脊梁骨的人……我无话可说——无子的时候我无话可说。现在我有了儿子,我觉得我可以痛痛快快说一句了:我不希望我儿子是这样的人!"这话看似对儿子的规诫,其实也是对自己的要求。

刘恒是一位内心充满善意、与人为善的人。如果遇到为人帮忙说好话的机会,他一定会尽力而为。有一个作家评职称,申报的是二级。刘恒是评委,他主张给那个作家评一级。刘恒的意见得到全体评委的认同,那个作家果然评上了一级。刘恒成人之美不求任何回报,也许那个作家到现在都不知道为他极力帮忙的人是谁。同时,刘恒也是一个十分讲究恕道的人。子贡问曰:"有一言而可以终身行之者乎?"子曰:"其恕乎!己所不欲,勿施于人。"我和刘恒交往几十年,在一起难免会说到一些人,在我的记忆里,刘恒从不在背后说人的不是。刘恒只说,他们都是一些失意的人。或者说,他们活得也不容易。对网络传的对某些人的负面评价,刘恒说:"我是宁可信其无,不信其有。各人好自为之吧!"

峣峣者易缺,皎皎者易污。据说追求完美的人比较脆弱,比较容易受到伤害。刘恒遭人嫉妒了,被躲在暗处的人泼了污水。好在刘恒的意志是坚强的,他没有被小人的伎俩所干扰,以清者自清的姿态,继续昂首阔步,奋然前行。刘恒的观点是,我们应尽量避免介入世俗的冲突,避免使自己成为小人。一旦介入冲突,我们就可能会矮下去,一点点变小。我们不要苍蝇和蚊子的翅膀,我们要雄鹰的翅膀。我们要飞得高一些,避开世俗的东西,到长空去搏击。

2010年3月5日至3月16日于北京和平里

中国文学史上的里程碑
——祝贺莫言获诺贝尔文学奖

得知莫言获得诺贝尔文学奖的那一刻,我正和一行作家朋友在山东烟台栖霞市参加一个宴会,与会的作家有陈建功、赵本夫、柳建伟、石钟山、肖克凡、孙惠芬、衣向东、张陵等。我们都知道,2012年诺贝尔文学奖得主就在当晚(10月11日)十九时揭晓。在此之前,网上盛传莫言获奖的可能性很大,我们对此事都很关注,也衷心期望莫言能够获奖。

宴会开始,当地领导致祝酒词时,我们有些心不在焉,最关心的是莫言获奖能够成为现实。宴会厅里没有电视,我们只能通过手机上的网络获取瑞典文学院在斯德哥尔摩发布的消息。第一个得到消息的是作家出版社的总编辑张陵,他们出版社事先排好了莫言的二十卷本文集,单等莫言获奖的消息落实下来,文集立即开机印刷。应该说张陵的心情在期盼中还有一些紧张,在消息没落实之前,什么酒他都不想喝,什么好吃的都食之无味。当莫言获奖的消息传到张陵的手机上,他才笑了,高兴得眼睛眯成了一条缝。张陵把消息转达给我们时,并没有显得太激动,只是轻轻地说:"莫言获奖了!"是的,重大的事情用不着高调宣布,它本身的重大意义自然会在人们心中激起非同一般的回响。

得到莫言获奖的确切消息,作家们顿时兴奋起来,我们频频举杯,一再向莫言表示祝贺。我们听说莫言当时正在他的故乡山东高密,我们恰在山东莫言的故乡"隔壁",我们像是专程赶去为他祝贺,当晚的宴会也像是为祝贺莫言获奖而举办的。说来我们有些喧宾夺主,也有些不恭,一时间话题全都围绕着莫言展开,以至于当地的领导也跟我们一起讨论起莫言来。我们到栖霞本来是参加"果都之约"活动,酒桌中央摆了不少鲜艳的苹果。孙惠芬说,那些苹果好像也在为莫言高兴,个个红光满面、笑逐颜开。

这样集体为莫言祝贺还不够,我应该给莫言打一个电话,单独向他祝贺一下。但我想到了,那一刻为莫言祝贺的朋友一定很多,媒体的采访也很多,莫言的手机不一定打得进去。我试了一下,莫言的手机果然处在关机状态。这时我的手机响了,是《北京日报》的记者打来的,记者要我谈一下对莫言获奖的感想。我把作家朋友们集体为莫言祝贺的情景简单描述了一下,说莫言的创作扎根本土,激情充沛,内容创新和形式创新结合得很好,是中国作家的杰出代表。莫言的获奖是实至名归。诺贝尔文学奖毕竟是全世界最有影响的文学奖项,莫言的获奖,标志着中国文学真正走向了世界。这不仅是莫言一个人的骄傲,也是中国文学界和中国人民的骄傲。对于中国文学史来说，莫言获奖具有里程碑的意义。它同时打破了诺贝尔文学奖的神话，将使中国文学更加自信，并大大激发中国作家的创作热情。

接着又有一家东北的媒体采访我，要我谈一谈和莫言的交往。说起来我和莫言已认识20多年，平时交往不是很多，但多次一块儿参加文学活动，莫言还是给我们留下了不少细节性的印象。记得第一次和莫言一块儿参加活动，是在《北京文学》一个座谈会上。前有《透明的红萝卜》，后有风靡全国的《红高粱》，莫言当时的名气已经很大。但我看他并没有把名气变成自己的气，心平气和，呼吸还是正常的呼吸。有文学女青年眼巴巴地看着他，人家大概希望莫言也看人家一眼，但莫言的眼睛塌蒙着，颇有些目不斜视的意思。座谈会轮到莫言发言了，他的发言不长，我记得很清楚。他说，一个写东西的人，不要太把自己当回事，要保持一颗平常心。不管到什么时候，都不能忘记自己是从哪里来的，不能忘记自己是谁。1993年春天，王安忆在北京写作期间，有一次刘震云请王安忆在关东店长岛海鲜城吃饭，同时约请了史铁生、莫言、王朔和我等人。震云和王朔都是好嘴，酒桌上的话主要是他们两个说，莫言很少插嘴。震云拿长相和吃相调侃到莫言了，莫言才反击一两句。不知怎么说到了冰心家的猫，莫言说，他连冰心家的猫都不如。莫言还提到，他有一次回老家，被他家的狗给咬了，咬了四口。他家的狗只要看到干部模样的人就咬，曾咬过县委宣传部的一位副部长。但对穿得破烂的人不咬，以为是他家的乡亲。乡亲们说，这狗连自家人都不认识，是混眼狗，不能留，打死它。狗跪着求饶，眼泪吧唧的。但最终还是把狗打死了，打死后，当天就熬吃了。2002年盛夏，铁凝还在河北省当作家协会主席时，邀莫言、马原、池莉和我等人，到承德以北的塞罕坝草原参加一个笔会。笔会安排得很轻松，连一个会都没开，实际上就是到草原避暑。白天，我们看草原，到湖里划船。晚上，我们披着被子看篝火晚会，在宾馆里打牌。打牌时，我和莫言一头，池莉和她女儿一头。我知道莫言的牌技不错，但我们两个都没有很好地发挥。因为对手有一孩子，我们权当陪孩子玩耍。莫言和我偶尔也会谈到小说，他说他看过我的短篇小说《幸福票》，印象深刻。我告诉他，那篇小说的故事就是在他们山东淄博听来的。

最近一次和莫言一块儿参加活动，是2012年7月7日在北京召开的西班牙语地区国际出版研讨会。参加会议的多是一些来自世界各地的西班牙语翻译家，还有一些其作品被列为翻译成西班牙语对象的中国作家，除了莫言，还有刘震云、麦家、李洱和我等人。主持人在开场白中说：这几位作家是中国最优秀的作家。莫言当即插话否认了这种说法，说中国的优秀作家很多，不能说这几个人就最优秀，要是传出去，是会被人笑话的。震云说："这就是一个说法，不必当真。如果换了另几个作家，主持人也会这么说的。"于是大家都笑了。研讨会开始，莫言第一个发言。他首先向翻译家致谢，感谢翻译家所付出的辛勤劳动，说如果没有翻译家的翻译，外国人就读不到我们的作品,我们的作品就不能在世界上传播。莫言随后对翻译工作提出了自己的看法,他认为在选择翻译对象和翻译作品时,不必过度关注政治延伸,应把注意力集中在作品的艺术本身,和社会现实适当拉开距离。

作为同时代的作家,莫言的作品我读了不少。他的长篇小说我没有全读,他的短篇小说我差不多都读过。比如《拇指铐》《月光斩》《白狗秋千架》《姑妈的宝刀》《倒立》,还有今年刚发表的《洗澡》等。莫言很重视短篇小说的写作。2012年10月10日,也就是莫言获得诺贝尔奖的前一天,他在接受《中华读书报》记者舒晋瑜访谈时谈道:"我对短篇一直情有独钟,短篇自身有长篇不可代替的价值,对作家的想象力也是一种考验。前一段时间我又尝试写了一组短篇。短篇的特点就是短、平、快,对我的创作也是一种挑战。"莫言在访谈中还提到了我,他说:"我一直认为,不能把长篇作为衡量作家的唯一标准。写短篇也可以写出成就。国外的契诃夫、莫泊桑,中国的苏童、迟子建、刘庆邦……不说长篇、中篇,单凭短篇也能确立他们在当代文学史上的重要地位——写短篇完全可以成为一个大家。"

我注意到,自莫言获奖以来,全国各地的报纸发表的对莫言和莫言作品的评价文章很多。因能力有限,我这里就不多说什么了。从个人的感受出发,我只简单说两点,这两点值得我好好向莫言学习。第一点,我认为莫言很善于向外国的优秀作家学习。他的学习在于他的"化",他把外国优秀的东西化在中国厚实的土地里，化得浑然天成、不露痕迹，化成了自己独特的作品。我在此方面做得很不好。第二点，莫言几十年来一直保持着丰沛的创作激情，这一点也很难得。德国的汉学家顾彬曾质疑莫言写《生死疲劳》时写得太快。我觉得快和慢不是衡量作品品质的标准。也许正因为莫言写得快，才显示出他磅礴的创作活力，写出的作品才具有浩浩荡荡、一泻千里的气势。一个人羡慕别人，往往是因为别人身上有超越自己能力的东西。也许我在这两点上有些力不能及，才愿意向莫言学习，不断向前努力。

2012 年 10 月 16 日于北京

怀念翟墨

翟墨是我国独树一帜的美学家，他离开我们已经七年了。每当看到美术、美学、美育以至水墨、笔墨这样的字眼儿，我都会油然想起他。他长我十岁，生前见面时我都是称他老兄，他则叫我庆邦弟，我们两个有着兄弟般的情谊。

我认识翟墨是在20世纪70年代初期，那时他还没有使用"翟墨"这个笔名，发表作品时的署名是翟葆艺。其时他在郑州市委宣传部当新闻干事，我在郑州下属的新密矿务局宣传部也是当新闻干事，我们因上下级工作关系而认识。至于他写过哪些新闻作品，说来惭愧，我一篇都记不起了。而他在《河南日报》发表的一首诗，让我一下子记住了"翟葆艺"这个名字。那是一首写麦收的诗，其中两句恐怕我一辈子都不会忘记。诗句是："镰刀挥舞推浪去，草帽起伏荡舟来。"须知当时报纸上充斥的多是一些诸如斗争、批判、打倒、专政等生硬的东西，翟葆艺的诗从金色的大地取材，从火热的劳动生活中获得创作灵感，呈现的是图画般美丽动人的情景。在今天看来，这样的诗句也许算不上多么出类拔萃，但在"文化大革命"的气候里，它就不大一般，显示的是难能可贵的艺术性质，并崭露出作者独立的审美趣味。

我很快就知道了，翟葆艺是毕业于郑州大学中文系的高才生，当过中学老师、晚报记者，业余时间一直在写诗。对于有文学才华的人，我似乎天生有一种辨识能力，不知不觉间就被对方的才华所吸引，愿意和"腹有诗书"的人接近，以表达我的敬意。除了欣赏翟葆艺的才华，我还注意到了他保有一种与众不同的气质。什么样的气质呢？是羞涩的气质。几个人在一块儿闲谈、说笑话，话题或许跟他有关，或许与他一点儿关系都没有；有人或许看了他一眼，或许没看，几乎没什么来由，他的脸却一下子就红了。他的皮肤比较白净，加上他常年戴的是一副黑框眼镜，对比之下，他的脸红不但有些不可掩饰，反而显得更加突出。他也许不想让自己脸红，但这是血液的事，是骨子里的事，他自己也管不住自己。真的，我这样说对葆艺兄没有半点儿不恭，他羞涩的天性真像是一个女孩子啊！后来读到一些哲学家关于人性的论述我才明白了，因羞涩而脸红，关乎一个人的敏感、善良、自尊、爱心，以及丰富的内心世界和温柔的感情，这正是一个优秀艺术家的心灵性和气质性特征。

1978年，我和翟葆艺同一年到了北京，我是到一家杂志社当编辑，他是考进了中国艺术研究院美术系研究生部，在我国著名美学家王朝闻先生亲自指导下读研。在他读研期间，我到研究院看望过他。我知道考研是一件难事，除了考专业课，还要考外语。我问他考的是什么外语，他说是日语。我又问他以前学过日语吗，他说没有，是临时自学的，因日语里有不少汉字，连学带蒙，就蒙了过去。他自谦地边说边笑，脸上又红了一阵。我心想，要是让我临时学外语，恐怕无论如何都难以过关。他在短时间内就能把一门外语拿下，其聪明程度可见一斑。

我们家在北京没有亲戚，就把葆艺家当成亲戚走。1989年春节，我带妻子到他家拜年，他送给我他所出的第一本署名"翟墨"的书——《美丑的纠缠与裂变》。读朋友的书，除了感到亲切，更容易从中学到东西。我自知艺术理论功底浅，这本书正是我所需要的。这是一本谈美说艺的短论结集，所论涉及文学、绘画、书法、音乐、戏剧等多个艺术门类。他的论述深入浅出，用比较简单的语言说明复杂的道理，用含情的笔墨探触理性之奥秘，读来让我很是受益。比如，谈及书法之道时，他借用古人的理论，阐明初学者求的是平正，接着追求险绝，而后复归平正。"初谓未及，中则过之，后乃通会。"读到这样的论述，我联想到自己的小说创作，似乎正处在追求险绝的阶段，要达到"通会"的境界，尚需继续学习。

让人赞赏不已的，是翟墨的文论所使用的语言。我之所以在文章一开始就认定翟墨是"独树一帜的美学家"，在很大程度上，是因为他的语言有着独特的韵味。他的语言有写诗的功夫打底，是诗化的语言。他的文论是诗情与哲理的交融，读来如同一篇篇灵动飞扬、意味隽永的散文诗,既可以得到心智的启迪,又可以得到艺术的享受。王朝闻先生在序言里对这部著作给予相当高的评价:"翟墨在艺坛探索,所写出来的感受已经引起了一些读者的浓厚兴趣,这一现象也能表明艺术评论有写什么与如何写的自由。""他很重视诗化的理论形态……这本集子里的文章,在内容与形式方面都是有个性的。"

翟墨早早加入了中国作家协会,在文学评论方面也有很深的造诣。1990年《当代作家评论》第五期,为我的小说创作发了一个评论小辑,小辑里发了五篇文章,四篇是评论家们写的评论,还有一篇是我自己写的创作谈。其中有一篇评论为翟墨所写,评论的题目是《向心灵的暗井掘进》。评论从我的《走窑汉》《家属房》《保镖》等几篇写矿工生活的小说文本出发,着重以小说对人性恶的挖掘为切入点,对小说进行了深入分析。分析认为:"人的本性中的邪恶一旦释放出来,在种种内在和外在原因的作用下,会像滚雪球一样越滚越大。差之毫厘而谬以千里。恶性循环使他们无法自我遏止。在他们进行了各式各样的丑恶表演之后,一个个落得害人害己的悲惨下场。"这样的分析高屋建瓴、鞭辟入里,着实让人诚服。

后来翟墨到我家找过我,对我说了他的处境,问我能否调到我所在的《中国煤炭报》工作。因他的妻子和孩子户口都不在北京,住房条件迟迟得不到改善。他希望通过工作调动,改善一下住房条件。我把他的想法跟报社的领导说了,领导认为他的学历太高了,职务上不好安排,等于回绝了他的要求。

翟墨去世时才六十八岁,他离开这个世界太早了!尽管他生前已出版了包括《艺术家的美学》《当代人体艺术探索》《吴冠中画论》等在内的十八部著作,尽管他主编了七十多部丛书,尽管他当上了《中国美术报》的副主编和博士生导师,我还是觉得他去世太早了。凭着他深厚的学养、勤劳的精神、高尚的人格,如果再活十年或二十年,他一定会取得更加丰硕的创作成果,赢得更广泛的影响。

我为翟墨兄感到惋惜,并深深怀念他!

2016年6月16日于北京和平里

文轩的力量

曹文轩获得国际安徒生奖的那一刻,现场一片欢呼之声。曹文轩微微笑着,并没有显得特别兴奋。他眼睛里闪耀着的也是喜悦的光芒,但人还是坐得稳稳的。我猜文轩在心里说的是,这没什么,不得奖没什么,得了奖也很正常。文轩早已修炼得宠辱不惊,在什么情况下都能做到从容、淡定。

是在北京作协的一次年终总结会上,我听到文轩反复说到"淡定"这个词,给我留下了深刻的印象。淡者,定也。只有把人世间的有些事情看得淡一些,才能始终保持安定平和的心境。

知道了文轩获奖的消息,我想我应该打个电话或发个短信,向文轩祝贺一下。又一想,文轩一定处在各种媒体的包围之中,他已经被热闹闹得够呛,我就不打扰他了。以后还有见面的机会,等见面再当面向他祝贺吧。

20世纪70年代末期,我从矿区调到北京不久,就听陈建功跟我说起过曹文轩,知道曹文轩在北大中文系当老师,小说写得也不错。跟曹文轩第一次见面，大约是1987年秋天，在平谷的金海湖畔，我们一块儿参加《北京文学》的笔会。在那次笔会的座谈会上，文轩准备了稿子，做了重点发言。记得文轩主要谈的是文学中的审美，如何在并不太美的日常生活中捕捉美、表现美，创造美的心灵世界，给人以美的享受。有一位女作家对文轩发言的评价是，以前只听说过曹老师讲起话来激情四射、神采飞扬，很有感染力，如今得以领教，果然名不虚传。

之后北京作协换届，文轩和我都当上了作协的副主席，见面和交往的机会就多了起来。办全国煤矿作家培训班时，我曾请文轩讲课，文轩爽快地答应了。我主持讲课时，特意对学员们说："中国每一个从事写作的作者都渴望能到北大读书，但能到北大读书的人总是很少。今天我把著名的北大中文系教授曹文轩请来给大家讲课，大家也算到北大读了一次书吧。"那次文轩着重讲的是读书和写作的关系。他说每个作者也都是读者，首先当好读者，然后才能当好作者。而要当好作者，并不在于读多少书，在于读好书、会读书。他认为好书有着高贵的血统，一个作者把具有高贵血统的书读多了，读透了，自己的心灵也会逐渐变得高贵起来，审美趣味就会提高。作品出于心，心灵高贵的人写出的作品就会有高雅的格调，就不会流俗。

让人比较难忘的是，十多年前的2005年夏天，我和文轩，还有北京的十多位作家、评论家，一块儿去了一趟北欧五国，其中包括安徒生的祖国丹麦。我是先知道世界上有个作家叫安徒生，而后才知道安徒生是丹麦人。安徒生的名字和丹麦紧紧联系在一起，安徒生是丹麦一个巨大的存在，我们去丹麦，很大程度上是奔安徒生去的。在丹麦期间，我们的活动内容主要是围绕安徒生展开。我们参观安徒生故居，在安徒生戴着高筒礼帽的塑像前照相，在海边美人鱼的雕像前留影。记得文轩带了一台挺好的相机，他自己拍了不少照片，也为朋友们拍了不少照片。他在一座小木屋旁边为毕淑敏拍照时，我从小木屋的窗口往外一探头，他把我也拍了进去。文轩说那张照片挺好玩的，哪天我得跟文轩要那张照片。

后来我想到，我们那次同行的十几个作家中，只有文轩是从事儿童文学创作的。我们看了许多与安徒生有关的东西，看了也就看了，并没往心里去，心底没起什么波澜，没有把自己和安徒生联系起来，甚至连安徒生奖这个奖项都不知道。只有文轩是用心的，他的心是有准备的心。他定是提前做了功课，带着景仰、虔诚和学习的心情，在向安徒生致敬。文轩获得安徒生奖后，在一篇文章里提到了那次安徒生的故乡之行。他说当时网络上对安徒生的当代价值提出了疑问，以致不惜否定安徒生的现实意义。文轩的信念是坚定的，始终如一的。他认为安徒生的作品以及他的人文精神和文学精神，依然是人类所需要的，甚至是必需的。

多年来，在多种场合，文轩一直旗帜鲜明地反对低俗、庸俗和丑恶的东西，一直在强调文学作品的美学意义。他认为美的力量不亚于思想的力量，甚至大于思想的力量。这些几乎成了文轩的文学观，而且是成熟的、不变的文学观。当今的世界变化很快，完全可以用日新月异来形容。有的作家的文学观随之变来变去，以为能应变才显得有力量，才能跟上潮流。其实在巨变的激流中保持不变，则更需要坚如磐石的力量，才经得起冲击，才显得更加强大。

2016年4月18日早上于福建泉州

"小文武"的道行

徐小斌出道挺早的,她在北京的文坛上大显身手时,我作为一个外省来京的生坯子,还只能在坛下远远地望着她。我也想为她喝一个彩,又怕她问我:你是谁?

不承想,后来一来二去,三来四去,我竟和徐大师认识了。且不说多次在国内一块儿登寨游沟,看山玩水,光外国我们就一同去了八九个国家,其中包括土耳其、埃及、丹麦、瑞典、挪威、冰岛,还有越南、俄罗斯等。交往多了,我对小斌的印象应逐渐清晰才是,真是奇了怪了,印象不但没有清晰,反倒愈加模糊。好比神龙见首不见尾,让我写小斌,无论写什么,都不能尽意,不过是云中所见一鳞半爪而已。

小斌本来是学财经金融的,但她肯定像贾宝玉和林黛玉一样,对仕途经济方面的学问不感兴趣,并心生叛逆,宁可当一个游仙、散仙,整天和艺术之类的东西厮混在一起。她艺术方面的异禀最早表现在绘画和制作工艺品上,后来在刻纸艺术创作上亦有独特建树。听说她曾在中央美院画廊举办过"徐小斌刻纸艺术展"，还得到了艾青先生的好评。好家伙，在中央美院举办画展，这可不是闹着玩儿的。如我之辈，去美院看画都没资格，她却把个人画展办到了中国美术的最高学府，好生了得！

我听过小斌唱歌。有一年秋天，北京一帮作家被安排去郊区走访。在一个联欢晚会上，你方唱罢我登场之后，有人鼓动徐小斌来一个，徐小斌来一个！小斌连连摆手，说她不会唱。但经不住大家一再鼓掌、一再推动，她还是走上台去唱了一支歌。小斌不唱则已，一唱就把那帮哥们儿姐们儿给震傻了。这个徐小斌，平日不显山不露水的，原来训练有素嘛，功底深厚嘛，水准专业嘛，山是高山，水是深水嘛！我很快就知道了，小斌曾在黑龙江生产建设兵团的宣传队当过女高音独唱歌手。哎呀，这就不难理解小斌为何唱得这样好了。我在公社和煤矿也参加过宣传队，知道挑一个女高音歌唱演员有多么难。唱女高音，后天的训练固然重要，更重要的是一个人的音乐天赋。如果天赋不行，恐怕努掉腰子都无济于事。无疑，小斌的音乐天赋是拔萃的，她没有接着唱真是浪费天赋。好在她的音乐天赋在她的小说里得到了发挥和延伸，她的每一篇小说几乎都有着音乐的节奏、旋律、华彩、飞翔、超越和普世意义。到了最新出版的长篇小说《天鹅》，可以说把极难表达的音乐写到了一种极致。

小斌外语说得也挺溜儿，她常常一个人在国外独来独往，语言对她构不成障碍。2005年7月，北京一行十几个作家到北欧采风。在法兰克福机场转机时，因走错了路，我们被困住了。眼睁睁看着一个个大胖子在面前走过，我们无法向人家问路，不免有些焦急。走投无路之际，徐小斌站出来了。不知她嘀里嘟噜跟德国人说了些什么，反正我们解困了，没耽误转机。同行的人纷纷赞许徐小斌，说小斌，你外语可以呀！小斌有些得意，说她也就是一个二把刀。

让人不可思议的是，小斌还会预测人的凶吉祸福，甚至敢于预测人的寿命。她悄悄对我说过我们所熟悉的一位作家的大限，着实把我吓了一跳。我感谢小斌对我的信任，同时又觉得小斌的预测是冒险的。我在心里记下那个数字，绝不会对别的任何人提及。一年又一年过去，眼看小斌的预测就要破灭。我一边为那位作家祝福，一边准备好了要笑话一下小斌，我会对她说："尊敬的小斌同志，怎么样，失算了吧！"然而然而，你不想承认都不行，你不想倒吸一口凉气都不行，到头来，还是被小斌预测准了。再见到小斌，我对她说："小斌，你太可怕了！"小斌的心情有些沉重似的，按下我的话，没让我往下说。

朋友们，你们看看，这个叫徐小斌的作家是不是有点儿神？她跟神灵是不是有点儿接近？

话题归结到小斌的小说上，小斌的小说如得天启，有如神助，每一篇小说都是很神的。我和小斌多次聆听林斤澜老师的教诲。林老说，写小说没什么，就是主观和客观轮着转。有人写主观多一些，有人写客观多一些。有时主观占上风，有时客观占上风。以林老的意思判断，小斌写主观多一些，我写客观多一些。客观是雷同的，因主观的不同而不同。因我的主观能力比较薄弱，多年来，我的小说一直被现实的泥淖所纠缠，不能自拔。而小斌的主观能力足够强大，近乎神性，所以她的小说如羽蛇行空、菩萨散花，总是很超拔，很空灵。

"小文武"是林斤澜老师为小斌起的名字。林老有一篇小说分别以章德宁和徐小斌为原型，一个叫小"小立早"，一个叫"小文武"。我觉得"小文武"这个名字挺好的。有文有武，就得有文武之道。但"小文武"的道不是所谓宽严相济、劳逸结合的一张一弛，而是一种神道。不能把神道说成神神道道，一重叠就离谱了。至于"小文武"的道行如何，一切尽在不言中。把白居易的两句诗送给小斌："道行无喜退无忧，舒卷如云得自由。"

2014年5月6日于北京和平里

莹然冰玉见清词
——付秀莹小说印象

我国从乡村走出来的男作家很多，多得数不胜数。相比之下，真正从村子里走上文坛的女作家要少一些，掰着手指头从北国数到南国，从"北极村"数到"歇马山庄"，也就是可以数得过来的那些个。从华北平原深处的"芳村"走出来的付秀莹，衣服上沾着麦草和油菜花花粉的付秀莹，是其中之一。

之所以会出现这样的情况，与庄稼人长期以来重男轻女、不让女孩子上学有关。拿我们家来说，我大姐、二姐各只上过三年学，我妹妹连一天学都没上过。我敢说，我的姐姐和妹妹天资都很聪慧，倘若她们受过一定的教育，也拿起笔写作，说不定比我写得还要好一些。因后天条件的限制，也是迫于生计，她们的天资生生地被埋没了。人只有一生，我为她们的天资没能得到发挥感到惋惜。好在总算有一些同样是出生在农村的姐妹，她们的家庭条件好一些，父母也不反对她们读书，使她们有机会受到教育，并代表着千千万万农村的姐妹，一步一步走上了写作的道路。

我看过一些当过下乡知青的城里女作家写的农村生活的小说,由于对农村的风土人情缺乏足够深入的了解,她们有的小说显得不够自信,不够自由,不够自然,还常常露出捉襟见肘的痕迹。像付秀莹这样有过童年和少年农村生活经历的女作家就不一样了,她们写起农村生活来才入情入理,丝丝入扣,纯朴自然,读来给人以贴心贴肺的亲切感。

读付秀莹的小说,我心中暗暗有些称奇,这个作家的小说写得怎么像我们老家的事呢?不仅地理环境、四季植物、风俗民情等,和我们老家相似,连使用的方言,几乎都是一样的。比如,我们老家把唢呐说成响器,在付秀莹的小说里,唢呐班子写的也是响器班子。再比如,我们老家把客说成"且",来客了说成来"且"了,付秀莹小说中的乡亲们也是这么说的。方言是什么,方言是一个地方的语言胎记,方言一出,人们即可把说话者的来路判断个八九不离十。读了付秀莹的小说,我几乎可以判定,付秀莹的老家和我的老家相距不会太远,至少从地域文化上说,我们有着共同的文化源头。及至见到付秀莹,随着和付秀莹有了一些交往,证实我的判断大致是不错的。我的老家在大平原,她的老家也是大平原;遍地金黄的麦子是我们老家的风景线,也是她们老家的风景线;麦秸垛是我们老家故事的一个生长点,也是她小说故事的生长点之一。只不过,我的老家在豫东平原,她的老家在冀中平原。她的老家在黄河以北,我的老家在黄河以南。有东必有西,有南来必有北往,一条波浪宽的大河隔不断两岸的文化,或许正是两岸平原文化的源泉和纽带。

付秀莹人很好,与我读过她的小说之后对她的想象是一致的。她敏感、羞怯、娴静、内向,优雅而不失家常,微笑中充满善意。她就像人们常说的邻家女孩儿,或者说像叔叔家的堂妹、堂弟家的弟媳。付秀莹的小说写得也很好,一如她本人的本色。我无意全面评价付秀莹的小说,也无能对付秀莹的小说细致梳理,我只想说一点,读付秀莹的小说,你才会领略到什么叫文字好、什么是好文字,你才会为精灵一样的文字着迷、眼湿。

人们说一个作家的作品好,一个重要的评判标准是说他的语言好,我却说付秀莹的文字好。虽说文字是语言的基础,语言好的作家文字也不会差到哪里去,但我觉得这二者还是有微妙区别的。与语言相比,文字的单元更小,更细分,更有颗粒感,也更具独立性。好比一穗儿高粱和一些高粱种子的关系,如果说高粱穗儿是语言,那么高粱的种子就是文字。取来一穗儿高粱,谁都不能保证穗儿头里的高粱没有秕子、没有虫眼,谁都不会把每一粒高粱都当作种子。而美好的文字呢,恰似一粒粒种子一样,饱满、圆润,闪耀着珠玑一样的光彩,蕴藏蓬勃的生命力。每一粒种子都能生根、发芽、开花、结果。这么说吧,我们赞赏一位西方作家,可以说他的语言好,但不会说他的文字好。他们用拼音字母拼成了语言,但每一个字母都不能独立,都称不上是文字。只有中国的文字,每一个字都是有根的、有效的,都可以自成一体,作品中既有语言之美,也有文字之美。

付秀莹的文字是日常化的。我国的四大名著当中,《三国演义》的文字是历史化的、智慧化的,《水浒传》的文字是传奇化的、暴力化的,《西游记》的文字是戏剧化的、魔幻化的,而只有《红楼梦》中的文字才是日常化的。付秀莹所倾心的是《红楼梦》的文学传统。"世事洞明皆学问,人情练达即文章。"风霜雪雨,春播秋收;吃饭穿衣,油盐酱醋;男婚女嫁,生老病死;家长里短,鸡毛蒜皮。村头的一缕炊烟,池塘里的几片浮萍;石榴树上的一捧鸟窝,柴草垛边的几声虫鸣。这些日常的景观,构成了付秀莹文字的景观。它遵守的是日常生活的逻辑,一切发生在逻辑的框架内,受逻辑的约束,从不反逻辑。它是道法自然,重视人和自然的关系,重视环境对人的心灵的影响。这样的景观洋溢的是泥土气息、烟火气息、家庭气息和生活气息。

付秀莹的文字是心灵化的。付秀莹说过,她喜欢探究心灵的奥秘,愿意捕捉和描摹人物内心汹涌的风景和起伏的潮汐。要实现这样的愿望,须有一个前提,那就是必须使用心灵化的语言和文字。心灵化不是现实化,不是客观化。它从现实中来,却超越了现实的时间和空间,使日常生活发生在心灵的时间和空间内。现实世界是雷同的,表现在文学作品中,因心灵的不同而不同。对小说而言,没有实现心灵化的文字是僵硬的、表面化的,毫无艺术意义。只有心灵化的文字才是灵动的、飞扬的,充满欢腾的艺术生命。从付秀莹的小说中随意截取一段文字,我们都能看出,那些文字在付秀莹心灵的土壤里培育过,用心灵的雨露滋润过,用心灵的阳光照耀过,——打上了付秀莹心灵的烙印,变成了"秀莹式"的文字。那么,心灵化的文字是怎么炼成的呢?付秀莹也有着明确的回答。她认为作家的写作是从内心出发,探究别人,也正是探究自己。付秀莹说的是心里话,也是交底的话,说得挺好的。

付秀莹的文字是诗意化的。我国是诗的国度,诗的成就是文学的最高成就。作家对诗意化写作的追求,也是最高的追求。沈从文说过,作家从小说中学写小说,所得是不会多的。他主张写小说的人要多读诗歌。我相信,付秀莹一定喜欢读诗,一定受到过古典诗词的深度熏陶,不然的话,她的小说不会如此诗意盎然。我原本不打算引用付秀莹小说中的文字了,但有些禁不住,还是引用一段吧。"夏天过去了,秋天来了。秋天的乡村,到处流荡着一股醉人的气息。庄稼成熟了,一片,又一片。红的是高粱,黄的是玉米、谷子,白的是棉花。这些缤纷的色彩,在大平原上尽情地铺展,一直铺到遥远的天边。还有花生、红薯,它们藏在泥土深处,蓄了一季的心思,早已膨胀了身子,有些等不及了。"如果把这些句子断开,按诗的形式排列,谁能说它们不是诗呢?如此饱含诗情画意的文字,在付秀莹的小说里俯拾即是。这样诗意化的文字至少有三个特点:一是短句,节奏感强,字里行间带出的是作家的呼吸和气质;二是以审美的眼光看取万事万物,有诗的意境和诗的韵味;三是摒弃一切污泥浊水,保持对文字的敬畏、珍爱和清洁精神。

  我对秀莹的建议是：除了日常化、心灵化、诗意化，还要注意对哲理化的追求。

2015 年 9 月 16 日于北京和平里

纪念永鸣（序）

20世纪90年代初，我给荆永鸣所出的第一本书写了序言。那本书叫《心灵之约》，是一本散文集。二十多年后，我第二次为荆永鸣的书作序。让我没想到的是，这次要写的，是纪念永鸣的意思，因为永鸣已经离开了我们。永鸣小我七岁，是我的一个从煤矿里走出来的小老弟。按理说，我应该走在永鸣前头，他应该在我后面向我招招手才对。然而不承想，他不等向我招手，就一个人先自扬长而去，来了个一去不回头。这个老弟，哥对你可是有意见哪！

2016年夏天，由永鸣和他的妻子齐凤珍轮流驾车，带着我、我妻子和我孙子，行程两千多公里，到内蒙古乌海的煤矿作家朋友温治学那里住了几天。那次我们约定，到2019年夏天，我们再到乌海草原，和当地的作家们见面、聊天、喝酒。永鸣没能如约前往，还不到2019年夏天，刚到2019年的春天，他就走了。没有永鸣相伴，我心情黯然，那里我是不会再去了。我和永鸣多次一块儿出行，至于多少次，恐一时难以数清。从矿区到沿海，从国内到国外，从年轻到年老，我们在一路同行中结下了深深的友谊。以后再也不能和永鸣一块儿出行了。人生几十年，交往的圈子就那么大，每个人的朋友都是有限的。一个朋友能交到几十年，甚至一辈子都觉得相亲相近，这样的好朋友更是有限。永鸣就是我的有限的好朋友之一，每每想起他来，我都心里一沉，情绪好一会儿缓不过来。

在给永鸣的第一本散文集写序时，记得在最后，我向永鸣提了一个建议，建议他不要老写散文了，转向写一下小说试试。我说出的理由是，一个人的生命有限，经历有限，不可能有太多的散文资源供我们开发利用。因为散文要以自己为主要人物，纪实性比较强，写起来比较受局限。而小说可以虚构，可以想象，天地似乎更广阔些。永鸣，展开你想象的翅膀，飞得更远些吧！序里除了这个建议，还有一些话我没说出来，那就是，看永鸣所写的东西，我觉得他有写小说的天赋和潜力，倘若写起小说来，说不定在创作方面会更有前途。

永鸣听从了我的建议，果然从写散文转向写小说。出于想验证一下自己的感觉是否准确，也是出于对永鸣的创作满怀期望，我对他的小说格外关注。最初，永鸣尚未发表的小说和已经发表的小说，每一篇我都看，看了就对他说说我的看法。永鸣的小说先是发在《阳光》上，接着发在《北京文学》上，后来就陆陆续续登上了《十月》和《人民文学》等刊物。就这样，永鸣的文学创作一步一步地从煤矿走到了北京，又从北京走向了全国。时间到了2005年，孟繁华先生在主编一套名曰"短篇王"的文丛，我把荆永鸣推荐给孟繁华先生，希望他能把荆的小说集编入文丛。当时孟繁华先生对荆永鸣的小说看得还不多，荆永鸣的创作还未能进入他的视野，他说看看吧。结果他一看，就认为荆永鸣的小说不错，遂把荆永鸣的短篇小说集《外地人》列入文丛之一种。从此，孟繁华先生不仅对荆永鸣的小说多有好评，还把永鸣引以为很好的朋友。

《外地人》这本书，是永鸣所出的第一本小说集。他的小说之所以能很快得到读者的喜爱、专家的好评，产生了比较广泛的影响，与他一出手就写了"外地人"系列小说、切准了时代的脉搏不无关系。我们的创作不是时髦的产物，但肯定是时代的产物，与我们的现实生活有着紧密的联系。自改革开放以后，特别是20世纪90年代以来，我国处在一个大变革、大流动、大移民、大迁徙的时代，打工潮风起云涌，亿万新移民大军浩浩荡荡拥进城里讨生活，冲垮了原有的二元对立的城乡壁垒，极大地改变了旧的生产和生活秩序，创造了崭新的社会景观和人文史诗。这种变迁，在中国历史上是真正的前所未有。对于这种抄底般的社会变革，似乎每个人都受到了冲击，都不能置之度外。不仅大批外地人如同在激流中"摸着石头过河"，连一些久居城里的坐地户，似乎也有些坐不住马鞍桥。永鸣敏锐地捕捉到这些变化，写出了外地人形形色色的生存状态和精神世界，创造了新的文学景观。

永鸣不仅写了"外地人"系列短篇小说，他后来所写的一系列中篇小说，还有长篇小说，几乎都是以外地人为审美书写对象。拿北京来说,北京的作家众多,身为外地人的作家也不少,但像荆永鸣这样,持续地塑造外地人的形象,我想不起还有哪一个。如果说荆永鸣是独树一帜,恐怕也不为过。拿我自己来说,我也是在北京生活的外地人,我来北京的时间比永鸣还长得多,所接触的外地人也有一些,可我除了写过十几篇"保姆在北京"的系列小说,远不如永鸣写外地人写得丰富、复杂、深刻。

这是因为永鸣找到了自我,找到了自己的内心。说到这里,我又不得不说到和永鸣的交往。不知是我害了永鸣,还是成就了永鸣,反正自从我与永鸣所在的煤矿集团公司签了一纸合同,把永鸣签成了煤矿作家协会的签约作家,永鸣就偕妻子到北京来了,一边开小餐馆,一边坚持写作。据我所知,在将近二十年的时间内,永鸣和妻子先后在北京的三个地方开了餐馆。说来让我惭愧,惭愧得甚至有些心疼。在永鸣开餐馆期间,多次召集我和一帮作家朋友到他的餐馆吃饭、喝酒。我们做得像"吃大户"一样,呼啦来了,喝得酒足,吃得饭饱,抹抹嘴巴就走人,显得很没人心。后来我才断断续续知道,永鸣两口子抛家舍业,在北京打拼很不容易,经受了太多的磨难,太多的煎熬,太多的委屈。要说深入生活,他们是一竿子扎到底,深入到了最底层,深入得不能再深入。不是他们在深入生活,而是生活在深入他们,一下子深入到他们的心里去了,不想接受都不行。同时,他们和那些打工的兄弟姐妹爬在一起、滚在一起,同甘共苦,同悲共喜,为创作积累了丰富的素材,打下了坚实的基础。

永鸣在生活的深井里挖到了煤,同时采到了火。如果只挖到了煤,没有采到火,哪怕你挖到的煤再多,没有火把煤点燃,煤就不能发热发光。只有在挖到煤的同时,还采到了火,火才能使煤熊熊燃烧,发挥它的巨大能量。煤好比是永鸣挖到的生活素材,火就是永鸣对生活的看法,就是永鸣的思考。他用孜孜以求的思考整理了生活,概括了生活,并提升了生活,才使看似普通的生活焕发出艺术的光芒。同样的道理,永鸣的创作既找到了自我,又超越了自我、放飞了自我。一个人创作如找不到自我,就找不到出发点,容易云里雾里,迷失方向。如果局限于自我呢,也容易犯经验主义的毛病,拘泥于写实。永鸣显然意识到了这一点,他从现实生活中提炼出了"每个人都是外地人"的精神性命题,既写出了人性的个性,又写出了人性的共性,引发了读者的广泛共鸣。

我们怀念或纪念一个作家朋友,最好的办法是重读他的作品。是的,永鸣英年早逝,我们再也读不到他的新作品了,只能回过头来,重读他以前的作品。重读之际,幽冥之中,我们的感觉跟以前会大不一样,除了悠远感、沧桑感、厚重感,还有一种类似神圣的感觉。

2020 年 3 月 17 日(抗击新冠肺炎疫情期间)于北京和平里

徐坤二三事

作家徐坤

没认识徐坤之前,我先听见李敬泽向我推荐徐坤的小说。敬泽说,《人民文学》近期有一个中篇,题目叫《先锋》,很不错。我问作者是谁。敬泽说,一个新作者,叫徐坤。我表示一定看看。

说来不好意思,那篇《先锋》后来我一直没看。是那个题目甩开了我。文坛有一些作家,被人称为先锋派。先锋嘛,大约跟先进差不多。那么像我这样的,只能算是后进。后进与先进是有距离的,无论你怎样使劲儿,总是沾不上先进的边。沾不上,咱不沾,还不行吗?也许我对徐坤的《先锋》是望文生义,但确实是那两个字把我吓住了。

我看到的徐坤的第一篇小说是一个短篇——《遭遇爱情》。因知道了徐坤的名字,对爱情这样的字眼儿又比较感兴趣,我就对这篇小说怀了一种美好的期待。小说的阅读过程没让我失望,至今我好像还能咂摸出那篇小说的味道。是的,我记住的是那篇小说的味道,而不是情节,情节对我来说并不重要,我比较看重的是小说的味道。凡是好的小说,都是有味道的小说。不好的小说,读来就没有味道。这个味道不像菜肴中苦辣酸甜咸,一尝便能说出来。小说的味道你说不清,只能品味,不可言传。正是那种说不清道不明,又的确存在着的味道,才构成了好小说的真正魅力。《遭遇爱情》写得细致入微,充满灵动之气,又很含蓄,分寸感把握得恰到好处。因爱的不期而至,使每一个细节都受到浸润,每一个字都似乎在微微地颤动。小说的气氛是温暖的,也是高贵的,朦朦胧胧笼罩全篇的,是一种人性的和谐之美和诗意的光辉。反正我被这篇小说感染了,得到了一次美的享受,仿佛自己也遭遇了一场爱情。另外,"遭遇"这个说法也很有意思,这正是徐坤所特有的口气。你可以理解为她是反讽的,是调侃的,也可以理解为无可奈何的。爱情在任何情况下都让人无可奈何。

由这篇小说,我就认识了徐坤。作家彼此认识的情况大多是这样,都是先从小说里认识的。你想认识一个作家,不必着急和这个作家见面,只读他的小说就行了。读着读着,见面的机会或许就来了。

不知我记得准不准,和徐坤第一次见面,是在京西宾馆的第五次全国作代会上。在此之前,徐坤的小说我已读了不少。回想起来,连我自己也感到惊讶,在楼道里看见徐坤,我没有正正经经地喊她的全姓全名,而是把她叫成了"坤儿"。这种叫法绝不是处心积虑，而是脱口而出。凭我的感觉，我就应该那样叫她。事实表明，我的第一感觉是准确的，后来我听见许多和徐坤相熟的朋友都是那样叫她。

那天她和小斌（把徐省略了）在一起，我马上给她俩提了一个建议，建议我们一块儿去找汪曾祺合影留念。我说了我的理由。在沈从文生前，出于对沈从文作品的喜爱，我很想去拜访沈从文，并和沈从文照一张相。因听说沈从文身体不好，我一直不敢前去打扰。沈从文去世后，我的愿望再也无法实现，成了永远的遗憾。我说汪老年纪也不小了，这次不跟汪老合影，说不定以后没有机会了。她俩积极响应我的建议，跑回房间，拿来了各自的照相机。那天汪老很高兴，不管我们分别跟他照，还是两个女作家把他夹在中间照，他都笑着配合，还说："咋说咋好。"林斤澜老师和汪老住一个房间，那天我们和林老也照了相。

我不会承认我是乌鸦嘴，但汪老的不幸被我不幸而言中，作代会结束不久，汪老就病逝了。说到这里，我借机插一句。汪老逝世后，王安忆要给汪老的家人发一份唁电，打电话问我，汪老的工作单位是哪里。凭想当然，我说应该是中国京剧院吧。结果，唁电发到那里后，被退回去了，称中国京剧院查无此人。北京就那么几家京剧院团，汪老的大名谁不知道，把唁电转一下就是了，可他们竟然给退回上海去了，真乃人心莫测。这个错误是我造成的，我心里一直放不下，觉得既对不起汪老，也对不起王安忆。

博士徐坤

忽一日,听说徐坤考取了中国社科院研究生院的研究生,一出来就是博士,了不得!见一家大报上分期登载一些头像,称社科院文学所是保存大师的地方,钱锺书、俞平伯、郑振铎等,都是那里的。据说那里的门槛是相当高的,没有过硬的真才实学是进不去的。而徐坤一手抓创作,一手抓考研,两手都过硬,两方面都不耽误,这东北丫头,端的厉害!看来对徐坤得刮目相看了。

然而徐坤还是那么嬉皮笑脸的,一点儿都没端起来,一点儿都不像传说中学者的样子。她的着装还是那么随便。见了面,她还是跟你调侃。还有,她竟然染了头发。一头乌黑的秀发,不是挺好看的嘛,染成别的颜色干什么,这跟博士的身份有点儿不相称吧,不像话,不像话!你听徐坤怎么说:"嘻嘻,瞎玩儿呗。"这就是徐坤,她不为学问所累,不为身份所拘,还保持着自由率真的天性。

我想过,徐坤读了博士,会不会影响她写小说?我说的影响,不是时间上的,而是心理上的。据我观察,我们中国的作家不能学问太大,或者说不善于处理做学问和做小说之间的关系,学问一大,往往把小说给压制住了。这可能是因为学问是理性的,理性的东西总是比较明晰,而且具有相当的硬度。而小说虽然也需要理性做武器、做思路,但她主要表达的毕竟是情感性的东西，质地比较柔软，边缘也相对模糊。徐坤把做学问和做小说之间的关系处理得很好，她没有急于在小说中卖弄学问，没有让哲学一类的理性东西欺负她的小说。在她的小说中，除《鸟粪》那篇理性强一些，寓言的色彩也浓一些，那还是在没读博士之前写的。读博士之后，徐坤仿佛是两个脑子值班，仍把小说写得情感饱满、亲切自然。如中篇小说《年轻的朋友来相会》和短篇小说《一个老外在中国》《昔日重来》等，都写得飞扬灵动、神思邈远。

我说徐坤读博士没影响她持续写出好小说，并不是说她的学问做得不好。她有研究课题，还有博士论文，如果做不好，她就过不了关。徐坤的理论文章我读得不多，她有一篇评介《尘埃落定》的文章，我是偶尔读到的。文章不是很长，说的是"众里寻她千百度"的意思，高兴之情溢于言表。看徐坤文章里流露出的那股子高兴劲儿，仿佛《尘埃落定》不是阿来写的，而是她徐坤写的。近年来，我很少看长篇小说，一是长篇小说太多了，看不过来；二是有点儿时间我还想着炮制自己的小说呢。出于对徐坤的信任，我把《尘埃落定》找来看了，一看就放不下，谁不想承认也不行，这部长篇真的很棒。徐坤没有蒙人，谢谢徐坤。

喝酒的徐坤

终于说到徐坤喝酒的事了。

徐坤在文章里写到过,我们时不时地到一块儿喝酒,她算是我的一位酒逢对手的酒友。

我给某位矿长写过一篇通讯,矿长为了感谢我,送给我一箱十二瓶酒鬼酒。不管酒再好,我一个人在家里从来不喝。也就是说我没有酒瘾,长时间不喝也不着急。但我愿意跟朋友在一块儿喝酒,好像酒杯一端,就能达成一种交流。要是喝到一定程度,喝得晕乎乎的,的确很痛快,很舒服,有一种真他妈的忘乎所以的感觉。能喝点儿酒的男士居多,女士比较少。在座的有女士,女士又能与你对饮,那种感觉当然更美妙一些。反正我的酒鬼酒被徐坤喝了不少,谁让她会喝酒呢!谁让她有享用美酒的福分呢!后来她有点儿惦着我的酒鬼了,问酒鬼还有没有,我说有,一听说有她就乐了。

喝酒鬼,她没有喝多过,喝得比较节制。可能是舍不得多喝吧。2001年9月,我们一块儿去鲁迅的老家绍兴喝黄酒,她才稍稍有点儿放开了。那是我们去参加第二届鲁迅文学奖颁奖会,夜里一块儿出去喝酒的还有敬泽、迟子建、红柯、石舒清、鬼子等。在一个小饭店里,我们一气喝了一茶壶,大概有五六斤吧。犹嫌不够,听说有大排档彻夜营业,一行人又向大排档走去。一路上,徐坤的腿有些晃悠,走起来乱扭。迟子建指出,徐坤喝了酒很性感。我们都看着徐坤,大笑。徐坤知道了我们笑什么,不敢走在前头。可是不行,都说她的感觉已经出来了,遮不住啊!

到了人气和酒气都很旺的大排档,我们轮流坐庄,敲老虎、杠子、虫和鸡，不知不觉间，又喝了好几斤。徐坤行酒令不大在行，她挨我坐着，该行令了，她悄悄问我喊什么。我让她喊什么，她就喊什么。赢了她高兴，输了也不让我替她喝，一下子就干了。我们正喝得高兴，来了一个六七岁的抱吉他的小男孩儿，要给我们唱歌，十块钱唱三支歌。迟子建抢先拿出10块钱，让小男孩儿唱。小男孩儿唱的是老婆越多越快乐，歌词很糟糕，跟稚嫩的童声极不合拍。迟子建又让他唱了一支小燕子穿花衣，就让他走了。孩子走后，我们的情绪顿时低落，无话，停了一会儿才缓过来了。

那天喝到晚上两点多，把徐坤和迟子建的调皮劲儿都喝上来了，一路搞笑还不够，还圈定几个人，要打骚扰电话。骚扰对象有王干、兴安，还有宗仁发。只有宗仁发的电话打通了，徐坤一把电话打通，让迟子建赶快捏住鼻子，跟宗仁发讲话。听迟子建捏着鼻子，随口捏造一个女子的名字，以南方女子的口气跟宗仁发说话，可把我乐坏了，笑得我肚子都疼了。

2003年夏天，我们去俄罗斯的符拉迪沃斯托克（海参崴），临回国的前一天，尊敬的徐坤先生是彻底地喝高了。那天傍晚，我们先是去海边喝酒，吃海鲜。正吃着喝着，突然下起雨来了，雨下得很大，让人想起高尔基的"让暴风雨来得更猛烈些吧"。雨助酒兴，带去的一瓶黑龙江产的龙江龙牌白酒，还没怎么喝呢，就完了。回到驻地宾馆，我们在宿舍里接着喝。没有酒杯，我们用喝茶的大玻璃杯喝。没有菜，我们就那么干喝。徐坤端起杯子（估计杯子里至少有一两酒），要跟陈世旭干。作为堂堂男子，世旭兄当然不示弱，二人碰了杯子，一口就喝干了。那杯酒喝下去，徐坤就喝出了惯性，就控制不住自己了。兆言、醒龙不怎么喝酒，那天真正喝酒的也就是三四个人。我们干喝，又干掉二斤白酒。此后，徐坤的灵魂好像已经放飞，什么都不知道了。喝完酒后，我们明明又冒着海风和细雨去了海边，并在海边凭栏远眺，她却不相信自己真的去了海边。后来她一再问别人："那天晚上真的又去了海边吗？不是蒙我吧？"

蒙你干吗？那天从海边回宾馆的路上，你才露出了小女子的脆弱本质。你好像还有些伤感，一再问我，"为什么？""凭什么？"我说值得的，人生难得几回醉嘛！又说，"你不是写过别人《一醉方休》嘛，这回轮到你了，哈哈，狗日的白酒！"

不用说，我也醉了！

2003年9月30日（国庆前夕）北京

第三辑 心声

在哪里写作

幸运的是,我比较早地理解了自己,意识到自己喜欢写作。每个人都只有一生,在短短的一生里,不可能做很多事情,倾其一生,能把一件事情做好就算不错,就算没有虚度光阴。文章千古事,写作正是一件需要持之以恒的事,只有舍得投入自己的生命,才有可能在写作这条道上走到底,并写得稍稍像点儿样子。

老一代作家,如鲁迅、萧红、沈从文、老舍他们,所处的时代不是战乱,就是动乱,不是颠沛流离,就是横遭批斗,很难长时间持续写作。而我们这一代作家赶上了国泰民安的好时候,不必为安定和生计发愁,写作时间可以长一些,再长一些。其实在安逸的条件下,我们面临的是新的考验,既考验我们写作的欲望和兴趣,也考验我们的写作资源和意志力。君不见,有不少作家写着写着就退场了,不知是哪个环节出了问题。

还好,自从我意识到自己喜欢写作,就把笔杆子牢牢抓在自己手里,再也没有放弃。几十年来,不管是在煤油灯下,还是在床铺上；不管是在厨房，还是在公园里；不管是在酒店，还是在国外，我的写作从未中断。其间也遇到了一些困难和干扰，我都及时克服了困难，排除了干扰，咬定青山，硬是把写作坚持了下来。我并不认为自己的写作天分有多高，对自己的才华并不是很自信，但我就是喜欢写作，且对自己的意志力充满自信，相信自己能够战胜自己。

在煤油灯下写作

我在老家时，我们那里没有通电，晚间照明都是用煤油灯。煤油灯通常是用废弃的墨水瓶子做成的省油的灯，灯头缩得很小，跟一粒摇摇欲坠的黄豆差不多。我那时晚上写东西，都是借助煤油灯的光亮，趴在我们家一张老式的三屉桌上写。灯头小光线弱不怕，年轻时眼睛好使，有一粒光亮就够了，不会把黑字写到白纸外头。

我1964年考上初中，应该1967年毕业。我心里暗暗追求的目标是，上了初中上高中，上了高中上大学。但半路杀出个断路的，1966年"文化大革命"一来，我的学业就中断了，上高中上大学的梦随即破灭。无学可上，只有回家当农民，种地。说起来，我们也属于"老三届"的知青，城里下乡的叫下乡知青，从学校就地打回老家去的，叫回乡知青。可我一直羞于承认自己是个知青，好像一承认就是把身份往城市知青身上贴。人家城里人见多识广，算是知识青年。我们土生土长，八字刚学了一撇，算什么知识青年呢！不过出于自尊，我也有不服气的地方。我们村就有几个开封下来的知青，通过和他们交谈，知道他们还没有我读过的小说多，他们不但一点儿都不敢看不起我，还非常欢迎我到他们安在生产队饲养室里的知青点去玩。

回头想想，我和别的回乡知青是有点儿不大一样。他们一踏进田地，一拿起锄杆，就与书本和笔杆告别了。而我似乎还有些不大甘心，还在到处找书看，还时不时地涌出一股子写东西的冲动。我曾在夜晚的煤油灯下，为全家人读过长篇小说《迎春花》，小说中的故事把母亲和两个姐姐感动得满眼泪水。那么，我写点儿什么呢？写小说我是不敢想的，在我的心目中，小说近乎神品，能写小说的近乎神人，不是谁想写就能写的。要写，就写篇广播稿试试吧。我家安有一个有线舌簧小喇叭，每天三次在吃饭时间，小喇叭吱吱啦啦一响，就开始广播。除了广播中央和省里的新闻，县里的广播站还有自办的节目，节目内容主要是播送大批判稿。我端着饭碗听过一次又一次，大批判广播稿都是别的公社的人写的，我所在的刘庄店公社从没有人写过，广播里从未听到过我们公社写稿者的名字。怎么，我们公社的地面也不小，人口也不少，难道就没有一个人写稿子吗？我有些来劲儿，别人不写，我来写。

文具都是从学校带回的，一支蘸水笔，半瓶墨水，作业本上还有剩余的格子纸，我像写作业一样开始写广播稿。此前，我在煤油灯下给女同学写过求爱信，还以旧体诗的形式赞美过我们家门前的石榴树。不管我写什么,母亲都很支持,都认为我干的是正事。我们家只有一盏煤油灯,每天晚上母亲都会在灯下纺线。我说要写东西,母亲宁可不纺线了,也要把煤油灯让给我用。我那时看不到报纸,写稿子没什么参考,只能凭着记忆,按从小喇叭里听来的广播稿的套路写。我写的第一篇批判稿是批判"阶级斗争熄灭论",举本村的例子说明,阶级斗争还存在着。我不惜鹦鹉学舌,小喇叭里说,阶级敌人都是屋檐下的洋葱,根焦叶烂心不死。我此前从没见过洋葱,不知道洋葱是什么样子。可人家那么写,我也那么写。稿子写完,我把稿子装进一个纸糊的信封,并把信封剪了一个角,悄悄投进公社邮电所的信箱里去了。亏得那时投稿子不用贴邮票,要是让我投一次稿子花八分钱买邮票,我肯定买不起。因买不起邮票,可能连稿子也不写了。稿子寄走后,对于广播站能不能收到、能不能播出,我一点儿信心都没有。我心里想的是,能播最好,不能播拉倒,反正寄稿子的事只有我自己知道,我有能力把失败嚼碎咽到肚子里去。让我深感幸运的是,我写的第一篇广播稿就被县人民广播站采用了。女广播员在铿锵有力地播送稿子时,连"刘庆邦"前面所冠的"贫农社员"都播了出来。"贫农社员"的字样是我自己写上去的,那可是我当年的政治标签,如果没有这个重要标签,稿子能不能通过都很难说。一稿既播全县知,我未免有些得意。如果这篇广播稿也算一篇作品的话,它可是我的第一篇公开发表的作品哪!我因此受到鼓励,便接二连三地写下去。我接着又批判了"唯生产力论"

"剥削有功论""读书做官论"等。我弹无虚发,写一篇广播一篇。那时写稿没有稿费,但县广播站会使用印有"沈丘县人民广播站"大红字样的公务信封,给我寄一封信,通知我所写的哪篇稿子已在什么时间播出。我把每封信,连同信封,都保存下来,作为我的写作取得成绩的证据。

煤油灯点燃时,会冒出黑腻腻的油烟子,长时间在煤油灯下写作,油烟子吸进鼻子里,我的鼻孔会发黑。用小拇指往鼻孔里一掏,连手指都染黑了。还有,点燃的煤油灯会持续释放出一种毒气,毒气作用于我的眼睛,眼睛会发红,眼睑会长小疮。不过,只要煤油灯能给我一点儿光明,那些小小不言的副作用就不算什么了。

在床铺上写作

1970年夏天,我到河南新密煤矿参加工作,当上了工人。一开始,我并没有下井采煤,而是被分配到水泥支架厂的石坑里采石头。厂里用破碎机把石头粉碎,掺上水泥,制成水泥支架,运到井下代替木头支架支护巷道。

当上工人后,我对写作的喜好还保持着。在职工宿舍里,我不必在煤油灯下写作了,可以在明亮的电灯光照耀下写作。新的问题是,宿舍里没有桌子,也没有椅子,面积不大的一间宿舍支有4张床,住了4个工友,我只能借用其中一个工友的一只小马扎,坐在低矮的马扎上,趴在自己的床铺上写东西。

我们睡的床铺，都是用两条凳子支起的一张床板，因我铺的褥子比较薄，不用把褥子掀起来，直接在床铺上写就可以。我以给矿务局广播站写稿子的名义，向厂里要了稿纸，自己买了钢笔和墨水，就以床铺当写字台写起来。8小时上班之余，就是在单身职工宿舍的床铺上，我先后写了广播稿、豫剧剧本、恋爱信、恋爱抒情诗和第一篇被称为小说处女作的短篇小说。

怎么想起写小说呢？还得从我在厂里受到的打击和挫折说起。矿务局组织文艺会演，要求局属各单位都要成立毛泽东思想文艺宣传队。厂里有人知道我曾在中学、大队、公社的宣传队都当过宣传队员，就把组织支架厂宣传队的任务交给了我。我以自己的自负、经验和组织能力，从各车间挑选文艺人才，很快把宣传队成立起来，并紧锣密鼓投入节目排练。我自认为任务完成得还可以，无可挑剔。只是在会演结束、宣传队解散之后，我和宣传队其中一名女队员交上了朋友，并谈起了恋爱。我们都处在谈恋爱的年龄，谈恋爱应该是正常现象，无可厚非。但不知为什么，车间的指导员和连长（那时的车间也叫民兵连）千方百计阻挠我们的恋爱。可怕的是，他们把我趴在床铺上写给女朋友的恋爱信和抒情诗都收走了，审查之后，他们认为我被资产阶级的香风吹晕了，所写的东西里充满小资产阶级情调。于是，他们动员全车间的工人批判我们，并分别办我们的学习班，让我们写检查，交代问题。厂里还专门派人到我的老家搞外调，调查我父亲的历史问题。我之所以说可怕，是后怕。亏得我在信里无涉时政，没有任何可授人以柄的不满言论，倘稍有不慎，被人找出可以上纲上线的阶级斗争新动向，其恶果不堪设想。因为没抓到什么把柄，批判我们毕竟是瞎胡闹，闹了一阵就过去了。如果没有批判，我们的恋爱也许显得平淡无奇，正是因为有了多场批判，才使我们的爱情经受了考验，提升了价值，并促进了我们的爱情，使我们对来之不易的爱情倍加珍惜。

既然找到了女朋友，既然因为爱写东西惹出了麻烦，还差点儿被开除了团籍，是不是从此之后就放弃写作呢？是不是好好采石头，当一个好工人就算了呢？不，不，我还要写。我对写作的热爱就表现在这里，我执拗和倔强的性格也在写作问题上表现出来。我不甘心只当一个体力劳动者，还要当一个脑力劳动者；我不满足于只过外在的物质生活，还要过内在的精神生活。还有，家庭条件比我好的女朋友之所以愿意和我谈恋爱，主要看中的就是我的写作才能，我不能因为恋爱关系刚一确定就让她失望。

恋爱信不必再写了，我写什么呢？想来想去，我鼓足勇气，写小说。小说我是读过不少，中国的、外国的、古典的、现代的，都读过，但我还从没写过小说，不知从哪里下手。我箱子里虽藏有从老家带来的《红楼梦》《茅盾文集》《无头骑士》《血字的研究》等书，那些书当时都是禁书，一点儿都不能参照，只能蒙着写。有一点我是知道的，写小说可以想象，可以编，能把一个故事编圆就可以了。我的第一篇小说是1972年秋天写的。小说写完了，它的读者只有两个，一个是我的女朋友,另一个就是我自己。因为当时没地方发表,我也没想着发表,只把小说拿给女朋友看了看,受到女朋友的夸奖就完了,就算达到了目的。后来有人问我最初的写作动机是什么,我的回答是为了爱,为了赢得爱情。

转眼到了1977年,全国各地的文学刊物纷纷办了起来。此前我已经从支架厂调到矿务局宣传部,从事对外新闻报道工作。看了别人的小说,我想起来我还写过一篇小说呢!从箱底把小说翻出来看了看,觉得还说得过去,好像并不比刊物上发表的小说差。于是,我改巴改巴,抄巴抄巴,就近寄给了《郑州文艺》。当时我最想当的是记者,没敢想当作家,小说寄走后,没怎么挂在心上。若小说寄出后无声无息,会对我继续写小说产生消极影响。不料编辑部通过外调函对我进行了一番政审后,我的在箱底沉睡了六年的小说竟然发表了。不但发表了,还发表在《郑州文艺》1978年第三期的头题位置,小说的题目叫《棉纱白生生》。

在厨房里写作

1978年刚过罢春节,我被借调到北京煤炭工业部一家名叫《他们特别能战斗》的杂志编辑部当编辑。一年之后,我和妻子、女儿举家正式调入北京。其实,对于调入北京,当初我的态度并不是很积极,当编辑部负责人征求我的意见时,我所表达的明确意见是拒绝的。负责人不解,问为什么。我说我想从事文学创作，想在煤矿基层多干些时间，多积累一些生活经验。负责人认为我做编辑还可以，没有发现我在文学创作方面的才能。对于这样的判断，我无可辩驳。因为我拿不出像样的作品证明自己的文学才能，同时，对于能不能走文学这条路，我只有愿望，并没有多少底气。我想我还年轻，才二十多岁，有年龄优势，愿意从头学习，所以还是坚持要回到基层去。可作为一个下级工作人员，我的坚持最终还是服从了上级的坚持。

到了北京，实现了当编辑和记者的愿望，好好干就是了。是的，我没有辜负领导的信任和期望，确实干得不错。编辑部里的老同志比较多，只有我一个年轻编辑，我愿意多多干活儿，有时一期杂志所发的稿子都是我一个人编的。我还主动往基层煤矿跑，写一些有分量或批评性的稿子，以增加刊物的影响力。那时我们刊物每期的发行量超过了十万册，在全国煤矿的确很有影响。

不必隐瞒，在做好本职工作的前提下，我利用业余时间，一直在悄悄地写小说。1980年，我在《奔流》发表了以三年困难时期的生活为题材的短篇小说《看看谁家有福》。1981年，我的第一部中篇小说《在深处》，登上了《莽原》第三期的头条位置。前者引起了争议，被翻译到了美国，《剑桥中华人民共和国史》还介绍了这篇小说。后者获得了河南省首届优秀文学作品奖。因《看看谁家有福》这篇小说，单位领导专门找我谈话，严肃指出，小说的内容不太健康。我第一次听说用健康和不健康评价小说，觉得挺新鲜的。我并不认为自己的小说有什么不健康。改革开放的大幕已经拉开，我对领导的批评没有太在意，该写还是写，该怎么写还怎么写。

到了1983年底，我们的杂志先是改成了《煤矿工人》，接着由杂志变成了报纸，叫《中国煤炭报》。报纸一创办，我就要求到副刊部当编辑。这时，报社开始评职称。因我没读过大学，没有大学文凭，报社准备给我评一个最初级的助理编辑职称，还要对我进行考试。这让我很是不悦，难过得哭了一场。在编辑工作中，我独当一面，干活儿最多。要评职称了，我却没有评编辑的资格。那段时间，大家一窝蜂地去奔文凭。要说我也有拿文凭的机会，比如煤炭记者协会先后在复旦大学和武汉大学办了两次新闻班，去学个一年两年，就可以拿到一个新闻专业的毕业文凭。可是，我的两个孩子还小，我实在不忍心把两个孩子都留给妻子照顾，自己一个人跑到外地去学习。一个负责任的顾家的男人，应该使自己的家庭得到幸福，而不是相反。我宁可不要文凭，不评职称，也要和妻子一起共同守护我们的一双儿女。同时我认准了一个方向，坚定了一个信念，那就是我要著书，通过著书拿到一种属于我自己的别样的"文凭"。短篇小说和中篇小说我都写过几篇，但还没出过一本书。我要向长篇小说进军，通过写长篇出一本属于自己的书。我明白写一部长篇小说的难度，它起码要写够一定字数，达到一定长度，才算是一部长篇小说。它要求我必须付出足够的时间、精力和耐心，并做好吃苦和失败的准备。这些我都不怕，千里之行，始于足下，只管干起来吧。

虽说从矿区调到了首都北京，我的写作条件并没有得到多少改善。刚调到北京时，我们一家三口儿住在六楼一间九平方米的小屋，还是与另外一家四口合住，我们住小屋，人家住大屋，共用一个卫生间和一个厨房。过了一两年，生了儿子后，我们虽然从六楼搬到了二楼，小房间也换成了大房间，但还是两家合住。只是住小房间的是刚结婚的小两口儿，人家下班后只是在房间里住宿，不在厨房做饭，厨房归我们家独用。这样一来我就打起了厨房的主意，决定在厨房里开始我的长篇小说创作。

写小说又不是炒菜，无须使用油盐酱醋味精等调料，为何要在厨房里写作呢？因为不做饭的时候，厨房是一个相对安静的空间。想想看，我的两个孩子还小，母亲又从老家来北京帮我们看孩子，屋子里放了两张床，显得拥挤而又凌乱，哪里有容我静心写作的地方呢！到了晚上十点以后，等家里人都睡了，我倒是可以写作。可是，白天上了一天班，我也是只想睡觉，哪里还有精力写作？再说，我要是开灯写作，也会影响母亲、妻子和孩子睡觉。我别无选择，只能一大早爬起来，躲进厨房里写作。

我家的厨房是一个窄条，恐怕连两个平方米都不到，空间相当狭小。厨房里放不下桌子，我也不能趴在灶台上写，因为灶台的面积也很小，除了两个煤气灶的灶眼，连一本稿纸都放不下。我的办法是，在厨房里放一只方凳，再放一只矮凳，我坐在矮凳上，把稿纸放在方凳上面写。我用一只塑料壳子的电子表定了时间，每天凌晨四点，电子表里模拟公鸡的叫声一响，我便立即起床，到厨房里拉亮电灯，关上厨房的门，开始写作。进入写作状态，就是进入自己的内心世界，也是进入回忆、想象和创造的状态。一旦进入状态，厨房里的酱油味、醋味和洗菜池里返上来的下水道的气味就闻不见了。在灶台上探探索索爬出来的蟑螂，也可以被忽视。我给自己规定的写作任务是，每天写满十页稿纸，也就是三千字，可以超额，不许拖欠。从四点写到六点半，写作任务完成后，我跑步到建国门外大街的街边为儿子取牛奶。等我取回预订的瓶装牛奶，家人就该起床了，大街上也开始喧闹起来。也就是说，当别人新的一天刚刚开始，本人已经有三千字的小说在手，心里觉得格外充实，干起本职工作来也格外愉快。

在地下室和公园里写作

在我写第一部长篇小说时，还没有双休日，一周只休息一天，只有星期天休息。星期天对我来说是宝贵时间，我必须把它花在写小说上。除了凌晨在厨房里写一阵子，还有整整一个白天，去哪里写呢？去办公室行吗？不行。我家住在建国门外的灵通观，而我上班的地方在安定门外的和平里，住的地方离办公室太远了。上班的时候，我和妻子每天都是早上坐班车去，下班时坐班车回。星期天没有班车，我如果搭乘公共汽车去办公室,要转两三次车才能到达,需要自己花钱买票不说,差不多有一半时间都浪费在路上了,实在划不来。

只要想写,总归能找到地方。我们住的楼层下面有地下室,我到地下室看了看,下面空空洞洞,空间不小,什么用场都没派。别看楼上住那么多人,楼下的地下室却是无人之境。我在地下室里走了一圈,稍稍有些紧张。地下室里静得很,我似乎听到了自己的呼吸。这么安静的地方,不是正好可以用来写东西嘛!我对妻子说,我要到地下室里写东西。妻子说:"你不害怕吗?"我说:"那有什么可怕的!"我拿上一个小凳子,背上我的"黄军挎",就到地下室里去了。我把一本杂志垫在双膝并拢的膝盖上,把稿纸放在杂志上,等于在膝盖上写作。在地下室里写了两个星期天,给我的感觉不是很好。地下室的地板上积有厚厚的像是水泥一样的尘土,用脚一踩就是一个白印。可能有人在地下室撒过尿,里面弥漫着挥之不去的尿臊味。加之地下室是封闭的,空气不流通,让人感觉压抑。写作本身也是一种呼吸,呼吸不到好空气,似乎自己笔下也变得滞涩起来。不行,地下室里不能久待,还是换地方好。

我家离日坛公园不远,大约一公里的样子。我多次带孩子到公园里玩过,还在公园里看过露天电影。公园不收门票,进出都很方便。又到了星期天,我就背着书包到日坛公园里去了。那时的日坛公园内没什么建筑,也没怎么整理,除了一些树林子,就是大片大片长满荒草的空地。我对那时的日坛公园印象挺好的,觉得人为的因素不多,更接近自然的状态。我踏着荒草,走进一片柿树林子里去了。季节到了秋天,草丛里开着星星点点的野菊花,一些植物高高举起了球状的果实。柿子黄了,柿叶红了,有的成熟的柿子落在树下的草丛里,呈现的是油画般的色彩。熟金一样的阳光普照着,林子里弥漫着暖暖的成熟的气息。我选择了一棵稍粗的柿树,背靠树干在草地上坐下开始了我的公园写作。公园里没有多少游人,环境还算安静。有偷吃柿子的喜鹊,刚在树上落下,发现树下有人,赶紧飞走了。有人大概以为我在写生、画画,绕到我背后,想看看我画的是什么。当发现我不是写生,是在写字,就离开了。

就这样,我早上在厨房里写,星期天到公园里写,用了不到半年的业余时间,第一部长篇小说《断层》就完成了。这部二十三万字的书稿,由郑万隆推荐给刚成立不久的中国文联出版公司的文学编辑室主任顾志成,由秦万里做责任编辑,书在1986年8月出版。书只印了九千册,每本书的定价还不到两元钱,我却得到了六千多块钱的稿费。这笔稿费对我们家来说可是一笔大钱,一下子改善了家里的经济状况,使我们可以买电视机和冰箱。说到稿费,我顺便多说两句。发第一篇短篇小说时,我得到的稿费是三十元。妻子说,这个钱不能花,要保存下来做个纪念。发第一篇中篇小说时,我得到的稿费是三百七十元。当年我们的儿子出生,我们夫妻因超生被罚款,生活相当拮据。收到这笔稿费,岳母说是我儿子有福,儿子出生了,钱就来了。还有,这本书获得了首届全国煤矿长篇小说"乌金奖"。也是因为这部书的出版，我被列入青年作家行列，参加了 1986 年底在北京京丰宾馆召开的全国青年文学创作会议。

在办公室里写作

我家的住房条件逐步得到改善。1985 年冬天，我们家从灵通观搬到静安里，住房也由一居室变成了两居室。还有一个有利条件是，新家离办公室近了，骑上自行车，用不了二十分钟，就可以从家里来到办公室。

这样，我早上起来就不必窝蜷在厨房里写作了。长时间在厨房里写作，身体重心下移，我觉得自己的肚子有些下坠，好像要出毛病似的。搬到新家以后，妻子给我买了两个书柜，把小居室布置成一间书房，让我在书房里写作。到了星期天和节假日，为了寻找比较安静的写作环境，我也不用再去公园，骑上自行车，到办公室里写作就是了。

在煤炭报工作将近二十年，每年的劳动节、国庆节和春节，在一分钱加班费都没有的情况下，在别人都不愿意值班的情况下，我都主动要求值班。值班一般来说没什么事，我利用值班时间主要是写小说。煤炭工业部是一座"工"字形大楼，煤炭报编辑部在大楼的后楼。在工作日，大楼里工作人员进进出出，有近千人上班。而一到节假日，整座大楼变得空空荡荡，寂静无声。有一年国庆节，我正在办公室里写小说，窗外下起了雨，秋雨打在窗外发黄的杨树叶子上哗哗作响。抛书人对一树秋，一时间我对自己的行为有些质疑：过节不休息，还在费神巴力地写小说，这是何苦呢？质疑之后，我对自己的解释是：没办法，也许这就是自己的命吧！还有一年春节的大年初一，我一个人在办公室里写小说时，听着大街上不时传来的鞭炮声，甚至生出一种为文学事业献身的悲壮的情感。

尽管我只是业余时间在办公室里写小说，有人还是对我写小说有意见，认为新闻才是我的正业，写小说是不务正业。有时我在办公室里愣一会儿神，有人就以开玩笑的口气问我，是不是又在构思小说呢？不管别人对我写小说有什么样的看法，我对文学创作的信念没有改变。有一年报社改革，所有编辑部主任要通过发表演说进行竞聘，才有可能继续上岗当主任。我在竞聘副刊部主任时明确表态：文学创作是我的立身之本，不管在什么情况下，我不会放弃文学创作。这个部主任我可以不当，要是让我从此不写小说，我做不到。听到我这样的表态，有想当主任的人就散布舆论，说刘庆邦既然热衷于写小说，主任就让别人当呗！我已经做好了当普通编辑的准备，当不当主任无所谓，真的无所谓。好在当时报社的主要领导比较开明，他在会上说，办报需要文化，报社需要作家，作家当副刊部主任更有说服力，也更有影响力。竞聘的结果，让我继续当副刊部主任。

在国外写作

国家改革开放以后,我曾先后去过马来西亚、泰国、日本、埃及、希腊、意大利、丹麦、瑞典、冰岛、加拿大、肯尼亚、南非等二三十个国家。去了,也就是浮光掠影地走一走,看一看,回头顶多写上一两篇散文,或什么都不写,就翻过去了。我从没有想过在外国住下来写作。可到了2009年春天,美国一家以诗人埃斯比命名的文学基金会,邀请中国作家去美国进行为期一个月的写作,中国作家协会派我和内蒙古的作家肖亦农一同前往。

我们来到位于西雅图奥斯特维拉村的写作基地一看,觉得那里的环境太优美了,空气太纯净了。我们住的地方在海边的原始森林里,漫山遍野都是高大的古树。大尾巴的松鼠在树枝上跳跃,红肚皮的小鸟在树间飞行。树林下面是草地,一两只野鹿在草地上悠闲地吃草。那里的气候是海洋性的,阴一阵晴一阵,风一阵云一阵,雪一阵雨一阵,空气一直很湿润。粉红的桃花开满一树,树叶还没长出来,长在树枝上的是因潮湿而生的丝状的青苔。我们住的是一座木结构两层楼别墅,我住在二楼的一个房间。房间的窗户很大,却不挂窗帘,我躺在床上,即可望见窗外的一切。窗外是草地,草地里有一堆堆像是土拨鼠翻出的新土,每个土堆上都戴着一顶雪帽。再往远处看,是大海。海的对岸是山,山上有积雪,一切都像图画一样。

然而,我们不是单纯去看风景的,也不是专门去呼吸清新空气的,我们担负的使命是写作。于是,我尽快调整时差,跟着美国的时间走,还是一大早起来写东西。除了通过写日记,把每天的所见所闻记下来,我还着手写短篇小说和散文。每天写一段时间,看到外面天色微明,我就到室外的小路上去跑步。跑步期间,小路上静悄悄的,一个人影都没有,我未免有些紧张。因为树林边有警示牌提醒:此地有熊出没。我害怕突然从密林里冲出一只熊来,把我拖走。还好,我没有遇到过熊。只有一次,我遇到了一位穿着头帽衫遛狗的男人,他的巨型狗看见我,不声不响向我走来。狗要干什么,难道要咬我吗?我吓得赶紧立定,大气都不敢出。狗只是嗅了嗅我的手,就被它的主人唤走了。

我们在美国写作遇到的困难是,美国朋友把我们两个往别墅里一放,只发给我们一些生活费,就不管了,没人给我们做饭吃。两个大老爷们儿,一时面面相觑,这可怎么办?肖亦农说,他在家里从来没做过饭,我说我做饭水平也一般。人以食为天,总归要吃饭,我只好动手做起来。我蒸米饭,做烩面,烧红薯粥,还摸索着学会了烤鸡和烤鱼,总算把肚子对付住了。利用那段时间,我写了一篇短篇小说《西风芦花》,还写了两篇散文。其中一篇散文《漫山遍野的古树》,写的就是奥斯特维拉的原始自然生态。

有了在美国写作的经历,以后再出国,我都会带上未写完的作品,走到哪里写到哪里。我一般不参加夜生活,朋友晚上拉我外出喝酒我也不去,我得保证睡眠,以免影响写作。从文后所记的写作时间和地点可以看出,我在摩洛哥的卡萨布兰卡和莫斯科都完成过短篇小说。

在宾馆里写作

写作几十年,多多少少积累了一些名声。有外地的朋友愿意在吃住行等方面提供便利,让我到他们那里写作。我感谢朋友们的美意,同时也婉言谢绝了他们的邀请。

有一种说法是,现在有的作家住在宾馆里写作,吃饭有美食,出门有轿车,生活安逸得几乎贵族化了。说这样的作家因脱离了劳苦大众,不了解人民的疾苦,很难再写出有悲悯情怀、与大众心连心的作品。对于这样的说法,我并不认同。托尔斯泰郊区有庄园,城里有楼房,服务有仆人,本身就是一位贵族,但他的作品始终保有对底层劳动人民的同情,充满宗教情怀和人道主义精神。看来问题不在于在什么条件下写作,而在于有没有一颗对平民的爱心。

我自己之所以不愿到外地宾馆写作,在向朋友们解释时,上面这些话我都不会说,我只是说,我习惯在家里写作,金窝银窝都不如自己的臊窝。只有在自己家里,闻着自己房间的气味,守着自己的妻子,写起来才踏实、自在。

无奈的是,作为一个社会人,我有时必须到宾馆里去住。比如说,作为北京市的一名政协委员,十五年了,每年的年初我都会去宾馆参加会议,头五年住京西宾馆,后十年住五洲大酒店，每次一住就是六七天。在宾馆里住这么长时间怎么办？还要不要写东西呢？去开会之前，我手上一般都会有正在写的作品，如果不带到宾馆接着写，我就会中断写作。3天不写手生，倘若中断了写作，回头还得重新找感觉。为了不中断写作，我只好把未完成的作品带到宾馆继续写。因为我的习惯是一大早起来写作，所以并不影响按时参加会议和写提案履职。加上我一个人住一个房间，洗澡、休息、喝茶、吃水果，都很方便，不会影响别人休息。算起来，我在宾馆里写的作品也有好几篇了。例如我手上正写的这篇比较长的散文，在家里写了开头，就带到五洲大酒店去写。在酒店里仍没写完，拿回家接着写。

此外，我在西安、上海、广州、深圳等地的宾馆，也写过小说和散文。

总之，一支笔闯天下，我是走到哪里，写到哪里。我说了那么多写作的地方，其实有一个最重要的地方我还没说到，那就是我的心，我一直在自己的心里写作。不管写作的环境怎么变来变去，在心里写作是不变的。心里有，笔下才会有。只要心里有，不管走到哪里，我们都能写出来。我尊敬的老兄史铁生说得好，我们的写作是源自心灵，是内在生活，写作的过程，也是塑造自我、完善自我的过程。

2017年1月11日至24日于北京五洲大酒店和小黄庄

《走窑汉》是怎样"走"出来的
——我与《北京文学》

《北京文学》是我的"福地",我是从这块"福地"走出来的。1985年9月,我在《北京文学》发表了短篇小说《走窑汉》,这篇小说被文学评论界说成是我的成名作。林斤澜先生另有独特的说法,他在文章里说:"刘庆邦通过《走窑汉》,走上了知名的站台。"汪曾祺先生也曾对我说:"你就按《走窑汉》的路子走,我看挺好。"

在《北京文学》创刊70周年之际,我主要想回顾一下《走窑汉》的发表过程,作家、评论家对它的关注,以及它所产生的一系列影响。

我的老家在河南,1970年7月,我到河南西部山区的煤矿参加了工作。我一开始写的小说,在河南的《奔流》和《莽原》杂志上发表得多一些,一连发表了八九篇吧。时在《北京文学》当编辑的刘恒,看到我在河南的文学杂志上发表的小说,写信向我约稿,希望我给《北京文学》写稿子。我给《北京文学》写的第一篇小说叫《对象》,发表在《北京文学》

1982年第十二期。大概因为这篇小说比较一般，发了也就过去了。但这篇小说能在《北京文学》发表，对我来说是重要的、难忘的。我认为《北京文学》的门槛是很高的，能跨过这个门槛，对我的写作自信增加不少。刘恒继续跟我约稿，他给我写的信我至今还保存着。他在信中说："再一次向你呼吁，寄一篇'震'的来！把大旗由河南移竖在北京文坛，料并非是老兄之所愿了。用重炮向这里猛轰！祝你得胜。"刘恒的信使我受到催征一样的强劲鼓舞，1985年夏天，在我写完了长篇小说《断层》之后，紧接着就写了短篇小说《走窑汉》。写完之后，感觉与我以前的小说不大一样，整篇小说激情充沛，心弦紧绷，字字句句充满内在的张力。我妻子看了也说好，她的评价是，一句废话都没有。这篇小说我没有通过邮局寄给刘恒，趁一个星期天，我骑着自行车，直接把小说送到了《北京文学》编辑部。那时我家住在建国门外大街的灵通观，《北京文学》编辑部在西长安街的六部口，我家离编辑部不远，骑上自行车，十几分钟就可到达。因为那天是休息日，我吃不准编辑部里有没有人上班。我想，即使去编辑部找不到人也没什么，我到长安街遛一圈也挺好。我来到编辑部一间比较大的编辑室一看，见有一个编辑连星期天都不休息，正在那里看稿子。而且，整个编辑部只有他一个人。那个编辑是谁呢？巧了，正是我要找的刘恒。我们简单聊了几句，刘恒接过我递给他的稿子，当时就翻看起来。一般来说，作者到编辑部送稿子，编辑接过稿子就放下了，会说，稿子他随后看，看过再跟作者联系,不会立即为作者看稿子。然而让我难忘和感动的是,刘恒没有让我走,马上就为我看稿子。他特别能理解一个业余作者的心情,善于设身处地地为作者着想。刘恒在一页一页地看稿子,我就坐在那里一秒一秒地等。他看我的稿子,我就看着他。屋里静得似乎连心脏的跳动都听得见。我心里难免有些打鼓,不知道这篇小说算不算刘恒说的"震"的,亦不知算不算"重炮",一切听候刘恒定夺。在此之前,我在《奔流》上读过刘恒所写的小说,感觉他比我写得好,他判断小说的眼光应该很高。小说也就七八千字,刘恒用了不到半个小时就看完了。刘恒的看法是:不错,挺震撼的。刘恒还说,小说的结尾有些出乎他的预料。我的小说结尾出乎他的预料,刘恒的做法也出乎我的预料,他随手拿过一张提交稿子所专用的铅印稿签,用曲别针把稿签别到了稿子上方,并用刻刀一样的蘸水笔,在稿签上方填上了作品的题目和作者的名字。

1985年9月号的《北京文学》,是一期小说专号。我记得在专号上发表小说的作家有郑万隆、何立伟、乔典运、刘索拉等,我的《走窑汉》所排列的位置并不突出。但在20世纪80年代,人们主要关注的是作品本身的文学品质,对作品排在什么位置并不是很在意,看作品也不考虑作者的名气大小。对于文学杂志上出现的新作者,大家带着发现的心情,似乎读得更有兴趣。

小说发表后,我首先听到的是上海方面的反应。王安忆看了《走窑汉》,很是感奋,用她的话说:"好得不得了!"她立即推荐给上海的评论家程德培。程德培读后激动不已,随即写了一篇评论,发在1985年10月26日的《文汇读书周报》上,评论的题目是《这"活儿"给他做绝了》。程德培在评论里写道:"短短的篇章,它表现了诸多人的情与性,爱情、名誉、耻辱、无耻、悲痛、复仇、恐惧、心绪的郁结、忏悔、绝望,莫名而无尽的担忧、希望而又失望的折磨,甚至生与死,在这场灵魂的冲突和较量中什么都有了。这位不怎么出名的作者,这篇不怎么出名的小说写得太棒了!"当年,程德培、吴亮联袂主编了一本厚重的《探索小说集》,由上海文艺出版社出版。小说集收录了《走窑汉》。后来,王安忆以《走窑汉》为例,撰文谈了什么是小说构成意义上的故事,并谈到了推动小说发展的情感动力和逻辑动力。说实在话,在写小说时,我并没有想那么多。王安忆的分析,使我明白了一些理性的东西,对我今后的创作有着启发和指导性的意义。

北京方面的一些反应,我是隔了一段时间才听到的。有年轻的作家朋友告诉我,在一次笔会上,北京的老作家林斤澜向大家推荐了《走窑汉》,说这篇小说可以读一下。1986年,林斤澜当上了《北京文学》主编。在一次约我谈稿子时,林斤澜告诉我,他曾向汪曾祺推荐过《走窑汉》。汪曾祺看过一遍之后,并没觉得有什么特别的好。林斤澜坚定地对汪曾祺说:"你再看!"等汪曾祺再次看过,林斤澜打电话追着再问汪曾祺对《走窑汉》的看法。汪曾祺这次说:"是不错。"汪曾祺问作者是哪里的,林斤澜说:"不清楚,听说是北京的。"汪曾祺又说:

"现在的年轻作家,比我们开始写作时的起点高。"在全国第五次作家代表会上,林斤澜把我介绍给汪曾祺,说这就是刘庆邦。汪曾祺像是一时想不起刘庆邦是谁,伸着头瞅我佩戴的胸牌,说他要验明正身。林斤澜说:"别看了,《走窑汉》!"汪曾祺说:"《走窑汉》,我知道。"

可以说,是《走窑汉》让我真正"走"上《北京文学》,然后走向全国。将近四十年来,我几乎每年都在《北京文学》发作品,有时一年一篇,有时是一年两篇。前天我专门统计了一下,迄今为止,我已经在《北京文学》发表了三十五篇短篇小说、五部中篇小说、一篇长篇非虚构作品,还有七八篇创作谈,加起来有六十多万字,出两本书都够了。

走窑汉,是对煤矿工人的称谓。我自己也曾走过窑。煤还在挖,走窑汉还在"走"。我的持续不断的写作,与走窑汉挖煤有着同样的道理。走窑汉往地层深处"走",是为了往上升;走窑汉在黑暗里"行走",是为了采掘和奉献光明。

2020 年 1 月 20 日至 22 日于北京和平里

对所谓"短篇王"的说明

我在北京或去外地参加一些活动,主办方在介绍我时,往往会把我说成是什么"中国当代短篇小说之王"。每每听到这样的介绍,我从没有得意过,都是顿感如芒在背,很不自在。有时实在忍不住,我会说一句"不敢当",或者说一句"我就是写短篇小说多一点儿而已"。在更多的情况下,我只能是听之藐藐,一笑了之。

有记者采访我,问到我对这个称谓的看法时,我说人家这样说,是鼓励你、抬举你,但自己万万不可当真,一当真就可笑了,就不知道自己是谁了。历来是文无第一、武无第二,写小说,哪里有什么王不王之说。踢球可以有球王,拳击可以有拳王,写小说却不能称王。我甚至说,王与亡同音,谁敢称王,离灭亡就不远了。我自己写文章也说到过,所谓"短篇王",不过是一顶高帽子,而且是一顶用废旧报纸糊成的高帽子,雨一淋,纸就褪色了,风一刮,高帽子就会随风而去。我这样说,是自我摘帽的意思。我知道,中国作家中写短篇小说的高手很多，我一口气就能举出十几个，哪里就轮得上把我抬得那么高呢？我有的短篇小说写得也很一般，没多少精彩可言。读者看了会说，什么"短篇王"，原来不过如此。高帽之下其实难副，还是及早把帽子摘下来扔掉好一些。可是，戴帽容易摘帽难，摘有形的帽子容易，摘无形的帽子难，这么多年来，我连揪带拽，一次又一次往下摘，就是摘不掉。相反，时间长了，这顶帽子仿佛成了"名牌"，传得越来越广，出于好心，给我戴这顶帽子的人也越来越多，这可怎么得了！这甚至让我想到，人世间还有别的一些帽子，那些帽子一旦被戴上，恐怕一辈子都摘不掉。有的帽子虽然被政策之手摘掉了，帽子前面还有可能被冠以"摘帽"二字，摘与不摘也差不多。

2004年，孟繁华先生主编了一套"短篇王文丛"，收入了我的短篇小说集《女儿家》。我觉得很好，真的很好。我之所以诚心为这个文丛叫好，不仅是因为文丛中收入了我的短篇集，更主要的是，文丛分为三辑，先后收录了十八位作家的短篇小说集。这样一来，"短篇王"就不再是我一个，而是有好多个，大家都是"短篇王"，又都不是"短篇王"，"短篇王"不再是一个特指，而成了一个泛指，等于把这个称号分散了、消解了。我对繁华兄心存感激，感觉他好像让众多作家朋友为我分担了压力，让我放下了包袱，变得轻松起来。我明白他编这套丛书的真正良苦意图，是为了"在当下时尚的文学消费潮流中，能够挽回文学精致的写作和阅读"。但出于私心，我还是希望从此后别人不再拿"短篇王"跟我说事儿。实际上没有出现我想要的结果,我不但没有摘掉帽子,得到解脱,把我说成"短篇王"的说法反而比以前还多,在文学方面,"短篇王"几乎成了刘庆邦的代名词。这不好,很不好!有一次在会上,我以开玩笑的口气说,除了写短篇小说,我还写长篇小说、中篇小说,我的长篇小说和中篇小说写得也不差呀!

我拒绝当"短篇王",也许有的朋友会认为我是假谦虚,是得便宜卖乖,别人想当"短篇王"还当不上呢,你有了"短篇王"的名头,短篇小说至少会卖得好一些,这没什么不好!有一次,连张洁大姐都正色对我说:"庆邦,你不必谦虚,不要不好意思,'短篇王'就是'短篇王',要当得理直气壮!"可是不行啊大姐,在这个问题上,我像是患有某种心理障碍一样,一听到这样的称谓,我从来不感到愉悦,带给我的只能是不安。

忽一日,有位为我编创作年谱的朋友问我,关于"短篇王"的说法是谁最先说出来的?这一问倒是提醒了我,是呀,水有源,树有根,这个事情不能一直含糊着,含糊着容易让人生疑,还有可能让人误以为是一种炒作,作为当事人,我还是把它的来历说清楚好一些。

最早肯定我短篇小说创作的是王安忆。她在给我的一本小说集《心疼初恋》的序言里写道:"谈刘庆邦应当从短篇小说谈起,因为我认为这是他创作中最好的一种。我甚至很难想到,还有谁能够像他这样,持续地写这样多的好短篇。"我注意到了,王安忆的评价里有一个用语叫"持续地",是的,40多年来，我一直在"持续地"写短篇小说，从没有中断，迄今已发表了三百多篇短篇小说。我还从王安忆的评价里看出了排他的意思，但她没有给我命名。

随后，李敬泽在评论我的短篇小说创作时，说到了与王安忆差不多同样的意思，他说："在汪曾祺之后，短篇小说写得好的，如果让我选，我就选刘庆邦。他的短篇小说显然是越写越好。"我以前从没有这样想过，更不敢这样比较，敬泽的话对我的创作无疑是一个很大的鼓舞。但敬泽胸怀全局，出言谨慎，他也没有为我的短篇小说创作命名。

那么，在王安忆和李敬泽评价的基础上，是哪位先生、在什么情况下把我说成了"中国当代短篇小说之王"呢？我记得清清楚楚，是被称为"京城四大名编"之一的崔道怡老师。2001年秋天，我的短篇小说《鞋》获得了第二届鲁迅文学奖。9月22日，在鲁迅先生诞辰120周年之际，颁奖典礼在鲁迅故乡绍兴举行。当年，我的另一篇短篇小说《小小的船》获得了《中国作家》"精短小说征文"奖。记得同时获奖的还有宗璞、石舒清等作家的短篇小说。从绍兴回到北京的第二天，我就去中国作家杂志社参加了颁奖会。崔道怡老师作为征文评奖的一个评委代表，也参加了颁奖会，并对获奖作品一一进行了点评。崔道怡是一位非常认真的文学前辈，我曾多次和他一起参加文学活动，见他只要发言，必定事先写成稿子，把稿子念得有板有眼，抑扬顿挫，颇具感染力。人的记忆有一定的选择性，那天崔道怡老师怎样点评我的小说，我没有记住，有一句话，听得我一惊,一下子就记住了。崔道怡老师的原话是:"被称为'中国当代短篇小说之王'的刘庆邦"如何如何、什么什么,我什么时候有这个称谓,我怎么没听说过?这未免太吓人了吧?!

不光我自己吃惊,当时在座的中国作家协会书记处书记张锲先生也有些吃惊。后来,张锲先生以"致刘庆邦"的书信形式写了一篇文章,题目是《你建构了一个美的情感世界》,发在2002年2月9日的《文汇报》"笔会"上。文章里说:"编辑家崔道怡同志说你是'中国当代短篇小说之王',对他的这种评价,连我这个一直在用亲切的目光注视着你的人,也不由得被吓了一跳。"张锲先生给我的信写得长长的,提到我的短篇小说《梅妞放羊》《响器》《夜色》等,也说了很多对我的短篇小说创作肯定的话,这里就不再引述了。

我愿意承认,在《人民文学》当副主编的崔道怡老师为我发了好几个短篇,他对我是提携的,对我的创作情况是了解的。我必须承认,崔道怡老师对我短篇小说创作的评价,对我构成了一种压力,也构成了一种鞭策的动力。我想,我得争取把短篇小说写得更多一些,更好一些,以对得起崔道怡老师对我的评价,不辜负他对我的期望。不然的话,我也许会把费力费心费神又挣不到多少稿费的短篇小说创作放下,去编电视剧或做别的事情去了。"短篇王"的命名像小鞭子一样在后面鞭策着我,让我与短篇小说相爱相守到如今,从没有放弃短篇小说的创作。就拿今年来说,在抗击新冠肺炎疫情期间,我已经完成了十二篇短篇小说,仅7月份就在《人民文学》《作家》

等杂志发表了五篇,其中有两篇分别被《小说选刊》和《小说月报》选载。

"短篇王"的帽子我不愿戴下去,是我担心自己有一天会失去写短篇小说的能力。这个能力是一种综合能力,既需要智力、心力、耐力,也需要体力、精力、爆发力,也许还有别的因素。以前,我对自己写短篇的能力充满自信,相信自己会一直写下去,活到老,写到老。最近读了张新颖先生所著《沈从文的后半生》,我才知道,一个作家写短篇小说的能力可能会失去。沈从文对自己写短篇的能力曾经是那么自信,他不止一次对家人表示,他要向契诃夫学习,在有生之年再写一二十本书,在纪录上超过契诃夫。可是呢,后来他一篇都写不成了。有一篇《老同志》,他改了七稿,前后历时近两年,还向丁玲求助,到底也未能发出。1957年8月,他又写了一个短篇,写时自我感觉不错,"简直下笔如有神"。但他的小说刚到妻子张兆和那里就被否定了,要他暂时不要拿出去。沈从文不得不哀叹,他失去了写短篇的能力。他还在给大哥的信里说:"一失去,想找回来,不容易……人难成而易毁……"

当然了,沈从文之所以失去了写短篇的能力,与他当时所处的社会环境有关。环境发生了重大变化,他身心受到巨大冲击,一时无所适从,在失去自我的同时,才失去了写短篇的能力。

我庆幸自己赶上了好时候,在国泰民安的环境里,能够心态平稳地持续写作。我会抱着学习的态度,继续学习写短篇小说。我不怕失败，也不怕别人说我写得多。好比农民种田、矿工挖煤，一个人的勤奋劳动，也许得不到多少回报，但永远不会构成耻辱。

2020 年 9 月 10 日早上 5 点完成于北京怀柔翰高文创园

犹 如 荷 花

好小说犹如荷花，是从水底的淤泥中生长出来的。

在北京的郊区怀柔，有一座叫翰高的文创园。文创园的模式是一园加三园，另三园为花园、果园、菜园。园子里开有一方水塘，春来时，水塘里紫红的芦芽和嫩绿的香蒲刚冒出来，先知春消息的青蛙就开始鸣叫，高哇，高哇，越是夜深人静的时候，它们叫得越嘹亮，像是要把月亮和星星都邀下来，跟它们一块儿玩耍。城里只有市声，无论如何是听不到蛙鸣的。园子里水塘的蛙鸣，唤醒的是我久违的乡村少年的感情，让我觉得有些亲切，还有些感动。不管青蛙们在夜里怎样鸣叫，都不会影响我睡眠。比如大海的涛声，江水的奔腾，暴雨的泼洒，遍地的虫鸣，都是天籁之声，声响越大，越显得沉静。蛙鸣也是，枕着悦耳的蛙鸣，我似乎睡得更香，梦得更悠远。

水塘主要是荷塘，荷塘里所开的花也主要是荷花，不是慈姑花，也不是芦花。香蒲所结的是香蒲棒，看去毛茸茸有些发红的香蒲棒，像是一支支蜡烛，又像是一根根香肠，左看右看，都与花开的样子相去甚远。荷花不争春，它总是和夏天联系在一起。到了初夏，荷叶才悄悄从水底冒了出来。在日常写作间隙，我每天都会到荷塘边驻足，看看有没有荷花的最新消息。荷花是可期的、守信的，它肯定不会让我失望。当然，一般来说都是绿叶在前，红花在后；荷叶在前，荷花在后。等荷叶铺垫好了，荷花才会出场、登台。荷叶刚浮出第一片，我就发现了。接着，就浮出了第二片、第三片。新生的荷叶与日俱增，还不到一周时间，碧绿的荷叶就多得数不清了。我注意到，刚出水的荷叶并不是一片，而是一卷，像是一轴画卷。"画卷"不是单向朝一边卷，是双向从两边往中间卷，这样"画卷"打开的时候，就是从中间向两侧徐徐展开，展成圆形的画面。平铺在水面的"画卷"是这样，那些被荷叶的秆子高高举起的"画卷"也是如此，而且，"画卷"刚从水中升起时是竖立的，"画轴"的两端都有些尖锐，像矛。慢慢地，"画轴"渐渐端平，"画卷"才一点儿一点儿对着天空展开。荷叶有的大，有的小；有的高，有的低。我不明白的是，荷叶这是怎样的分工呢？自然又是怎样的安排呢？好在大的不排挤小的，小的也不嫉妒大的；高的不蔑视低的，低的也不巴结高的：这样才形成了和谐的差别之美和错落之美。

待荷叶铺垫得差不多了，荷花的花骨朵开始脱水而出。刚露出水面时，花骨朵小小的，像一个枣子那么大。随着花秆越举越高，花骨朵就越变越大，从枣子大小，变得像杏子那么大，又变得像桃子那么大。哪怕花骨朵在刚露那么一点点时，顶尖部分就微微有些发红，透露出了里面所包含的红消息。给人的感觉，荷花仿佛是在某个早上突然绽放，其实不是，荷花的花朵都是有耐心的花朵，它们循序渐进，是一点儿一点儿打开的。当花骨朵大得不能再大，变得通体红透，连花骨朵最外面一层看似绿色的外衣都变红时，荷花才郑重而隆重地打开了，一开就很大。世上的花朵千种万种，千朵万朵，有哪一种花朵比荷花的花朵更大呢？恐怕没有吧，反正我一时想不起来。

荷花的红不是大红，是粉红。花开到最大时，也红到最红。复瓣的花瓣层层打开之后，花瓣中央的莲蓬和花蕊就和盘托了出来。莲蓬是浅绿色，花蕊是鹅黄色。簇拥着莲蓬的花蕊细细的，游丝一样在微微颤动，每一根花蕊顶端都附着一粒白色蚁卵一样的花粉。让人有些遗憾的是，荷花的红颜并非一成不变，一红到底，开着开着，花瓣就有些褪色，由粉红变成粉白，再从粉白变成蝶白。荷花脱落的花瓣不会直接落在水里，因为水面铺满了田田的荷叶。落在绿色荷叶上的白色花瓣，仍不失其皎洁的美。

一日雨后初晴，我在荷塘边的石鼓墩子上坐了一会儿，见朵朵荷花经过雨水的洗礼，显得更加艳丽。平铺在水面的每一片荷叶上，都分布着一些白色的水滴，如颗颗珍珠。高擎的荷叶边沿高上去，中间凹下来，形成一个个叶盏。盛在叶盏里的雨水一块一块，在荷叶底子的衬托下，如玻璃种的翡翠。有的荷花的花瓣落尽了，花蕊垂下去，莲蓬举起来。在我看来，举起的莲蓬特别像一只只酒盅，酒盅里似斟满酒浆，在招邀朋友喝一盅。空气湿润，荷塘里散发的是荷叶和荷花特有的那种清新气息，气息沁人心脾，人还没有"喝酒"，已先陶醉了几分。白色的蝴蝶飞过来了，在翩翩起舞。宝蓝色的蜻蜓用尾部一次又一次点水，把水面点出圈圈涟漪。一种比蜜蜂体形还大的黄蜂在花朵中爬进爬出，不知它忙些什么。水里的鱼儿大概要捕食在水面滑行的"水拖车"，啪地跃出了水面，带出了一股浑水。

不用说，荷塘的水底是有淤泥的，而且，淤泥还相当厚，相当肥。不然的话，荷叶不会长得这样圆，荷花不会开得这样艳。在每年一秋一冬一春，荷都扎根于淤泥中，从淤泥中汲取养分，蓄势待发。可以说，淤泥对于荷花成长和开放的作用是决定性的，没有淤泥的污浊，就不会有荷花的清丽。我们在欣赏荷花的时候，不忘感谢淤泥就可以了，不必兜底把淤泥搅上来。要是把淤泥搅上来，那就不好看了，人们看到会觉得不舒服。

2020年7月12日于北京怀柔翰高文创园

拯救文学性

文学之日益与新闻、故事、报告、电视剧混为同伦而不能自拔,实属文学之大不幸。这话不是我说的,我可没有这么大的气魄。这话是著名评论家雷达先生生前说的。在同一篇文章里,他几乎是大声疾呼:"我并非危言耸听,现在真是需要展开一个拯救文学性的运动了。"那么,对于拯救文学性,雷达先生开出的药方是什么呢?他的意见是明确的,拯救文学性须从重视短篇小说的创作做起。他认为,短篇最能看出一个作家的语感、才思、情调、气质和想象力,有些硬伤和缺陷,用长篇或许可以遮盖过去,一写短篇便裸露无遗。对一个作家艺术表现力的训练,短篇是最严酷和最有效的。

对雷达先生的意见,我举双手赞成。在这里请允许我说明一下,雷达先生对我的创作长期关注有加,他是我敬重的文学老师。雷达老师为我的小说写的评论不下10篇,有一篇篇幅比较长的《季风与地火》,将近两万字。就在我刚才提到的他呼吁重视短篇小说创作的文章里,作为典型例子,他着重分析了我的短篇小说《鞋》，说这篇小说写出了"传统的美，素朴的美，正在消逝的美"，称"庆邦不愧为农业文明的歌者"。

没什么不好意思的，我写短篇小说是多一些。从1972年开始写第一个短篇算起，将近半个世纪以来，我已经写了三百多篇短篇，出了十二卷本的《短篇小说编年》。我写了这么多短篇小说，回顾起来，西方不亮东方亮，都"卖"了出去，没有一篇砸在手里的废稿。王安忆在给我的短篇小说集写的序言里说："刘庆邦天性里头，似乎就有些与短篇小说投合的东西。"这么说来，我是不是已经很牛气呢？对写短篇小说是不是很自信呢？读了雷达老师的文章，我对自己的短篇创作也有反思。反思的结果是，我有自信，也有不自信。换一个说法，我对自己创作短篇小说的看法是，怎么写都行，怎么写都不行。怎么写都行，是我不管怎么写，都差不到哪里去，起码不失为一篇短篇小说，刊物的编辑们看在一个老作家的老脸上，都会给我发，而且发的位置还不错。怎么写都不行呢？是指我对新写出的短篇小说都有些摇头，都不甚满意。往往是，新的短篇刚开头时我兴致勃勃、信心满满，感觉这篇小说写出来应该不错。一旦写出来再看呢，觉得不过如此，并没有什么突破，没有让人耳目一新的东西。我的小说像是只采到了煤，并没有采到火，火没有把煤点燃，煤没有熊熊燃烧。我的小说又像是虽然找到了自我，但并没有超越自我、放飞自我，自我还被现实的泥淖紧紧纠缠着。哎呀真没办法，我们选择了写作，是不是意味着同时就选择了自讨苦吃、自我煎熬呢？我们写的是短篇，所受的煎熬却不是短期,而是长期,甚至是无期。

但我还是有些不甘心,短篇小说要继续写,我对短篇还要锲而不舍地琢磨下去。我的岁数是不小了,可短篇小说你也不再年轻,我仍然爱着你,我希望你也不要嫌弃我,咱们继续合作,好不好!我坚信,只要我们人还活着,就有吃不完的饭,睡不完的觉,走不完的路,看不完的书,写不完的小说。

玉不琢不成器,琢磨总比不琢磨好一些。近来我琢磨着,我不能再在有小说的地方写小说了,要争取在没有小说的地方写小说。更准确一点儿说,是在看似没有小说的地方发现小说。我要求自己,不仅要知道哪里有小说,还要知道哪里没有小说。有小说的地方让给别人去写,自己看看能不能在没小说的地方发掘出一点儿小说。现实生活是相似的,几乎是雷同的,加上信息传播空前发达,你看到的、听到的,甚至经历过的,别人差不多都知道了。当你发现哪里有小说的时候,别的操弄小说的人可能也同时发现了,如果你写我写他也写,就难免出现同质化的情况,让编者挠头,也让读者厌烦。看来我们要警惕了,看到哪里有小说的材料,万不可像一群秃鹫看见狮子刚咬死的一匹角马那样,一窝蜂地俯冲过去,最好能躲得远一些,冷静地思考一下,看看能不能去别的地方找一点儿吃的。这样做当然不如随大溜赚现成那么省事,会艰难一些,付出的劳动会多一些。艰难是正常的,任何创造性的劳动都不会轻而易举。好比我不能再直接到有煤的巷道里去采煤,而是通过开拓,凿穿岩壁,找到岩壁后面的煤壁。再通过掘进(开拓和掘进都是煤矿术语），在煤壁上打一个洞，掘出一条新的巷道来。再好比，我不能再到庄稼地里去收割，而是要新开垦一块地，在地里播下属于自己的种子，长出属于自己的庄稼。

小说容易造成雷同是故事情节，互相之间能够拉开距离的是细节、心灵、情绪、气韵、味道和诗意。别看从情节到情绪只是一字之差，它们之间的区别可大了去了。如果说情节带有一定的客观性，情绪完全是主观性的。如果说情节是实的，那么情绪无疑是虚的。如果说情节能够拿来、想象、铺陈，情绪则变幻缥缈，很难捕捉和命名。一句话说白了，就是情节易编，情绪难写。从某种意义上说，不管把小说的情节写得多么曲折、复杂、新奇，都不一定是好小说。只有把情绪写得饱满、别致、微妙，才称得上是上乘的作品。情节的"节"字和情绪的"绪"字，给人的感觉也大不一样。"节"字比较结实，有些发硬。"绪"字绵绵的，感觉要柔软一些。

要在简单的情节基础上把情绪写好，写出诗意，最好的办法是向诗歌学习。在各种艺术门类中，最具有超越性的是音乐，音乐由声调、旋律、节奏等因素构成，几乎没什么情节可言。正是因为音乐看不见，摸不着，比较虚，它才能超越地域、国界、种族，不用翻译，即可为全人类所共享。而在各种文学体裁当中，最虚的当数诗歌。也许因为诗歌的字数有限，主要担负抒情的功能，不担负讲故事的责任，诗歌里面的情节总是少而又少。像《琵琶行》和《长恨歌》一类的长篇乐府诗，诗里虽有叙事的成分，情节却是"犹抱琵琶"，非常简单。诗歌由作者和读者共同创造，一半在诗，一半在读。诗提供的是弓子，读者好比是琴弦，弓子碰到琴弦上，能不能发出美妙的音响，还要看读者的感知能力如何。诗歌是风，春风吹来了，化不化雨水在你。诗歌是花，花开了，溅不溅泪在你。诗歌是雪，雪下得铺天盖地，钓不钓寒江在你。诗歌是月，月光遍地之时，邀不邀明月也在你。我想，我们的短篇小说，如果能像诗一样，写出高雅的格调、深邃的意境、饱满的情感、优美的语言，那就好了，那就算沾了诗歌的光，也算有了诗意。诗意化的短篇小说看起来应该是这样的：乍一看，好像什么都没有，再细看，好像什么都有。

至于短篇小说的诗意在哪里，这个问题比较大，恐怕一言难尽，十言也难尽，我就不多说了。简单说来，诗意无处不在，既在日常生活里，又在情感里、自然里、语言里。当然了，诗意主要是在我们自己的心里。

2020年4月16日至18日（抗击新冠肺炎疫情自我
隔离期间）

情感之美

写每一篇小说,事前我们都要为这篇小说定下一个调子。如果找不到合适的调子或调子没有定准,小说就不能下笔。有时候,某一篇小说让我们颇感踌躇,迟迟开不了头,困扰我们的很可能就是调子问题。那么,拿什么为小说定调子呢?我的体会只能是情感。"转轴弄弦三两声,未成曲调先有情",说的就是这个道理。从本质上说,小说是情感之物。小说创作的原始动力来自情感,情感之美是小说之美的核心。我们衡量一篇小说是否动人、完美,一个重要的标准,就是看这篇小说所包含的情感是否真挚、浑厚、饱满。假如一篇小说的情感是虚假的、肤浅的、苍白的,就很难引起读者的共鸣。这就要求我们,写小说一定要有感而发,以情动人,把情感作为小说的根本支撑。我们写小说的过程,就是挖掘、酝酿、调动、整理、表达感情的过程。小说还没开始弹呢,我们的感情已蓄势待发,等小说成了曲调,感情的奔涌自然是水到渠成。

近年来，从西文传过来的一些短篇小说，不再像契诃夫、莫泊桑那样重感情，而是打着所谓现代主义的旗号，重形式，弄玄虚，以让读者看不懂为高明、为自得。这样的小说理性大于感性，不再让人感动。这里有一个创作的源头究竟在哪里的问题，也就是到哪里采取创作资源的问题。如果背离了以情感之美为中心，放弃了把情感作为主要的创作资源，一味从理念上或别的地方寻求创作资源，就违背了小说创作的初心和基本规律，就失去了文学作品作用于人类感情的功能。小说创作是这样，所有其他门类文艺作品的创作也是这样，离开情感的参与，都不成立。

当然，小说创作除了情感之美，还离不开自然之美、细节之美、语言之美、思想之美、形式之美等多种审美要素的参与。只有把多种审美要素浑然天成地融合在一起，才能成就一篇完美的、常读常新的小说。

拿白居易的《琵琶行》来说，它主要表现的是情感之美和音乐之美。这两种美好的东西都不是实体，都看不见，摸不着，很难表现。我们注意到，诗人借助一连串自然物象，如"急雨""大珠小珠""玉盘""莺语""泉流""银瓶""水浆""铁骑""刀枪""裂帛"等，把美好的情感和"仙乐"尽善尽美地表现出来，以致"凄凄不似向前声，满座重闻皆掩泣"。当然，这首诗的语言之美更不用说，诗句千锤百炼，字字珠玑，构成了千古绝唱。可以说，每样文学作品的语言之美，都是情感之美的保障，如果语言不美，情感之美很难实现。

其实我们可以把《琵琶行》当作一篇短篇小说来读，它会给我们很多启示。等我们把小说写得也有了诗意，我们的眼睛也可以湿一湿。

2015 年 3 月 24 日于北京和平里

致敬契诃夫

我从事文学创作四十多年,仅短篇小说就写了三百多篇。可我不愿意听别人说我高产,一听有人说我是高产作家,我就有些不自在,甚至心生抵触。这是因为,不知从何时起,高产不再是对一个作家的夸奖,而是多多少少含有一些贬义。我不知道别人反应如何,至少我自己的感觉是这样。好像一说谁高产,就是写得快、写得粗,近乎萝卜快了不洗泥。如果深究起来,其实作品的产量和质量之间并没有必然联系,更不是反比关系,高产不一定质量就低,低产不见得质量就高。无数作家的创作实践一再表明,有人写得少,作品质量老也提不上去;有人写得多,作品的品质却一直保持着较高的水准。

闻名于世的俄罗斯短篇小说大师安东·契诃夫,就是一位既写得多又写得好的典型性代表。契诃夫十九岁开始写作,到四十四岁生命终止,在二十五年的创作生涯里,仅短篇小说就发表了一千多篇。平均算下来,契诃夫每年都要写四十多篇短篇小说。据史料记载,仅 1883 年,他一年就发表了一百二十篇短篇小说。到1885年，他的创作产量再创新高，一年发表了一百二十九篇小说。在我们看来，这是何等惊人的数字！

契诃夫的写作条件并不好。他的家族处于社会底层，到他祖父那一辈，才通过自赎摆脱了农奴身份。契诃夫之所以一上来就写那么多小说，除了他有着极高的文学天赋，异乎寻常地勤奋，很大程度上也是为生计所迫。有一段时间，契诃夫一家几口人的生活全靠他的稿费维持。如果挣不到稿费，家里就交不起房租，甚至没有饭吃。为了取回拖欠许久的三卢布稿费，他曾到杂志社向主编央求，遭到杂志主编的嘲弄。到西伯利亚深入生活没有路费，他只能跟一家报社签约，采取预支稿费的办法向报社借钱。契诃夫所学的专业是医学，他的主要职业是行医，写作是在业余时间进行的。他首先是一个好医生，在乡间常常踏着泥泞或冒着大雪出诊，为不少乡民治好了病。他以高尚的医德、高明的医术赢得了方圆百里乡民的高度尊敬，以至于他离开乡间去莫斯科时，为他送行的乡民们眼含热泪，对他依依不舍，好像他一离开，人们就会重新陷入病痛之中。其次他才是一位好作家。由于他在行医期间与底层民众广泛接触，才深切了解到民众的疾苦，获得了创作素材，写出了一篇又一篇切近现实的小说。契诃夫热心于慈善和公益事业。在他以写作成名、家庭经济状况好转之后，他又回到家乡，参与人口普查和扑灭霍乱的工作，并用发动募捐、组织义演等办法筹集资金，先后创办了三所学校和一座图书馆。契诃夫的好名声也给他带来了一些麻烦，一拨儿又一拨儿客人慕名而往，把契诃夫的家当成了客栈。契诃夫不但要管他们吃住，在他们的要求下，还要陪他们聊天。这样一来，契诃夫用于写作的时间就更少了。正跟客人聊天时，他会突然走神，突然离开，到一旁在笔记本上记下一个闪念或一个细节，再回头和客人接着聊。在写作的紧要关头，契诃夫有时为避免无端打扰，只好躲到澡堂里去写。更让人们为契诃夫感到痛心的是，他二十多岁就患上了肺病，一直在带病写作，一直在和可恶的病魔进行顽强的抗争。他有时因劳累过度、病情加重而咯血。经过治疗，病情稍有好转，他又继续投入写作。契诃夫自我评价说，他就是这样不断地榨取自己，他的写作成果是用艰巨的、苦役般的劳动所换取的。

托尔斯泰和高尔基都对契诃夫的文学创作成就给予高度赞赏。托尔斯泰称契诃夫是一位思想深沉的作家。高尔基在信里对契诃夫说："在俄国还没有一个可以比得上您的短篇小说家，今天您在俄国是一位最有价值的巨人。"托尔斯泰不但喜欢契诃夫的小说，还喜爱契诃夫的人品，他称赞契诃夫："多么可爱的人，多么完美的人！"

出于对契诃夫的景仰，2015年9月5日下午，在阵阵秋雨中，我曾到位于莫斯科郊区的梅里霍沃契诃夫故居参观访问。我在契诃夫戴着夹鼻眼镜的塑像前久久伫立，向这位伟大的作家行注目礼。

与契诃夫艰苦卓绝的一生相比，我们各方面的写作条件好得太多太多，说优越一点儿都不为过。我们衣食无忧，出行无忧，医疗有保障。我们的写作几乎是专业化的，有安静的环境，完全可以不受干扰，一心一意投入写作。既然赶上了好时候，既然有这么好的写作条件，我们为什么要偷懒呢？为什么不能写得勤奋一些呢？作品为什么不能多一些呢？为什么不能像契诃夫那样，做一个高产作家呢？

契诃夫说得好："太阳一日不能升起两次，生命也将一去不复返。"在契诃夫的精神感召下，我再次向自己的文学想象力和艺术创造力发起挑战，从今年的大年初一开始，我马不停蹄，写了一篇又一篇，到正月三十，一个月内连续写了4篇短篇小说。

2016年4月3日于北京小黄庄

我写她们，因为爱她们

一个男人，一辈子不会只爱一个女人或两个女人，他有可能会爱好多个女人。他一辈子只娶一个女人为妻，是因为受到婚姻制度的限制，不等于他只爱妻子一个人。一个男人爱上好多个女人，这符合人性，是人之常情，也是正常的潜意识，构不成对婚姻的不忠，更构不成什么道德问题。同样的道理，女人也是如此。对女人我就不多说了，这里只从男人的角度说一说。一个男人爱上那么多女人怎么办呢？由于受人类文明和社会多种条件的制约，多数情况只能埋藏在心底，停留在精神层面上，连对被爱者表达一句都没有。倘若每爱上一个，都要付诸实践，那不是又回到动物世界了嘛！人类向往自由，很大程度上是向往对爱的自由。但你既然进化成了人类，就得收着点儿，准备付出不那么自由的代价。

这时候，写作者的优势就显示出来了，他可以把他所爱过的女人一一写进书里，做到应写尽写，一个都不落。他的书写是相对自由的，不必担心那些被写者会自动对号，因为他把那些女人的真名都隐去了，换上了假名，比如，一个女孩子本来叫李小雨，他把人家写成了林晓玉等。他心中有些暗喜，心说如果那些可爱的女孩子对一下号也挺好的，不枉他的一番绵绵爱意。以己推人，他武断地做出了一个判断，天下所有的男作家，都不会忘记他们所心爱过的女人，都会把那些女人作为书写的对象，倾心进行描绘。是呀，只有爱过，动过心，有女人的原型，他才能把女人写好，写得活灵活现、贴心贴肺，让人回肠荡气。曹雪芹写了"正册""副册""又副册"里那么多风姿各异的女孩子和女人，构成了洋洋"大观"，正是表现了曹雪芹对她们的爱。他不仅爱黛玉、宝钗、探春、妙玉、湘云、宝琴等，还爱平儿、晴雯、香菱、袭人、尤三姐、金钏等。这不是泛爱，不是自作多情，更不是什么轻薄，确实是爱之所至，情感诚挚，欲罢不能。爱，是一个写作者的基本素质。冰心先生说过："有了爱就有了一切。"

现在该说到我的新的长篇小说《女工绘》了，如果用一句话概括，《女工绘》是一部爱的产物。

小说写的是后知青时代一群青年矿山女工的故事。一群正值青春芳华的女青年，她们结束了"接受贫下中农的再教育"的知青生涯，穿上了用劳动布做成的工装，开始了矿山生活。她们的到来，使以黑为主色调的黯淡的煤矿一下子有了明丽的光彩，让沉闷的矿山顿时焕发出勃勃生机。幸好，我那时也参加了工作，由农民变成了工人，那些女工便成了我的工友。"世上有朵美丽的花，那是青春吐芳华。"在我看来，每个青年女工都有可爱之处，都值得爱一爱。她们可爱，当然在于她们的美。粗糙的工作服遮不住她们青春的气息，繁重的体力劳动使她们的生命力更加旺盛，她们各美其美，每个人都像一棵春花初绽的花树。不光像我这样和她们年龄相仿的男青年被她们所吸引，连那些老矿工也乐得哈哈的，仿佛他们受到青春的感染，也焕发了青春。

然而，女工们作为社会人和时代人，她们的青春之美和爱情之美，不像自然界的那些花树一样自然而然地生发，美的生发过程，受到了不同程度的压制、诋毁和扭曲。进矿之后，她们几乎都被分别贴上了两种负面评价标签。一种标签是政治性的，标明她们的家庭成分不好。在那"阶级斗争天天讲"的年代，这样的标签是严重的，足以把被贴标签的女孩子压得抬不起头来。另一种标签是生活方面的，标明她们在生活作风方面有过闪失。所谓生活作风，在当时有一个特指，指的是男女之间的生活作风。在那"政治挂帅"的高压空气下，在矿山被"军管"的情况下，心理有些变态的人们，以揭露和传播别人的隐私为快事，似乎对生活作风方面的事更感兴趣，更乐意对那些女工指指戳戳、添油加醋，以发泄可耻的意淫。那些被舆论虐待的女工，日子更不好过，可以说每一天都在受着煎熬。

青春之美、爱情之美，是压制不住的，也是不可战胜的。如同春来时，板结的土地阻挡不住竹笋钻出地面，疾风骤雨丝毫不能影响花儿的开放，恰恰相反，凡是受到压制的东西，总会想方设法为自己寻找一条出路，哪怕是一条曲折的道路；越是禁止的东西，越能刺激人们想拼命得到它。在顺风顺水时，或许显示不出青春的顽强、爱情的坚韧，越是遭遇了挫折，越能体现青春的无价之价值，增加爱情的含金量。这样的青春和爱情以及女性之美、人性之美，更让人难忘，更值得书写。

在《女工绘》中所写到的这些女工，其原型我跟她们几乎都有交往，有些交往还相当意味深长。在写这部小说的好几个月时间里，我似乎又跟她们走到了一起，我们在一个连队（军事化编制）干活儿、一个食堂吃饭，共同在宣传队里唱歌跳舞，一起去县城的照相馆里照相。她们的一眉一目、一喜一悲，点点滴滴，都呈现在我的记忆里。她们都奋斗过，挣扎过，可她们后来的命运都不是很理想，各有各的不幸。"华春堂"那么心灵，那么富有世俗生活的智慧，刚刚找好如意的对象，却突遇车祸，香消玉殒。曾有人给我介绍过"张丽之"，我因为嫌她的家庭是地主成分，没有同意。她勉强嫁给了她的一位矿中的同学。退休后，她到外地为孩子看孩子，留丈夫一个人在矿上。偶尔回到矿上，发现丈夫已经死在家里好几天。"杨海平"是那么漂亮、天真的一个女孩子，因流言蜚语老是包围着她，她迟迟找不到对象。听说她后来找的是她的一个表哥，生的是弱智的孩子……自打我从煤矿调走，四十多年过去了，这些女工工友我都没有再看见过。想起她们来，我连大哭一场的心都有。

让我稍感欣慰的是，因为爱的不灭，我并没有忘记她们，现在，我把她们写出来了。时间是神奇的东西，也是可怕的东西。它给我们送来了春天，也带来了寒冬；它催生了花朵，也让花朵凋谢；它诞生了生命，也会毁灭生命。随着时间的流逝，那些女工会像树叶一样，先是枯萎，再是落在地上，最后化为泥土，不可寻觅。她们遇到了我。我把她们写进书中，她们就"活"了下来，而且永远是以青春的姿态存在。

当然，每个女工的命运都不是孤立的，女工与女工有联系，女工与男工有联系，更不可忽略的是，她们每个人的命运都与社会、时代和历史有着紧密的联系。她们的命运里，有着人生的苦辣酸甜，有着人性的丰富和复杂，承载着个体生命起伏跌宕的轨迹，更承载着历史打在她们心灵上深深的烙印。我写她们的命运，也是写千千万万中国女工乃至中国工人阶级的命运。他们的命运，是那个过去的时代我国人民命运的一个缩影。我唤醒的是一代人的记忆，那代人或许能从中找到自己的身影。往远一点儿说，我保存的是民族的记忆、历史的记忆。遗忘不可太快，保存记忆是必要的，也是作家的责任所在。我相信，这些经过审美处理的形象化、细节化的记忆，对我们的后人仍有警示意义和认识价值。

继《断层》《红煤》《黑白男女》之后，这是我所写的第四部描绘中国矿工生活的长篇小说。一般说来，作家会用所谓"三部曲"来概括和结束某种题材小说的写作，而我没有停止对煤矿题材小说的写作。我粗算了一下，在全世界范围内，把包括左拉、劳伦斯、戈尔巴托夫等作家在内的所写的矿工生活的小说加起来，都不如我一个人写的矿工生活的作品多。煤矿是我认定的文学富矿,将近半个世纪以来,我一直在这口矿井里开掘,越开越远,越掘越深。据说煤埋藏得越深,杂质就越少,煤质就越纯粹,发热量和光明度就越高。我希望我的这部小说也是这样。

2020年5月23日至25日于北京怀柔翰高文创园

由来已久的心愿

每个人都有自己的心愿，有的人心愿多一些，有的人心愿少一些；有人愿意把心愿说出来，有人愿意把心愿埋在心底；有的人心愿得到了实现，也有的人心愿久久不能实现，甚至一辈子都不能实现，成为终生遗憾。心愿像是对神灵悄悄许下的一种愿，许了愿是要还的。有的心愿还类似于心债，心债不还就不得安宁。

写工亡矿工家属的生活，是我由来已久的一个心愿，长篇小说《黑白男女》的出版，使我这个心愿终于实现了。

1996年5月21日，在麦黄时节，河南平顶山十矿井下发生了一起重大瓦斯爆炸事故，八十四名风华正茂的矿工在事故中丧生。当时我还在《中国煤炭报》当记者，事故发生的第二天，我就赶到了平顶山十矿采访。说是采访，其实我主要是看，是听，是用我的心去体会。工亡矿工的家属们都处在极度悲痛之中，我不忍心向他们提问什么。由于善后工作牵涉到的工亡矿工家属较多，若集中在一起，哀痛之声势必惊天动地，局面难以控制和收拾。矿务局统一安排,把工亡矿工及其家属分散到下属20多个单位,由各单位抽调有善后工作经验的人组成临时工作机构,采取几个工作人员包一户工亡矿工家属的办法,分头进行安抚,就善后问题进行协商。局里分给八矿5位工亡矿工。八矿的临时工作机构紧急行动起来,在刚刚落成的平顶山体育宾馆包下一些房间,连夜派车去乡下接工亡矿工家属。为了采访方便,我也在体育宾馆住下来。除了八矿,还有六矿、七矿等单位也在体育宾馆包了房间,整个宾馆几乎住满了。体育宾馆只有一层,围绕着椭圆形的大体育场而建。那几天,不管我走到哪个房间门口,都听见里面传出哀哀的哭声。那圆形的走道,仿佛使我陷入一种迷魂阵,我怎么也走不出那哀痛之地。那些工亡矿工家属当中,有年轻媳妇,有白发苍苍的老人,还有一些不谙世事的孩子。他们都是农村人模样,面目黧黑,穿着也不好。那被人架着胳膊才能走路的年轻媳妇,是工亡矿工的妻子。那蹲在门外久久不动的老人,是工亡矿工的父亲。有的工亡矿工的孩子大概一时还弄不清怎么回事,在走道里跑来跑去,对宾馆的一切露出新奇的表情。孩子们的童心无忌使人们的悲哀更加沉重。在那些日子里,我的心始终处在震荡之中,感情受到强烈冲击。我一再对自己说不要哭,可眼泪还是禁不住一次又一次涌出。回到北京后,我把所见所闻写成了一篇近两万字的纪实文学作品。我知道自己无能为家属们做什么,我只能较为具体、详尽地把事故给他们造成的痛苦记录下来,告诉人们。我想让全社会的人都知道,一个矿工的工亡所造成的痛苦是广泛的，而不是孤立的；是深刻的，而不是肤浅的；是久远的，而不是短暂的。我想改变一下分析事故算经济账的惯常做法，尝试着算一下生命账。换句话说，不算物质账了，算一下精神和心灵方面的账。

在作品中，我并没有站出来发什么议论，主要是记事实、写细节，让事实和细节本身说话。比如有这样一个细节：一位矿工遇难时，他的儿子才六岁多，刚上小学一年级。矿上的面包车来接他们家的人去宾馆，他绷着小脸，眼含泪花，硬是不上汽车。谁拉他，他使劲儿一挣，对抗似的走到一边站着。他别着脸，不看人，谁跟他说话他都不理。姥姥让他"听话"，他也不理。最后还是他姥姥架着他妈妈从汽车上下来，妈妈有气无力地喊他"我的乖孩子"，他才说话了，他说的是："妈，你别难过，我去叫几个同学，下井把我爸扒出来！"妈妈说："好孩子，妈妈跟你一块儿去，要死咱们一块儿死……"说着，一下抱住儿子，母子俩哭成一团。再比如，还有这样一个细节。一位工亡矿工的妻子，到宾馆两天了，一口东西都不吃。到了吃饭时间，她被别人劝着、拉着，也到餐厅去。但到了餐厅，她就低头呆坐着，不往餐桌上看。矿上安排的生活很不错，满桌子的菜，鸡鱼肉蛋全有。这样的待遇是家属们平时想都不敢想的。可生活越好，那位矿工的妻子越是不摸碗、不动筷子。她有一个十分固执的想法，一看见饭菜就想那是她男人的命，她说她吃不下自家男人的命啊！没办法，矿上的医疗组只好给她打吊针，输葡萄糖水，维持她的生命。

作品以"生命悲悯"为题在《中国煤矿文艺》1997年第一期发表后,引起了当时煤炭工业部领导的重视。一位主管安全生产的副部长给我写了一封公开信,称"作者从生命价值的角度,以对煤矿工人的深厚感情,用撼人心灵的事实,说明搞好煤矿安全生产的极端重要性和特别的紧迫性"。副部长建议:"煤炭管理部门的负责同志,特别是从事安全生产管理的同志读一下这篇报告文学,从中得到启示,增强搞好安全生产的自觉性和政治责任感,为共同实现煤矿安全生产,为煤矿工人的安全与幸福,勤奋工作,多做贡献。"

作品随后在全国各地煤矿所引起的强烈反响,让我有些始料不及。一时间,几十家矿工报几乎都转载了这篇作品,广播站广播,班前会上在读,妻子在家里念给丈夫听,有的矿区还排成了文艺节目,搬到舞台上演出。我听说,每一个播音员都声音哽咽,播不下去。我还听说,在班前会上读时,不少矿工听得泪流满面,甚至失声痛哭。直到现在,有的煤矿还把《生命悲悯》作为安全生产教育的教材,发给新招收的工人人手一份,对新工人进行安全生产教育。有一次,我到陕西蒲白煤矿采访,有的矿工和家属听说我去了,就在矿上的食堂餐厅外面站成一片等着我,说我写了那么感人的文章,一定要见见我,还说要敬我一杯酒。矿工和家属有这样的反应,把我感动得不行,差点儿流了眼泪。由此我知道了,只要我们写的东西动了心,就会触动矿工的心,引起矿工兄弟的共鸣。由此我还认识到,用文艺作品为矿工服务,不是一个说辞,不是一个高调,也不是一句虚妄的话，而是一种俯下身子的行动，是一件实实在在、呕心沥血的事情，是文艺工作者的价值取向、良心之功。只要我们心里装着矿工，贴心贴肺地为矿工着想，喜矿工所喜，怒矿工所怒，哀矿工所哀，乐矿工所乐，我们的作品就会在矿工群体中收到积极的心灵性和社会性效应。

有了和读者的良性互动，有了以上的认识，我萌生了一个新的想法，能不能写一部长篇小说，来描绘工亡矿工家属的生活呢？与长篇小说相比，纪实作品因为"纪实"的严格要求，总是有一些局限性。而长篇小说可以想象、可以虚构，篇幅会长些，人物会多些，故事会更复杂些，容量会大些，情感会丰富些，思路会开阔些，传播也会广泛一些。有了这个想法，我心里一动，几乎把这个想法固定下来，接着它就成了我的一个心愿，或者说成了我的一份"野心"。可长篇小说是一个大工程，它不像写一篇纪实文学作品那么快、那么容易。也就是说，仅仅靠在纪实作品的基础上发挥想象是不够的，写一部长篇小说的时机还不够成熟，还需要继续与矿工生活保持紧密的联系，还需要继续留心观察，继续积累素材，继续积蓄感情的能量。

有心愿和没心愿是不一样的，心愿是一种持久性的准备，也是一种内在的动力。有了写长篇小说的心愿之后，我对全国煤矿的安全状况格外关注。我国的基础能源是煤炭，在各种能源构成中，将近70%来自煤炭这种化石能源。中国这架庞大的经济机器能够隆隆前行，它的动力主要来自煤炭。国家用煤多，从事采矿的人员就多，安全状况不容乐观。远的不说，进入21世纪的前些年，全国煤矿的工亡人数平均每年还多达数千人。从2004年10月20日到2005年2月14日，在不到四个月的时间里，全国煤矿就接连发生了三起重大瓦斯爆炸事故。在事故中，河南大平矿死亡一百四十八人，陕西陈家山矿死亡一百六十六人，辽宁阜新孙家湾矿死亡二百一十四人。五百多条年轻宝贵的生命突然丧失，同时使多少妻子失去了丈夫，使多少父母失去了儿子，使多少子女失去了爸爸，严酷的现实，让人何其惊心，多么痛心！一种强烈的使命感鞭策着我，催我赶快行动起来，深入挖掘素材，尽快投入长篇创作。

我选择了到阜新孙家湾深入生活。我做了充分准备，打算在矿上多住些日子。到了阜新我才知道，深入生活并不那么容易，不是想深入就能深入下去的。我只到了矿务局，还没到矿上，局里管宣传的朋友知道了我的意图，就把我拦下了。他们对我很客气，好吃好喝地招待我，拉我看这风景那古迹，就是不同意我到矿上去，不给我与工亡矿工家属有任何接近的机会。他们认为矿难是负面的东西，既然负面的东西已经过去了，就不必再提了。想宣传阜新的话，就多了解一些正面的东西吧。他们甚至认为，矿难就是一块伤疤，伤疤有什么好看的呢！结果，我那次深入生活是彻底失败，只得怏怏而回。

去阜新空手而归，使我对自己的心愿能否实现有些失望，也有些悲观，觉得自己的心愿恐怕难以实现了。任何心愿的实现都需要条件，都不是无条件的。我的条件就是要搜集材料，而且是大量的材料。一部长篇小说所需要的材料是很多的，如果缺乏材料，那是无法想象的。

转眼十多年过去了，到了2013年，我申报了中国作家协会支持定点深入生活的项目，希望到河南大平煤矿深入生活，获得批准。当年中秋节前夕，我正准备前往大平煤矿时，收到了墨西哥孔子学院的邀请，邀我到墨西哥进行文化交流。以前我没去过墨西哥，很想去走一走。可是，因为时间安排上的冲突，如果我答应去墨西哥，深入生活的计划就有可能落空。于是，我谢绝了墨西哥方面的邀请，坚持向近处走，不向远处走；向熟悉的地方走，不向陌生的地方走；向内走，不向外走；向深处走，不在表面走；在一个地方走，不到处乱走。去矿上之前，我在日记本上自我约法：这次深入生活，要少喝酒，少应酬，少讲话，少打手机；多采访，多听，多记，多思索；一定要定下心来，深入下去。我把这个约法叫作"四少四多一定"。自己长期以来的心愿能否实现，取决于这次深入生活的效果，所以我非常珍惜这次深入生活的机会，决心把自己放下来，姿态放低再放低，以真诚、虚心、学习的态度，把深入生活做深、做细、做实。我在河南文学界和新闻界有不少朋友，有朋友约我到郑州喝酒，被我谢绝了。中秋节期间，有朋友打电话要到矿上看我，也被我谢绝了。大概是水土不服的原因，到矿上的第三天，我的肠胃出现了严重消化不良的症状，拉肚子拉得我浑身酸疼、眼冒金星，夜里呼呼地出虚汗，把被子都溻湿了。在这种情况下，我意志坚定，深入生活的决心没有丝毫动摇，坚持一边吃药，一边到矿工家中走访。中秋节那天上午，我买了礼品，登门去看望一位遇难矿工的妻子和她的儿女们。我还让她的女儿领着我，特地到山坡上她丈夫的坟前伫立默哀。定点深入生活结束时，矿上举行仪式，授予我大平煤矿"荣誉矿工"称号。

回到北京后，我利用半年时间，把深入生活得到的材料，加上以前多次采访矿难积累的素材，加以整理、糅合、消化，一一打上自己心灵的烙印。接着我就静下心来，投入一场日复一日的"马拉松"长跑。我不说赛跑，说是长跑。场地上只有我一个人，我不跟任何人赛跑，只跟我自己赛跑。从2014年6月开始，又用了半年时间，到2014年的12月25日，也就是圣诞节那天，我跑完了属于我自己的"马拉松"全程，意犹未尽似的为小说结了尾。

对了，值得回过头来提一句的是，在写长篇之前，我选取深入生活所获得的万千素材中的一点，像赛前热身一样，先写了一个短篇小说《清汤面》。小说写了工亡矿工家属的互相关爱，并写了矿工群体集体性的人性之美。《清汤面》在《人民日报》副刊发表后，收到了不错的社会效果，中宣部主办的《学习活页文选》，求是杂志社主办的《红旗文摘》，还有《中国煤炭报》，都转载了这篇小说。

《黑白男女》与《生命悲悯》《清汤面》，有着一些内在的联系，是一脉相承的。如果把《黑白男女》说成是《生命悲悯》的虚构版，或是《清汤面的》扩大版，也不是不可以。

我之所以处心积虑地要写《黑白男女》这部小说，并不是因为它能挂得上什么大道理、大逻辑，也不是因为它能承载多少历史意义，主要的动力是来自情感。小说总是要表达人类的情感，而生死离别对人的情感造成的冲击最为强烈。别说人类了，其他一些结成伴侣的动物，一旦遭遇生死离别，也会悲恸欲绝。加上矿工遇难往往是突发的、年轻化的、非命化的，他们的离去只能使活着的亲人们痛上加痛、悲上加悲。小说总是要表现人世间男男女女的恩恩怨怨，矿难的发生，使男女恩怨有着集中的、升级的体现。小说总是要关注生与死之间的关系和意义，表现生者对死亡的敬畏。矿难造成的死亡常常是大面积的，一死就是一大片。众多生命不可逆转的丧失，无数家庭命运的转折，使亲人的生变成了向死而生，对今后的生活和人生的尊严构成了严峻的考验。这些都给作者的想象提供了广阔的空间和更多的可能。实际上，失去亲人，是每个人都必然会遇到的问题，对失去亲人后怎样都要做出自己的回答和选择。在这个意义上，我想超越行业，弘扬中华民族坚忍、顽强、吃苦、耐劳、善良、自尊、牺牲、奉献等宝贵精神。

总的来说，写这部书，在境界上我对自己的要求是：大爱，大慈，大悲悯。在写作过程中，我力争做到心灵化、诗意化、哲理化。想实现的目标是：心灵画卷，人生壮歌，生命赞礼。我对读者的许诺是，读后既可得到心灵的慰藉，又可从中汲取不屈的力量。

至于能否达到预期的效果，还有待于包括矿工兄弟在内的读者的检验和时间的检验。

2015年7月20日于北京和平里

念难念的经

有人说，目前让人眼花缭乱的现实生活太丰富了，太复杂了，太精彩了，小说的写作已跟不上社会发展的步伐，已被日新月异、层出不穷的现代化故事抛到了后面。有人甚至认为，现在不必费神巴力地去虚构什么小说，现实生活中许许多多千奇百怪的事情直接搬进小说里就行了，就可以叫好又叫座。对这样的说法和看法，我不敢苟同。文学的功能主要是审美的，有时并不需要太复杂，而是需要简单，越简单就越美。小说主要表现的是日常生活中的诗意，不需要过于离奇，越离奇越构不成小说。更重要的是，小说是虚构、想象、创造之物，它是超越现实的，并不直接和现实对应。它建设的是心灵世界，而不是照搬现实世界。好比我们知道高粱里蕴含的有酒，但再好的高粱都不能直接等于酒，都不能当酒喝。高粱变酒的过程是历经磨炼的过程，它至少要经过碾轧、掩埋、发酵、蒸煮、提炼、窖藏等多道工序，最终才能变成酒。

还有人说，现在的文艺作品出现了同质化现象，一些作品与另一些作品似曾相识，基本上是重复的。欣赏者没有了新鲜感，变得有些厌倦。的确，我们的现实生活是有雷同的地方，时间、时代、空气、环境、生活方式、交流工具，包括使用的语言和说话的口气，都大体相似。文艺作品的同质化固然与这些几乎相同的外部物质条件有关，也与电视、网络、微信等大众传媒带来的信息共享有关，与文艺作品对人的影响和塑造有关。人们模仿到处泛滥的娱乐化文艺作品，等于塑造了人的行为。迎合潮流的文艺作品对塑造过的人的行为模式再行复制，就形成了同质化的循环。其实在人的精神和灵魂层面，绝不会出现雷同的情况。如同每个人与每个人都不一样，脸孔、手纹、天性等不一样，人的灵魂更是千差万别，在全世界恐怕都找不到两个灵魂完全相同的人。我们的写作只要在精神层面做文章，只要写出了一个人独特的灵魂，就与别人的写作区别开了，就只能是打上自己心灵烙印的"这一个"。

托尔斯泰在他的长篇小说《安娜·卡列尼娜》里一开头就说，幸福的家庭是相似的，不幸的家庭各有各的不幸。他是从家庭的角度说的，说的也是家庭中人的命运。同样的道理，幸福的人是相似的，不幸的人各有各的不幸。我们中国人的说法是，家家都有一本难念的经。这个说法跟托尔斯泰所说的意思几乎是一样的，都强调了人的困境，强调了人类与生俱来的困境。首先是，家家都要念经，每家都有很多本经。其次是，在很多本经中，都有一本难念的经。这个"经"，我们可以理解为日子，念经就是过日子。日复一日，日子比树叶还稠，我们是必须过的，不想过也得过。在众多的日子当中，必定有一段或多段难过的日子、忧伤的日子，甚至是痛不欲生的日子。这样的日子，无疑就是难念的经。作家的写作，通常关注的不是幸福的经、好念的经。因为这样的经是相似的，写了也没多大意义，亦不能引起读者的兴趣。有悲悯情怀的作家所关注的往往是痛苦的经、难念的经。只有知苦而进，知难而进，贴心贴肺地写出难念的经，才具有文学即人学方面的意义，才有可能引起读者的共鸣。是不是可以这样说，古今中外的好小说，写的都是作家深切的生命体验，都是作家心灵深处最难念的经。

下面结合我新近创作的长篇小说《家长》，集中谈谈这方面的一点体会。

不分男女，人只要生在世上，只要生孩子，就会成为家长。你不结婚，不生孩子，跟家长也有交集，因为你的父母就是你的家长。只要有家，就必定有一家之长，可以说家长无处不在。矿长是相对煤矿而言，家长自然是相对孩子而言。一个人有没有孩子，会有很大的不同。或者说当一个人有了孩子，会面临极大的改变。从生理学和心理学的双重意义上说，孩子的出生，改变了父母神经元的连接，使父母对孩子的每个方面都极其敏感，没有什么东西比孩子的命运更能让家长操心操劳。在所有家庭难念的经当中，对孩子的抚养和教育，恐怕是最难念的经之一。人类与其他野生动物不同，那些动物教会孩子奔跑、捕食、生存就行了，就推出去不管了。人还要负责对孩子进行教育，进行长期的、艰苦的教育。从家长对孩子教育的重视程度和付出而言，每个家长都可尊、可敬、可点、可赞。其实孩子也是一样，因血缘相连，孩子对父母的每一个面部表情、声音语调以及行为评价，也高度敏感。这种父母与孩子之间错综复杂的关联互动，构成了在整个教育总量的链条中占有重要环节的家庭教育。密集的、带有强烈干预性的家庭教育，会影响甚至决定孩子的一生。

在人才激烈竞争的物质时代，很多父母都希望自己的孩子出类拔萃，成为社会精英，在竞争中胜出。于是，他们不遗余力地对孩子施加压力，减负的呼声越高，他们对孩子压迫越重，以致"直升机父母""割草机父母""扫雪机父母""气泡纸父母"等层出不穷，使天下父母成为21世纪最焦虑、最恐惧、最疯狂，也是最可怜、最可悲、最可憎的生态群体。

我们的小说总是要写人，人从来都是小说的主体。但每个人都不是孤立的，都有自己的参照系。如同白云是天空的参照，水是岸的参照，风是树的参照，孩子也是家长的参照，而且是最好的参照。只有在孩子的参照下写人，才能撩开社会的帷幔，进入相对封闭和神秘的家庭内部，写出人的生存本相和人性的本质，把人写活，写立体，写丰富。

我们的小说总是要写人与人之间的关系。父母和孩子之间的关系，是人与人之间最紧密、最长久、最稳固、最不可更改的关系。当然，夫妻关系也是人类最亲密、最重要的关系之一。但比起父母与孩子之间的关系来，夫妻关系不是血缘关系，不一定是固定的，有时是可以更改的。虽说父母和孩子有着生与被生的血缘关系,但孩子既然出生,既然脱离了母体,就成了单独的生命个体和生命存在。从生命个体的角度讲,谁都不能代替谁。父母不能代替孩子,孩子也不能代替父母;父母不能代替孩子的成长,孩子也不能代替父母的衰老;父母不能代替孩子的活,孩子也不能代替父母的死。不但不能代替,父母和孩子之间的关系并不像人们想象得那般美好,那般和谐,有时是代替和反代替、控制和反控制、教育和反教育,出现的是对抗、冲突和撕裂的情况。正是这样的人类关系才更深刻,更惊心动魄,更值得书写。

我们的小说总是要找到自己,写出最深切的生命体验。托尔斯泰讲过小说创作的三个重要因素:一是宽阔的胸怀,世界性的目光,深刻的思想;二是深切的生命体验;三是属于自己的独到的精当的语言。我个人认为,在这三个重要因素中,深切的生命体验应是重中之重、核心因素。因为生命体验是基础,是感性的东西。从感性出发,才能上升到理性。同样,有了生命体验,才用得上语言为体验、情感和思想命名。任何一件文学作品,里面有没有作者的生命体验,作者自己心知肚明,读者也能判断出来。只有作者拨动自己的心弦,才能触动读者的心弦,引起读者的共鸣。作为家长,生命体验常常不是主动得来的,是被动得来的,不是你想体验就体验,不想体验就不体验,而是你不想体验也得体验。如同你当上了爸爸或妈妈,一旦当上就套牢了,再也推卸不掉。人世间的好多事情就是这样,主动体验终觉浅,像是隔着一层什么。被动体验因不可逃避，带有强制性，才更加铭心刻骨。

对于《家长》这部长篇小说，故事情节我就不多说了。我要说的是，小说里肯定有我自己当家长的生命体验。我父母是我的家长，我和妻子是女儿、儿子的家长，现在我的两个孩子也都成了家长。我当家长的亲身体验当然很多，有的体验还相当深刻。请允许我举两个小例子。有一次我参加儿子的家长会，当班主任老师点名批评我儿子时，我有些按捺不住，从座位上站起，当场为儿子辩护起来。一般来说，家长们在老师面前唯唯诺诺，都很顺从，巴结老师唯恐不及。我不但反驳了老师的批评，还辩得慷慨激昂、情绪激动，让老师和家长们都大为吃惊。还有一次，因搬家需要给儿子转学。而新家附近学校教导处的女主任百般刁难，不接受我儿子转学。儿子正上小学，不转学就无学可上。我一时感到绝望，竟号啕大哭起来，哭得非常丢丑。哭过之后，我没有再跟女主任说一句话，转身就走了。类似这样迫不得已的、强烈的生命体验和情感体验都深深地铭刻在我的记忆里。在写以家长为主体的小说时，我怎么可能不融入自己的体验呢？

在对孩子教育的问题上，不光我自己是这样，我的兄弟姐妹、同学同事，还有好多亲戚朋友，差不多都是这样。我们爱孩子，疼孩子，愿意说到孩子，孩子总是我们说不完的话题。孩子带给我们快乐，带给我们希望。但一说起对孩子的教育，似乎每个家长都有说不尽的艰难，倒不完的苦水，弄得生儿育女好像并不是生命之福，而是生命之痛。真的，不管是比较优秀的孩子，还是不太优秀的孩子，在对孩子的教育过程中，大家都念过难念的经。更让人痛心的是，也不得不承认的是，有的家长因对孩子持续施加的压力过于沉重，孩子不堪承受，最后酿成了悲剧。不必讳言，我这部长篇小说写的就是一场悲剧，就是以悲剧而告终。

我在前面说过，家庭教育是教育总量链条中的一个环节。不管这个环节多么重要，它还只是一个环节。构成链条的环节还有很多，如：学校教育，社会教育；传统教育，现代教育；自然教育，劳动教育；成功教育，失败教育；正面教育，反面教育；言语教育，行动教育；等等。所有的教育加起来，才形成了教育总量，形成了综合教育。在教育总量当中，每一种教育都不可忽视，不可或缺。或者说各种教育互相关联，相辅相成。教育过程中，有时这种教育占主导，有时那种教育占上风。有时还会出现这样的情况，教育互相矛盾，甚至是互相抵消。孩子接受某种教育正接受得好好的，又一种意外得来的破坏性教育，使前面得来的教育前功尽弃。我的意思是说，一旦对孩子教育失败，不能把责任都推到家庭教育上，各种教育都有不可推卸的责任。

作家写小说，一般不喜欢别人对号入座，对号会引起不愉快，甚至会招致不必要的纠纷。鲁迅先生的《阿Q正传》发表后，就有人主动对号，说小说写的是某某人，或者说小说写的就是对号者自己。鲁迅先生否认了对号者的说法，他说他写的不是某一个人，而是把许多中国人的国民性集中在某一个人身上。鲁迅先生这样做，既使作品中的人物有了个性，也使其有了普遍性。向鲁迅先生学习，我的写作在追求个性的同时，也在追求人性的普遍性。从这个意义上说，我不反对读者在读这部小说时对号入座。也许读者真的能在《家长》中找到自己。

2018年10月9日至12日于北京和平里

从写恋爱信开始

我的小说处女作发表在《郑州文艺》1978年第二期。写这篇小说的时间更早一些,是1972年的秋天。从写出到发表,中间隔了六年。有朋友会问,一篇小说的发表怎么拖了这么长的时间?

那时,我在河南一座煤矿的支架厂当工人。因恋爱的事,闹出了一些小小的不愉快。我们的恋爱很正常,并没做什么出格的事。可当时的"气候"很不正常,人家说我们被资产阶级的香风吹晕了,掉到泥坑里去了,要拉我们一把。拉的办法就是批判我们。为了找到批判所需的材料,人家把我写给女朋友的信和诗也要走了。我和女朋友虽然在一个厂,但我愿意给她写信,愿意用文字表达我的心情。除了写信,我还给她写一些断开的短句,也可以说是诗吧。那些诗并不是直接赞美女朋友,主要是写山川的秀丽,表达对大自然的热爱心情。我们厂附近有高高的伏牛山,有深深的山沟。春来时,残雪还未化尽,我们一起踏雪去寻访黄灿灿的迎春花。秋天,我们一起到山沟里摘柿子、摘酸枣,到清澈见底的水边捉小虾。初冬,我们登上山的最高处,聆听千年古塔上的风铃声,眺望山下一望无际的麦田。从山里回来,美好的印象还保留在脑子里,让人感到一种愉悦的滋味。突然想到,何不试着把美好的感受写出来呢?于是就趴在床上以诗的形式写起来了。那时脑子可真好使,出手也快,也就是人们说的文思如泉涌吧,一会儿就写了好几页,恐怕一百行都不止。写完了甚为得意,就拿给女朋友看。女朋友读得小脸通红,一再说好。她也说不出好在哪里,只是说好。得到第一读者也是唯一读者的赞赏,我来劲了,写得更多,多了就送给她邀赏。女朋友很珍视地一一收藏起来,时间不长就攒下了一大摞。

车间指导员在批判我时,说了一句使我深感惊异的话,以致我把别的长篇批判的话都忽略了,只记住了这一句话。指导员说我写的东西充满了小资产阶级情调,加在一起简直就是一部黄色小说。当时我脑子里放光似的闪了一下,心想,我难道会写小说?他说我写的东西是黄色的,我一点儿也不在意,因为我心里有底,知道自己写的东西非常纯洁,连亲呀爱呀情呀这样的字眼儿都没有。不但格调不低,好像还很"革命"。我重视的是他说的"小说"这两个字。在此之前,我从没敢想过要写小说,从没有意识到自己有写小说的天赋,是人家批判的话从反面提醒了我,在我心里埋下了从事小说创作的种子。

批判我们毕竟是瞎胡闹,很快就过去了。但不能不承认,是批判巩固了我们的爱情,使我们的爱情经历了阻挠和波折,带有风雨同舟的意思。冷静下来后，我想得多一些。我问自己：你有什么可爱的？因你父亲的历史问题，你不能当兵，不能入党。你父亲早故，母亲领着你们兄弟姐妹五个过日子，家境很不好，你不过是一个穷人。我想到了自己的今后，想到了作为一个男人的责任。为了使自己在精神上胜过别的男人，为了不让自己所爱的人失望，自己应该有所作为。除了干好自己的本职工作，还应在业余时间为自己的生命派一些别的用场。于是我选择了写小说。以前我虽然没写过小说，但我写过别的。我在农村老家时给县里广播站写过几篇稿子，都广播了。在厂里宣传队，我还写过对口词和一个小豫剧。这些都为我写小说打下了一些基础。当时书店里没有小说卖，无从借鉴。我的破木箱里虽然藏有一本《红楼梦》，但和时尚相去甚远，一点儿也用不上，只好瞎写。写完一篇小说我心里打鼓：这是小说吗？给女朋友看，她说真好。当时没有文学刊物，或许有，我们在山沟里看不到。小说没地方寄，我就敝帚自珍，存在箱子里。写了东西没地方发，积极性很难维持。我不写小说了，调到矿务局宣传部后，我就写通讯报道。通讯工作给我提供了广阔的天地，使我有机会走遍矿区各个角落，下遍全局各个矿井，有机会接触更多的人。我喜欢写人物通讯，写了不少，为后来的创作积累了不少素材。

　　说话到了1978年，各地的文艺刊物相继办起来了。我看到一本《郑州文艺》，上面有小说、散文、诗歌等。我马上想到了沉睡箱底的那篇小说，翻出来看了一遍，觉得和刊物上发表的小说比也不差。我稍微改了一遍,抄清,就寄走了。寄出后并没有整天挂在心上。那时,我正扑在新闻工作上,一心想当记者。不料编辑部很快来信,认为小说不错,准备采用。我把这消息赶快告诉我爱人(我们已结婚,并有了一个女儿),她高兴得脸都红了。现在看来,这篇小说写得很一般。但6年前写的第一篇小说就发表了,而且还是当期刊物的头题,对我的鼓舞和推动之大是可想而知的。同年,我调到了北京,在一家煤矿工人杂志当编辑。

1980年3月,我在《奔流》发表了第二篇小说《看看谁家有福》,因这篇小说描述三年困难时期的一些真实的生活情景,在读者中引起了很大反响,还有争议。几种不同观点的评论在刊物上连续发了两三期。此后,美国的一位汉学家把这篇小说翻译到了美国。《剑桥中华人民共和国史》还为这篇小说列了一条。对这篇小说的批评,给我思想上造成一些压力,但并没有降低我的创作热情,反而激发了我执拗的创作意志,使我在创作上更加自觉和勤奋,并逐步建立了自信。

从发表处女作至今,我业余从事文学创作已二十多年了,发表了将近三百万字的文学作品。我的创作主要取材于农村生活和煤矿生活,这是我比较熟悉、感受比较深切的两个题材领域。我创作的目的主要是给人以美的享受,希望能够改善人心,提高人们的精神品质。我对自己的创作意志充满自信,会在文学创作的道路上义无反顾地走下去。

第四辑 谈片

关于语言的三生万物

这次来周口师院谈创作，我有些诚惶诚恐。周口市下属的鹿邑县是老子的故里，来到老子故里，我不该谈什么创作，应该闭嘴才是。老子是中国哲学的鼻祖，是中华理性的代表人物，鲁迅先生，还有西方的哲学家康德、尼采等，都对老子有极高的评价。鲁迅的评价是："老子之辈，盖其枭雄。"尼采的说法是："《道德经》像一个永不枯竭的井泉，满载宝藏，放下汲桶，唾手可得。"老子不但是伟大的哲学家，还是全世界公认的大作家。据报载，2017 年，美国的《纽约时报》评出了从古至今的全世界十大作家，排在第一位的作家是谁呢？正是我们的老子。这个评选结果，让国人为之骄傲，也让我这个老子的老乡兴奋不已。想想看，有史以来全世界的大作家多得数不胜数，而生在我们周口这块土地上的老子李耳，却排在十大作家的首位，这怎能不让人欢欣鼓舞！这表明，老子的著作在国外的读者很多，老子的知名度可以说名冠全球。对于这一点，我自己也有所感知。2009 年春天，我应邀到美国华盛顿州的西海岸参加一个国际写作计划的写作，其间与美国读者有过一次现场交流。我问美国的读者，他们读过哪些中国作家的书，知道哪几位中国作家。我想，他们或许读过《红楼梦》《西游记》，应该知道曹雪芹、吴承恩。他们众口一词，说了一个作家的名字。你们说的是谁呀？我听不懂。经过翻译，我才听懂了，哦，他们说的是老子，老子！他们这样回答，是我万万没想到的，给我留下了深刻的印象。说实话，在求知方面，我们往往容易犯舍近求远的毛病，对于眼前的先贤大家视而不见，只对"外来的和尚"顶礼膜拜。待"出口转内销"的情况出现，我们才有所觉悟，才对身边的大师重视起来。我说这个话，老师和同学们可能听出来了，我其实是在反思自己、检讨自己。我以前对老子的哲学并不是很重视，手里连一本完整的《道德经》都没有。去了一趟美国，我才对老子真正重视起来。

老子说过："大道无言。"老子还说过："道之出口，淡乎其无味。"我理解，道可以意会，或许可以写出来，但不可言说，最好不要说出来，一说出来就寡淡了，没有味道了。如果小说创作也是一种道的话，最好也不要说。小说是写的，不是说的。小说本身读起来是有味道的，一旦说出来就不一定有味道了。好比饭菜是有味道的，讲做菜的过程就没味道了。那我怎么办？这个创作谈还谈不谈呢？我看大家的意思还是希望我谈，那么好吧，我就再冒一次没有守道的险吧！

我今天所选择的题目，主要是想讲一讲语言。小说是一门语言艺术,在小说创作的诸多要素中,不少作家把语言放在要素的第一位。有的作家干脆说:写小说就是写语言。还有的作家说:语言是小说存在的唯一理由。其实不光是小说,任何体裁的文学作品,语言都是决定性的因素。比起讲别的题目,讲语言更有普遍意义,或者说有更大的公约数。难度在于,文学创作是书面语言,讲语言使用的是口头语言,书面语言和口头语言不是一回事,我在用口头语言讲述怎样写好书面语言时,有可能出现词不达意的情况,也有可能会出现语意重复的情况,请大家能够谅解。

老子曰:"道生一,一生二,二生三,三生万物。"一字生两字,两字生三字,三字生语言。一人为人,二人为从,三人为众。一木为木,二木为林,三木为森。为了向老子致敬,今天的讲座,请允许我每个小标题都用"三"来概括。

三种功能

第一种功能,语言是思想的发动机。我以前把语言说成思想的工具,后来我说成思想的武器,现在我愿意说成是思想的发动机。关于语言和思想的关系,有作家说语言即思想,也有作家说,语言和思想同时存在,二者不可剥离。照这样的说法,如果我把语言说成是思想的工具,好像对语言有所贬低,语言仿佛成了被任意驱使的东西。为了表示对语言的尊重,也是对同行的尊重,我就换一种说法。其实,对于把语言和思想画等号的说法我并不赞同，要说语言即概念，我还可以接受，说语言就是思想，我持疑问的态度。我以为，把语言变成思想，需要有一个辨识、发动和结构的过程，省去了这个过程，语言不会自动生成思想。作家的写作必然要表达自己的思想。思想是怎样生成的呢？别无他途，只能是借助于语言。一个人的脑子里得先有语言概念，才能形成思想。打个比方，蚕需要结成茧，蚕的肚子得有丝才行。茧是思想，蚕吐出的丝就是语言。脑海里词汇库存量大，语言丰富，思想才会丰富。每个思想家的前提必须是语言家。语言丰富了，思想不一定就丰富。但一个人如果语言贫乏，缺乏构成思想的基本材料，思想绝对丰富不起来。拿小孩子来说，他们还处在学语言的阶段，所学到的语言都非常简单，如果要求他们有丰富而复杂的思想，那是不切实际的异想天开。小孩子可以有欲望，欲望不是思想。

第二种功能，语言是灵感的抓手。我们在艰苦的思想劳动之后，有时会产生灵感。我们靠什么捕捉和抓住灵感呢？靠语言。语言是灵感最有效的抓手，我们用抓手把灵感抓住了，并迅即用语言给灵感命名，灵感就跑不掉了，就被固定住了。灵感是一种奇妙的东西，也是一种调皮的东西，它的表现往往像是一个灿烂的火花，火花一闪，很可能稍纵即逝。灵感好不容易来了，如不能及时抓住它，灵感就消散了、浪费了，跟没产生过灵感是一样的。作家写作的过程，很大程度上就是用语言抓住灵感的过程。好作家好就好在善于用独特的语言为自己的灵感和思想命名，不断写作，不断命名。有的作家的作品，之所以没味道、没特色、不出彩，看不出新的发现、新的创造，也不见得他们没有灵感、没想法，只是没给自己灵感和想法做出独特的命名而已。有时候人容易偷懒，人云亦云，别人这么说我也这么说就算了，没有专门给予命名。坏了，你偷懒，语言也偷懒，灵感也偷懒，作品就丧失了独特性。

第三种功能，语言是美的载体。小说创作是发现美、表现美的过程。美有很多种，有情感之美、思想之美、细节之美、形式之美、自然之美等。发现美和表现美，主要靠语言。承载美靠什么呢？也是靠语言。唐诗宋词那么美，《红楼梦》那么美，它们都是靠语言承载的，如果没有语言的承载，我们到哪里去寻觅呢？扩大了说，书本、电脑、网络、手机等，也是载体。但这些载体变来变去，所不变的是语言。语言是最原始、最本质的载体。载体的形式可以有变，它的本质不会变。西方哲学家说过，人类的一切活动，最终都是为了写进书中。活动一写进书中，就会变成文化、历史和文学艺术。用什么写进书中呢？用文字语言。说到底，载体还是语言。

三　说

说中国话。朋友们听我这么说，可能觉得有些可笑，说我们是中国人，说的当然是中国话。是的，我们日常的语言交流，说的都是中国话。之所以提出说中国话，主要指的是书面语言。我们出版的很多作品，是从国外翻译过来的。我们读翻译的东西读多了,有可能会染上翻译腔,把一句话写得很长,长到十几或几十个字一句,故意把句式结构弄得很复杂,读完一句话,差不多能把人憋死。更为可笑的是,有人为了追求所谓形式创新,大段大段的话不分段,也不标点,让人读起来云里雾里,不知所云。这就是在学外国人说话,不是中国话的说话方式。我们中国话的特点是讲究节奏、韵律,习惯说短句。《三字经》是三个字一句:"人之初,性本善。"《百家姓》是四个字一句:"赵钱孙李,周吴郑王。"周兴嗣的《千字文》,"天地玄黄,宇宙洪荒,寒来暑往,秋收冬藏",也是四字一句。这三种读本被称为"三百千",是我们中国人的传统启蒙读物。过去小孩子上学,启蒙是从这儿开始的,牙牙学语,顶多四字一句。到了我们的诗歌,"床前明月光,疑是地上霜",增加到五个字一句。再长一点儿,七绝、七律,也不过七个字,"飞流直下三千尺,疑是银河落九天"。久而久之,潜移默化,就养成了我们中国人说短句的习惯,也养成写文章讲节奏、讲韵律的习惯。说长句,那不是中国话,是外国话,是洋话。我们写文章,还是说中国话好一些,非要模仿外国人写那么长的句子干什么!我们中国的一些大作家,从鲁迅到沈从文,还有汪曾祺,他们写长句子很少,大都是短句,读起来抑扬顿挫、朗朗上口,可以得到很好的语言艺术享受。

说自己的中国话。我们人人有一张嘴,都会说中国话,但不等于说的是自己的中国话。有人老是鹦鹉学舌,八哥学话,那说的就是别人的话,不是自己的话。要做到说自己的中国话,并不是一件容易的事,它要求我们找到自己的天性、气质、自尊和语言方式。先拿口头说话来说,好比世界上没有两片完全相同的树叶,也没有完全相同的两个人。人的长相不一样,手纹不一样,说话的音质和声调也不一样,每个人都是独特的"这一个"。哪怕是千里万里打一个电话,我们一听,就能听出这是张三的声音,那是李四的声音。这是自然造就的,是从生命深处来的,要使人与人之间的声音有差别。而写作作为一种书面表达,作为人类的一种社会化劳动,要做到说自己的话,就有一定难度。它不是自然生成,是修炼而来,而且需要长期的自我修炼,才能达到说自己的中国话的效果。这要求我们,必须树立说自己的中国话的意识,不能老是看着别人的嘴巴说话。有人写了独特的话,精彩的话,我们可以欣赏,可以叫好,但不能把人家的话原封不动地抄过来。语言千变万化,你这样写,我偏不这样写,我要千方百计换一个自己的说法,争取也说得精彩一些。这样时间长了,慢慢地,我们就会把上天赋予我们的天性、气质、音调与语言文字打通,形成自己的语言风格和气场。

说好自己的中国话。加上一个"好"字,这个要求比前两个要求更进一步,这就有些推敲的意思,也有些语不惊人死不休的意思了。好的作家,都是讲究修辞炼句的作家,甚至对每一个字都很讲究。请允许我举两个把自己的中国话说得好的例子。这两个作家是汪曾祺和林斤澜,他们都是写短篇小说的高手,被称为中国文坛的双璧。他们两人的语言各有各的好,语言风格却截然不同。汪曾祺的语言道法自然,看去自由自在,一点儿都不用力,好像很随便的样子。但他说,他的随便是苦心经营的随便,随便背后是他的苦心。林斤澜的特点是对每一个字都要进行深究,找到文字的根,才开始组成语言,写成小说。他追求的是字后面有字,话后面有话,读起来需琢磨。汪曾祺有一篇小说,写到以前通过开会改善生活,说开会不就是吃饭嘛!写完给林斤澜看,林斤澜建议把这句话改一下,改成开会就是会餐。他看重的是这个"会"字,要发挥它的潜在功能。可汪曾祺不同意改,他说一改就是你的语言,不是我的语言了,就是你的味道,不是我的味道了。这个例子很有意思,它至少表明,好的作家各有各的语言,互相不能代替。

讲到这里,我得说明一下,这三个"说"我好像在哪里听说过或看到过,不是我的原创。这样说来,等于我还没有说好自己的中国话,朋友们不会因此笑话我吧?

三　化

心灵化。我们的写作,须找到我们自己,找到自己的心。通过找到自己的心,找到和世界的联系,并再造一个世界。再造的世界来自现实世界,并不是现实世界的翻版,它是精神世界,也叫心灵世界。古来多少帝王将相,大都"荒冢一堆草没了"。而曹雪芹因为创作了《红楼梦》,创造了一个属于他自己的心灵世界,他将永远活在全世界的读者心中。因为我们创造的是心灵世界，要求我们必须有一颗真诚的心，听从的是心灵的召唤，而不是虚伪的心，不是违背自己的心愿。每个人写东西有多有少，判断一个作者所写作品的质量，不是看数量的多寡，而是看你用心没有。你只要用心了，哪怕只写一篇散文，只写一首诗，或者只写一封信，那你写的东西就属于你。如果你没用心呢，没有心灵的参与呢，不管你写了多少东西，那些东西都不属于你，写了跟不写也差不多。建设心灵世界，必须使用心灵化的建筑材料，也就是心灵化的语言，心灵化的叙述。所谓心灵化，就不是客观化，也不是表面化，而是主观化、精神化。现实主义在不断发展，不知朋友们注意到了没有，现在不少作品走的虽说仍是现实主义的创作路子，但此现实主义不是彼现实主义，此现实主义不再是客观现实主义，而是变成了心灵现实主义，这是现实主义创作一个很大很大的进步。使用心灵化的语言写作，哪些作家做得比较好呢？如果让我给大家推荐两个作家的话，外国的作家，我推荐奥地利的茨威格，中国的作家，我推荐王安忆。朋友们读读茨威格的《一个陌生女人的来信》《一个女人一生中的二十四小时》，读读王安忆的《长恨歌》，就知道什么是心灵化的语言了。

诗意化。我们中国的文学是从诗歌走过来的，从《诗经》《唐诗》《宋词》《元曲》，到现代的诗歌，一路都是诗歌引领，都有诗歌相伴。诗的成就是中国文学的最高成就，诗被称为中国文学皇冠上的明珠，从文学的角度看，中国被称为诗的国度。在小说、散文、报告文学和诗歌等各种文学体裁当中，诗歌是最虚的一种。我所说的虚,不是虚无、虚幻、缥缈,是相对其他文学门类的写实而言,指的是诗的空灵,飘逸,是它的精神性和灵魂性。无疑,诗的审美层次是最高的,诗意的境界是文学创作的最高境界,我们写小说的一定要向诗歌学习。这个话不是我说的,是沈从文先生说的。他说,写小说的老是看小说,所得是不会多的,要多读诗歌,才能学到一些东西,才有望提高自己的写作水平。向诗歌学习,不可生搬硬套,不能为诗歌而诗歌。我国早期的一些小说,动不动就要来一个"有诗为证",好像在以此显示作者的写诗水平,不加上一些诗就会被人看不起似的,就上不了文学档次似的。这种做法,诗歌的存在是外在的、生硬的,与小说文本几乎是剥离的。到了《红楼梦》就好了,《红楼梦》里虽说也有大量诗词,它们与书中人物血肉相连、息息相通,不但与整个文本有机地融合在一起,还成为小说中最精彩、让人百读不厌的部分。在现代小说中,沈从文的中篇小说《边城》,是一个诗意化的样本。小说中没有一句格律意义上的诗,读来却满篇都是诗。他的语言优美隽永,像是不分行的诗。如果把他有些小说的段落分行,按诗句排列,就是现成的诗。某一日,我见复旦大学的张新颖教授,把《边城》摘出一段,排成了诗行,发在《文汇报》的"笔会"上,果然是不错的诗。不知道在座的同学们读过《边城》没有,如果没读过,我建议你们补上这一课。语言诗意化做得比较好的,我还愿给同学们推荐张炜、阿来、迟子建、毕飞宇、石舒清等作家。别看路遥的读者不少,他的语言并不太好，不讲究，谈不上有什么诗意。他的语言是客观化的，甚至是大众传播语言。我这样说，也许有的读者不爱听，但我是实话实说。

哲理化。小说不是哲学，摆弄哲学是哲学家的事，不是小说家的事。小说叙事以情感美为核心，主要是情感用事，不是哲学用事。但朋友们不要忘了，小说最终是理性的果实，小说的写作过程必须有理性的参与。理性是什么？是我们对现实世界的看法，是世界观，是指引小说从此岸到彼岸、从因至果的思路。任何感性的表达，都离不开理性的审视、整理和升华。觉和悟、感性和理性，互相支撑，相辅相成。没有思想参与的感情，只能是肤浅的，不会是深厚的；只能是低质量的，不会是高质量的；只能是短暂的，不会是长久的。我们写东西迟迟达不到一个较高的层次，往往不是因为情感不够，而是思想不够，分野不是在情感上，而是在思想上。所以，我们一定要在提高思想认识能力上下功夫。我们写的小说让读者眼湿了，心潮起伏了，还要给他们一些回味、一些思索，得到一些哲理上的启迪。一说到哲理，有的作者被吓住了，说，哎呀，哲理是不是很高啊，是不是高不可攀啊？其实不是，哲理与人生伴生，与生活伴生，与生存伴生，无处不在。哲理如夜晚的满天星斗，抬头即可望见。哲理如春天里的遍地野花，俯拾即是。曹雪芹在《红楼梦》里说过两句话，很好地说明了现实与哲理、人情与哲理的关系，这两句话是：世事洞明皆学问，人情练达即文章。我想这两句话不用再多解释，大家一听就明白了。你把什么事情都看明白了，这就是学问；你懂得人情世故到练达的程度，才能写好文章。

三　有

有味道。中国的饭菜特别讲究味道，这个地球人都知道。中国的语言也特别讲究味道。好的语言都是有滋有味的语言，不好的语言都是寡淡无味甚至味同嚼蜡的语言。语言的味道不是苦辣酸甜咸，不是物质性的，是精神性的，但味道确实存在，我们一尝便知。好比厨师做菜，每个厨师烹出的菜都有自己的味道，好的作家也是，也都有自己独特的味道。也可以说，独特的味道是一个作家的标记，也是一个作家与别的作家的区别。拿鲁迅和沈从文来说，他们的语言各美其美，各有其味。我们拿过一篇作品来读，不用看作者的名字，一读，哦，是鲁味，绍兴味。拿过另一篇作品来读，哦，是沈味，湘西味。我们读老舍和萧红的作品，也可以很快读出特殊的味道，分辨出老舍的京味和萧红的呼兰河味。他们作品语言味道的形成，不仅有地域文化的作用，主要在于气质的作用。他们的写作是他们的呼吸，呼吸带出了不同的气质，形成不同的气场，也形成了不同的味道。味道是一个字一个字、一句话一句话集中到一块儿形成的。好比秋天我们来到一片成熟的稻田边，金色的秋阳一照，好香，满地都是稻香。稻子香味的形成，是无数稻穗儿的香味相加，语言味道的形成，也是无数语言的融合。作品有了自己的味道，我想这是一个境界，很高的境界，不是每个写作者都能达到这个境界。初学写作的人，还处在模仿阶段，不可能形成自己的味道。作家只有经过长期写作，长期修炼，逐渐摆脱别人味道的影响，真正找到自己，达到一种下意识本能书写的程度，才有望形成自己的味道。

有灵气。人靠一口气活着，写文章也与这口气紧密相连。孙犁先生说过，文章以气为主，强调了气对写文章的重要作用。人的气分好多种，灵气是其中的一种。没有灵气的语言如荒漠，如枯草，荒漠里没有虫鸣，枯草里不长花朵，是生硬的、僵死的语言。注入灵气的语言如流泉，如飞鸟，流泉里有叮咚之声，飞鸟在天空自由翱翔，是灵动的语言，飞扬的语言。孙悟空跟一群妖怪打仗，他被群魔围住，眼看要打不过人家，这时他就得想办法组建、调动自己的队伍。他的办法是从身上拔下一撮猴毛，用嘴一吹，噗地一下，变出许多跟他一样的猴子，那些猴子也都手持一根金箍棒，集体跟妖魔鬼怪们进行战斗，直至把妖怪打败。之所以能战斗关键不在他从身上拔下的猴毛，而在于他对着猴毛吹的那口气。那口气就是灵气。如果不给猴毛注入灵气，猴毛再多也只能是猴毛。给猴毛吹进了灵气，猴毛霎时就变成了众多的猴子，个个活灵活现，武艺高强。这跟我们在语言里注入灵气的道理是一样的。

有陌生感。对于这个说法，朋友们可能觉得有些陌生，也有些不好理解。中国常用的汉字也就那么三四千个，你用我用他也用，已经用得像人民币一样熟，怎么能让它们变得陌生呢？语言是让人懂的，如果写出的语言让人感到陌生，那还能算是好的语言吗？对了，就是因为我们对文字太熟，对有些语言也太熟了，熟到张口就来、滚瓜烂熟的程度，我们才要打破已有的语言套路，想办法把他们变得陌生一些。有一些词我们常用，像努力啊、团结啊、革命啊、涌现啊、响应啊等。这些词用得多了，用习惯了，就形成了思维定式，把它们意识形态化了，甚至政治化了。我在北京某大学讲课，听课的有学编剧的本科生，也有研究生。讲课时，我说了两个词，让同学们给我造句，一个词是响应，另一个词是涌现。用响应造句，后面跟的是号召：我们响应校党委的号召，最近做了什么。一说响应，号召随之而来，像立竿见影一样快。这就是思维定式的结果。这样用响应造句，表明这个同学并没有对响应这个词进行深究，并没有真正了解这个词的词义。所谓响应，是这边有响声，那边有回应。我用响应给他们造的句子是：一棵树上有斑鸠在叫，另一棵树上的斑鸠做出了响应。老李打了个喷嚏，老王也响应了一个。这样造句，你就不一定非要响应号召，响应鸟叫，或响应喷嚏，都是可以的。这样使用响应，是不是就有了陌生感呢？用涌现这个词造句也是，同学造的句子是：最近我们学院又涌现出了许多好人好事。我给他们造的句子，是我的长篇小说《遍地月光》里的一句话：牛一撅尾巴，大块大块的牛粪便涌现出来。涌现的不是惯常说的所谓好人好事，而是牛粪，这样就把涌现的思维定式打破了、颠覆了，变得陌生起来。当编辑的都很看重作者的语言，看到这样有陌生感的语言，编辑会眼前一亮，说好，这个作者对语言有深究，真正挠到了语言的痒处。这就叫一字金刚，满篇生辉。用好了一个词，编辑会对你高看一眼。

三　少

我在语言使用方面总结出的"三少"，是少用成语，少用时髦的话，少用别的作家用过的精彩语言。

先说少用成语。不能说成语不好，每个成语里都包含一个故事，它言简义丰，历史久远，扎根很深，是我们汉语宝库中重要的组成部分。我注意到，一些中学生或者一些初学写作的人，比较喜欢用成语，好像成语用多了才显得自己的词儿多、语言华丽。一个长期写作的人，一个比较成熟的作家，还是少用成语的好。因为成语是现成的，也是封闭性的，不能说成语是滥调，至少是陈词。成语也不是一点儿不能用，用时最好能打开它，给它翻新，或反其道而用之。甚至于，我们可以对某些成语的典故提出质疑。比如，"守株待兔"这个成语，它的寓意是好的，但我对它的故事逻辑是质疑的。兔子天生有避险能力和自我保护能力，它怎么可能一头撞到一个树桩上，折颈而死呢？有的作家不但极少使用成语，连四个字一句话的词都很少用。这样做是为了避免刻板，为了摆脱传统的文路，使行文更自由、更奔放一些。

再说少用时髦语言。时髦语言也是流行语言，多出现在新闻媒体上。新闻要求新,过一段时间就要制造出一句两句时髦语言,比如"给力"这个词。不知是哪家报纸先用的,一时间,这也给力,那也给力,到处都在给力,好像除了给力,就不会给别的东西了。到了作家这里,为了不凑热闹、不跟风,也是保持一个作家应有的尊严,别人都在给力,你就不要给力了,要给点儿比给力更有力的东西。还有网络语言,最好也不要用。有些网络语言以糟蹋我们中华民族文化基因的汉语语言为能事、为快事,让人很不舒服。有人愿意使用网络语言,认为使用了网络语言,才显得新潮,才能与时代保持同步。别人谁爱用谁用,反正我不用。

第三是少重复使用别人用过的出彩的语言。有些语言很精彩,那属于精彩语言的创造者,我们可以欣赏,最好不要照搬。借用一次两次还说得过去,借用得多了,就不新鲜了。我有一个作家朋友叫刘恒,他编过不少有名的电影如《菊豆》《集结号》等。他还写过许多精彩的小说如《虚证》《贫嘴张大民的幸福生活》等。他还写过一个短篇小说,叫《狗日的粮食》。中国过去长期缺粮食,饿肚子是常态,刘恒用"狗日的粮食"命名,写出了国人对粮食又爱又恨的那种感情,让人叫绝。小说获得了全国短篇小说奖。徐坤写了一篇小说,叫《狗日的足球》,我们都知道中国足球的现状,连亚洲都冲不出去,连世界杯的预选赛都过不了关,的确可以骂上一句"狗日的"。事情有了再一再二,就够了,不能再用"狗日的"做小说名了。然而不,我在《阳光》杂志社当主编时,曾看到过一篇小说,题目叫《狗日的小煤窑》。中国的小煤窑很疯狂,对国有大煤矿形成包围之势,把大煤矿蚕食得够呛,非常让人讨厌。如果没有前面两篇"狗日的",把小煤窑说成"狗日的",我一定会为之叫好。可前面已经有了两篇,你再用"狗日的"就不行了。更为可笑的是,我后来又看到一篇小说,题目干脆就叫《狗日的小说》。你看,大家都笑了吧!看到这样的题目,连小说内容都不用看了,只能放弃。这些作者也真是的,干吗老抱着"狗日的"不放呢?换个思路不行吗?你把它写成"狼日的""驴日的""猪日的",会不会稍好一点儿呢?

三个判断标准

第一是精确。我原来说的是准确,现在改成精确。精确比准确更进一步。出语如打靶,如果跑偏或者脱靶,我们的语言是无效的,就浪费掉了。沈从文所说的语言的判断标准是正好。什么是正好呢?就是增一分则太高,去一分则太低,不说过头的话,也不说不及的话,要说得恰到好处。有一个意思,可以用好几句话来表达。这好几句话当中,可能只有一句是精确的。那么,我们就挑这正好的这句话。第一句也许写得不精确,不妨再换一个,直到精确为止。举个例子,我在一篇小说里,写到我和女朋友在女工宿舍里谈恋爱,有人到保卫科告发我们。保卫科的人推门而入之后,我写的是"亏得我们没发生关系"。什么叫"发生关系"?不好听,得换一句话。我换的是

"亏得我们没做什么出轨的事"。"出轨"的说法也不好，对自己还是不太尊重。最后我改成"亏得我们没做什么不妥的事"，心里才舒服一些。我像这样把一句话挑来挑去的情况不是很多，要是这样的话，一篇小说得写多长时间哪！由于长期写作，我对语言已经养成了一个挑选机制，想表达什么感情，想写什么意思，手到心到，随心所欲，它自己就跳出来了。这跟乒乓球运动员打乒乓球的道理是一样的，对方一个高难度的球打过来了，你根本来不及多想，靠下意识的、本能的反应，啪地一下子，就把球打了回去。这是人球合一的状态，人就是球，球就是人。写作经过长期修炼，也会达到人和语言合一的状态，语言已经长到了作者的骨子里，溶进写作者的血液里，需要什么样的语言，哪句话比较精确，它自然就会出来。有人说好作品是改出来的，我不太赞同这样的说法。把作品改来改去，不是什么好习惯。我自己的习惯，一篇小说写完了，完成度随之实现，很少再修改。写作的过程，是一个调动全部感官的过程，是全神贯注的过程，也是通灵的过程，你想重新进去，找到当时写作的感觉，是很难的。一个人写完了作品，千万不可以弄丢，要是丢失，重写起来就难了，可能永远找不到那样的激情和语感了。

第二是自然。我把第二个判断语言的标准说成自然，遵循的还是老子的哲学。老子讲："人法地，地法天，天法道，道法自然。"法是方法的"法"，是学习、模仿、效法的意思。在人、地、天、道和自然中，自然被排在最高的位置，是一切境界中最高的境界。道法自然，是说世界上的万事万物都要向自然学习，都要遵守自然的规律。那么我们写小说使用语言也不例外，一个重要的评判，看用得是否自然。如果有人说你的语言不错，挺自然的，这是很高的评价，是天人合一的境界。不自然的，就是生硬的、别扭的、虚伪的、装腔作势的语言，让人感觉不舒服。天下堪称自然的文章太少，而不自然的文章太多太多。我们在河坡里看见野花，哎呀真好看，哪一朵都美，没有一朵花不美。我们到树林里看树，觉得树的枝枝叶叶怎么长都合理，都恰到好处，没有任何别扭的地方。哪怕是自然界里的一汪水，一棵小草、一条鱼或一只小鸟，都有它的自然在，都让我们心生欢喜。这就是自然的魅力。那我们的语言呢？最好的办法是向自然学习，行文最好能自然一些，再自然一些。我记得我在别的文章里说过，好小说不是"抓人"的，是"放人"的。所谓放人，是让人在阅读过程中走神儿，忘我，灵魂放飞。有人看了我的小说，说太抓人了，舍不得放下，一夜就看完了。这样的话我不爱听，只能一笑了之。有个作家叫叶广芩。她对我的小说的评价让我满意，她说：庆邦，我一看杂志上有你的小说，就舍不得马上看，我先把别人的看完，把你的小说留到最后慢慢看。我说：叶大姐，您才是我真正的知音啊！在自然界，什么样的情况下会让人走神儿呢？当一个人站在院子门口看下雪的时候，当一个人在野里地里的瓜庵子里听下雨的时候，当在夏日的打麦场里仰望满天星斗的时候，你不知不觉会走神儿，灵魂会飞到不知名的地方。我们的小说如果写得好，语言如果自然，也会收到这样的阅读效果。这是最高级的艺术享受。一些晚会搞得很热闹，老是喧哗、搞笑，把你抓得紧紧的，像是生怕你溜号，这不是高雅艺术。放飞你的灵魂，才是人道的、理想的、高级的艺术享受。

第三是生动。生动不是什么新鲜词，连在小学生的作文本上都会经常看到老师用生动做评语。我本不想把生动作为语言的其中一个评判标准，因为它太平常了，太司空见惯了，但一时又想不起用别的什么语言代替，那就还用生动吧。生相对死而言，不管什么动物、植物，都是在生的时候会动，一旦死去就不会活动了。动与生相连，生的特征在于会动。鱼会游，鸟会飞，人会走，马会跑，都是具有活泼的生命力的体现。动相对静而言，万物有动也有静。静是动的预备动作，是为动储存能量，是为了更好地动。我们在使用语言时，须把握好生与动的关系、动与静的节奏，做到张弛有度，始终保持语言的活力。要让树动起来，须给树以风；要让山动起来，须给山以云；要让鱼动起来，须给鱼以水。要让语言动起来呢？须给语言以灵。我在前面说过，要给语言注入灵气，就是给语言以灵。有些小说和小说语言看起来不生动，沉闷，其中一个原因，是回顾和交代太多，没有把形象放在眼前，没有动态感。凡是回顾和交代的东西，都是已经发生的故事，而我们所写的小说，主要是通过想象创造出来的新故事。新故事要通过情感动力、思想动力和逻辑动力的推动，使形象化的细节不断前行，做到活灵活现，如临其境，如见其人，如闻其声。

三个来源

我们既然选择了写作,一辈子都要学习。学习有多个方面,其中一个方面,是不断学习语言。我的体会,语言主要来自三个方面:一是来自书本,二是来自民间,三是来自具有地域性的方言。我们学习语言,也主要是从这三个方面学习。

第一,从书本上学习语言。凡是写作的人,都要从书本上学习语言。小时候的牙牙学语,那不算学习语言,只能算是学说话。只有我们上学了,识字了,念书了,才算正式开始学习语言。书本上的语言,是整理过的语言,是比较成熟的语言,也是规范的语言。我们读课文、读诗词、散文、小说等,是欣赏内容的过程,也是学习语言的过程。读着读着,我们自己也要写一些东西了。每个人写作的初始阶段,都离不开对书本上语言的学习和模仿。模仿得差不多了,出于创造的需要,也是出于自尊,我们就不再模仿别人,着手建立属于自己的语言体系。实话实说,我曾模仿过茨威格的语言,觉得他的心灵化语言在心理分析方面做得特别到位,震撼人心。模仿了一段时间,我觉得不行,他的语言的弦绷得太紧了,让人受不了,我没有那么坚强的神经。我还模仿过沈从文的语言,觉得沈从文的语言很美,很柔和,和我的气质比较相投。你和谁的气质相投,才能模仿谁的语言,不然的话,模仿起来是很难的。我写过一篇短篇小说叫《白煤》,是在连着看了沈从文的好几篇短篇小说之后写成的，有着明显的语言模仿痕迹。现在我谁的语言都不再模仿了，只忠实于自己的天性、气质和语言习惯。当然，这不是说从此不在书本上学习语言了，只要每天还在看书，就会继续在书本上学习语言。看到精彩的语言，我习惯用笔在语言下面画上一道，或在心里留下一个记号。对于语言的学习是没有止境的。

第二，在民间学习语言。最丰富的语言宝库在民间，民间语言取之不尽、用之不竭。在民间学习语言，我们要始终保持渴望的态度，还要保持对新鲜语言的敏感。我每年都回老家，每次回老家在语言上都有收获。我大姐、二姐口头表达能力都很强，常常能说出一些让人过耳不忘的语言。我大姐说一个人瘦，说瘦得跟刀螂一样。大姐一说刀螂，我就联想起刀螂的腰身很细的样子，是够瘦的。刀螂是我们老家的说法，是指它的两只前爪像两把大刀。刀螂的学名叫螳螂，如果说一个人瘦得像螳螂，也不是不可以，但觉得不够形象，也没了地方色彩。我二姐说，有一个人当了村支书之后，脖子吃得可粗。二姐没说那个支书大吃大喝，鱼肉乡里，也没说那个支书吃得有多胖，只拿他的脖子说事儿，只说脖子吃得可粗。这样的说法一句顶好几句，一下子就把支书得势之后的样子勾画出来。前几天遇见一位从老家来北京的老太太，说到出嫁的闺女对娘家人的感情，她说看见娘家的一根鸡毛都能追出十几里。我们在民间不仅可以学到丰富的语言，有时还可以学到出乎意料的语言智慧。一天傍晚，我看见一个小姑娘，牵着一只白羊，在河坡里从西往东走。秋阳把河水和岸边盛开的芦花照成了金色，小姑娘边走边大声唱："俺哩羊，肚子天天都是吃得支夛着。"我听了这一句，心想坏了，小姑娘的羊今天可能没吃饱。可是，小姑娘接着唱的是："今儿个，俺哩羊，肚子还是吃得支夛着。"你听，好玩吧，小姑娘的唱自然天成，又是反惯性思维的，反逻辑的，她就是不按你的思维来。听了她的唱，我一下子就记住了，一辈子都不会忘记。类似的语言还有，远看，她不是太好看。那么，近看应该好看一些吧？不是，接下来说的是，近看还不如远看好看。这样的语言我们如果写进小说，一定会收到比较好的效果。

第三，在方言中学习语言。我们现在大都是使用普通话写作，东西南北的作家几乎都是一个腔调，没有了地方色彩。其实，中国的地面这么广大，每个地方的语言都有自己的特色，都值得深入挖掘。说起地方语言来，我觉得我们中原的作家比较占便宜。黄河流域是中华文化的发源地，从商周到春秋，从汉代到宋代，中原都处在全国文化中心的地位，中原人说的话，很长时期以来，可以说就是中国的"普通话"。口头说出来，全国人民都听得懂；书面写出来，全国人民都看得懂。要是广东人，或上海人，如果他们完全用粤语或沪语写作，恐怕很难在全国传播。他们在写作时，得把方言转换为普通话才行。黄河流域的作家，中原一带的作家，就不用进行语言转换，直接写进小说里就行得通。就拿我们周口的方言来说，很多方言不但能直接写进小说，而且写出来相当出彩儿。我们说一个人瘦，一个字：柴。我们说一个人笨，一个字：菜。我们说一个人老是受气，一个字：鳖。我们说一个人混出人样儿了，也是一个字：抖。说他混抖了、抖起来了，何其简洁、传神、生动！我们形容一个人写的字难看，说跟鸡挠的一样，像曲蟮找它娘一样。我们形容一个人嘴笨，说笨得像棉裤腰一样，说句话难得跟从老鳖肚子里抠砂姜一样。这些语言我都用过，在我的小说里可以找到。还有，我们的有些方言是有来历的，扎根是很深的，跟古语是相通的。在我们老家，我听人评价一个作恶的人，说他作俑得很哪！我很长时间不知道"作俑"是啥意思，"作俑"这两个字怎么写。后来我深究了一下才知道，原来"作俑"二字出于孔子的"始作俑者，其无后乎"。作俑指第一个制作人俑用来陪葬的人，后来引申为第一个做某种坏事或开某种恶劣风气的人。看看，我的乡亲们语言有多厉害！

讲到这里，我今天的讲座就该结束了。非常感谢朋友们能够耐心听我讲完。

老子曰："知者不言，言者不知。"我今天讲了一大篇子关乎语言的话，不能证明我是一个"知者"，相反，也许正表明了我的无知。有讲得不对的地方，请朋友们指正。

根据 2017 年 11 月 25 日上午在周口师范学院的
讲座录音整理

小说创作的实与虚

近年来,我多次应邀到鲁迅文学院、解放军艺术学院等学院讲文学创作。我讲的一个比较多的题目是《小说创作的实与虚》。从现场和之后的听众反应来看,效果还算可以。我事先没有写成讲稿,只是列了一个比较简单的提纲,根据提纲的提示来讲。我历来不愿意在讲座上念稿子。念稿子可能会显得正规一些,严谨一些,也省事一些。但念稿子也会让人觉得呆板、拘谨,并影响激情的参与和灵感的意外发挥。感谢鲁迅文学院,他们要把讲稿结集出书,就把我的讲课录音整理成了书面的稿子。现在我把这份稿子再作增删,交由《小说选刊》连载,以期和朋友们交流。

之 一

我为什么选择讲这个题目呢?我觉得这是我们中国作家目前所面临的一个共同的、带有根本性的、亟待解决的问题。

或者说，你只要有志于小说创作，只要跨进小说创作的门槛，很可能一辈子都会为这个问题所困扰，一辈子都像解谜一样在解决这个问题。常听一些文学刊物的主编说起，他们不缺稿子，只是缺好稿子，往往为挑不出可以打头的稿子犯愁。挑不出好稿子的一个主要原因，是小说普遍写得太实了，想象能力不强，抽象能力缺乏，没有实现从实到虚的转化和升华。他们举例，昨天有人在酒桌上讲了一个段子，今天就有人把段子写到小说里去了。报纸上刚报道了一些新奇的事，这些事像长了兔子腿，很快就跑到小说里去了。更有甚者，某地发生了一桩案子，不少作者竟一哄而上，都以这桩案子为素材，改头换面，把案子写进了小说。这些现发现卖的同质化的小说，没有和现实拉开距离，甚至没有和新闻拉开距离，只不过是现实生活的翻版或照相，已失去了小说应有的意义和存在的价值。

　　我自己也是一个写小说的作者，听了主编们的议论，我难免联想到我自己。我不想承认也不行，在初开始写小说时，我的小说写得也很实。有编辑朋友对我提出，说我的小说写得太实了，说做人可以老实，写小说可不能太老实。还有作家朋友教导我："庆邦你要敢抡，抡圆了抡，让读者糊里糊涂跟你走，到底也不知道你抡的是什么。"这样的教导让我吃惊不小，我也想抡，可没有抡的才气怎么办呢？我也有些不服，在心里替自己辩解，老实和诚实相差大约不会太远，老实不会比浮华更糟吧。我出第一本中短篇小说集时，没有请人为集子作序，是我自己为小说集《走窑汉》写了一个序，序言的题目就叫《老老实实地写》。我那时有些犯拧,也是自己跟自己较劲:"你们不是说我写得太实吗,我就是要往实里写,就是要一条道走到黑。"随着写作的年头不断增长,随着对写作的学习不断深入,加上对自己的写作不断提出质疑,我越来越认识到,写小说的确存在着一个如何处理实与虚的关系问题,写小说的过程,就是处理实与虚关系的过程。只有认识到虚写的重要,并牢固树立自觉的虚写意识,自己的创作才可能有所突破,并登上新的台阶。

和西方国家的小说比起来,我们的小说为什么写不虚呢?我想来想去,无外乎以下几个方面的原因:文学不是哲学,但文学创作离不开哲学的滋养和支持。我们的小说之所以写不虚,首要的原因,是我们缺乏务虚哲学的支持。从我国的哲学传统来看,应该说老庄时期的哲学还比较崇尚务虚,有着一定务虚的性质。老子讲究无为,讲究道法自然,信言不美;庄子主张人生是一场逍遥游,他和惠子关于"子非鱼"和"子非我"的一系列争论,都很有意思,表现出对务虚的乐趣。到了孔孟的哲学,其主要内容围绕"修身、齐家、治国、平天下"展开,就成了实用主义或功利主义哲学。这种哲学被推到"独尊"的位置,久而久之,必然影响到我们的创作。第二个原因是,自五四新文化运动以来,我们所沿袭的主要是现实主义的创作路子,现实主义写作一直是文学创作的主流。其间虽然有一些类似现代、荒诞、魔幻、意识流的作品穿插进来,但始终是没有形成气候。现实主义和浪漫主义相结合的创作手法,也被大张旗鼓地提倡了一阵子。我理解，这种结合就是"实与虚"的结合之一种，如果结合得好，有望生长出不错的作品。然而一旦进入创作实践，强大的"现实"老是压弱小的"浪漫"一头，"浪漫"怎么也"浪漫"不起来。第三个原因，是我们不尚争论。从某种意义上说，争论就是一种务虚的方式。有些事情通过争论，才能产生思想的碰撞，并激起思想的火花。魏晋时期的"竹林七贤"，比较热衷的一件事情就是争论。他们把争论叫作清谈。后来把清谈上升到清谈误国的高度，就不许再争论了。原因之四，是我们的文字不同于西方的文字。我们的文字是形象化的，是具象的，可以说每一个汉字都是一个结结实实的实体。我们的文字当然是优秀的文字，是我们中华民族的文化基因，是中华文明的伟大载体。许多辉煌的典籍都是由汉字著成的。可是，我们的汉字在某种程度上也局限了我们的思维，使我们长于形象思维，而抽象思维的能力相对就弱一些。而西方的拼音字母是简单的，字母本身似乎就是一种抽象的东西。他们借助那些抽象的符号进行思维，时间长了，在不知不觉间就养成了抽象思维的习惯和能力，而抽象思维体现的正是务虚的思维。

　　认识到了我们务虚的弱势和局限，并不是说"算了，我们放弃务虚吧"，恰恰相反，这更能激发起我们务虚的热情，促使我们从务虚方面更加不懈努力。因为对小说创作而言，小说的本质就是虚构，就是务虚。或者说，写小说就是真真假假、虚虚实实，以实写虚、以虚写实，实中有虚、虚中有实，在实的基础上写虚、在虚的框架内写实。汪曾祺在评价林斤澜的小说时，说林斤澜的小说"实则虚之，虚则实之；有话则短，无话则长"，正是对小说创作之道的高度概括。前面提到，老子说过"信言不美"，按一般理解，是说花言巧语不可信，不好听的话才可信。若从文学创作的角度来理解，我觉得老子这句话大有深意，他的意思是说，凡是真实的东西都不美，只有虚的不真实的东西才是美的。英国的唯美主义作家王尔德的说法，印证了我对老子这句话的理解。王尔德说："叙述美而不真之事物，乃艺术之正务。"我国的京剧大师梅兰芳有一句名言："不像不是戏，太像不是艺。"大师一语所道破的，正是所有艺术创作实与虚的辩证关系。举例来说，一个演员在台上演悲戏，该悲不悲，该戚不戚，就入不了戏。如果在台上哭得泪流满面、一塌糊涂，那就大煞风景，不是艺术了。我们都知道，我们所推崇的一些事物，都是想象和虚构出来的，在现实社会中是不存在的。比如龙，我们见过蛇，见过其他身披鳞片的动物，可谁见过龙呢？龙却是我们中华民族的象征，我们都被说成是龙的传人。比如凤凰，我们见过喜鹊，见过孔雀，可谁见过凤凰长什么样儿呢？正是谁都没见过，人们才可以尽自己的想象，把它往美里塑造。

进入小说的操作阶段，在实与虚的步骤上，我把小说的写作过程分为三个层面：第一个层面是从实到虚，第二个层面是从虚到实，第三个层面是从实又到虚。我这么说可能有点儿绕口，但这的确是我从几十年的创作实践中总结出来的，它逐步升级，一层比一层高，一层比一层难。从实到虚，是看山不是山，看水不是水；第二个层面，看山还是山，看水还是水；到了第三个层面呢，山隔一层雾，水罩一片云。从实到虚，是从入世到出世；从虚到实，是从出世再入世；从实再到虚呢，就是超世了。

说到这里，我必须赶紧强调一下，或者说必须给虚下一个定义。我所说的虚，不是虚无，不是虚假，不是虚幻，虚是空灵、飘逸、诗意，是笼罩在小说世界里的精神性、灵魂性和神性。

我这样讲，朋友听了，可能还是有点儿云里雾里，不明就里。我要把实与虚的转化过程讲明白，必须举一些小说的实例，从理论与实践的结合上具体加以分析。我会举一些自己的小说来剖析。我的小说在实与虚关系的处理上，可能做得并不是很好，并不是很完美，但因我对自己的小说比较熟悉，讲起故事情节方便些，请朋友们能够谅解。

之 二

我先讲第一个层面，从实到虚。实是什么？实是现实，是存在，是生活，也是一个人的阅历、经历和人生经验的积累。实对创作来说，是源，是本，一切文学创作都是从实出发，都是从实得来的。如果离开了实，创作就成了无源之水、无本之木，就无从谈起。换句话说，一切虚构都是从实处得来，没有实便没有虚。我打个比方，飞机起飞，先要在跑道上跑一段，并逐渐加速，才能起飞。这个跑道就是实的东西。鹰的翱翔也是同样的道理，它不会凭空起飞，起飞前需要有一个依托，双脚在山崖上或枯树上一蹬，翅膀才能展开。树和山崖就是起飞的基础。人的生命和做梦的关系，也是一组实与虚的关系。每个人做梦，都是对生命个体的一种虚构。梦的边界是无限的，可以做得千奇百怪，匪夷所思。但梦有一个前提，梦者必须有生命的存在，如果没生命了，就再也不会做梦了。树和树的影子，必须是先有树，再有树的影子。在不同时段，树的影子有时长、有时短，有时粗、有时细，变化很多，但它万变不离其树，树的存在才是树影赖以变化的根本。我这里反反复复说明实的重要，是想提醒从事写作的朋友们，还是要劳其筋骨，饿其体肤，在生活积累上下够功夫。老子说过，实为所利，虚为所用。我们利用砖瓦、水泥、钢筋等建筑材料，建了一座房子，房子里面的空间，是为我们所用的。而我们要想得到空间，得到虚的东西，建筑材料作为实的东西，还是第一性的。

我举的第一个例子是我的一部中篇小说《神木》。通过这部小说，我来回顾一下，是怎样把从现实生活中得来的一块材料变成小说的。这部六万多字的中篇小说首发在《十月》文学杂志2000年第三期，之后，《小说选刊》《小说月报》《中华文学选刊》都转载了这部小说。这部小说还先后获得了第七届《十月》文学奖和第二届老舍文学奖。作为一部小说，如果它的影响还很有限，后来被李杨拍成了电影《盲井》，其影响就扩大了一些，扩大到全世界去了。《盲井》获得了柏林第五十三届国际电影节最佳艺术贡献银熊奖之后，在美国、法国、意大利、荷兰等国，又陆续获得了二十多个奖。随着电影影响的扩大，英国、法国、意大利都为《神木》出了单行本。如果连电影也没看过，我说一个电影演员，大家应该知道，王宝强。王宝强就是演《盲井》的其中一个角色出道的。在此之前，他和一帮人天天守候在北京电影制片厂门口，期待着能在某部电影中当一个群众演员，当上了，可以挣一个盒饭，十块钱。当不上，就要饿肚子，挺盲目的，也挺可怜的。导演李杨发现了他，把他拉进了剧组。他得了金马奖的最佳新人奖之后，应邀演了不少电影和电视剧，很快火了起来。2010年春天，我在美国西雅图参加国际写作计划期间，美国人专门为我放了一场《盲井》。在看电影期间，一些美国胖老太太吓得直哆嗦。看完电影，她们好像仍心有余悸，问我："真有这样的事吗？这故事是真的还是假的？"我的回答是："有真也有假，有实也有虚。"

这是发生在煤矿的一个故事，或者说是一个案例。20世纪的八九十年代，我国各地在地球上戳了很多黑窟窿，开了很多小煤窑。一些农民纷纷放下锄头，拿起镐头，到小煤窑打工，挖煤。他们每天冒着危险，累死累活，却挣不到多少钱。因为窑主对他们盘剥得非常厉害，他们挖出的煤，换来的钱，大都流进窑主的保险柜里去了。可是，窑工一旦在窑下发生死亡事故，窑主会给窑工的家属一点儿补偿，少则几千元，多则上万元。有人看到拿死人换钱比较容易，可以让窑主出点儿血，就起了杀机。他们一般是两人结伙，把另外一个黑话称为"点子"的打工者骗来，给点子改名换姓，其中一人装成点子的亲爹亲叔或亲哥，把点子骗到窑下，装模作样地干几天，就把点子打死了。按照分工，装成点子亲人的人负责哭，哭得声嘶力竭，颇像那么回事。另一个人负责和窑主交涉，要求报官，还假装让死者老家的村长来、支书来。一般来说，窑主不愿意报官，不愿意官了。官了要罚款，要吃喝，要送礼，还要停产整顿，会造成许多麻烦和更大损失。而私了就是直接拍钱解决问题，要省事省钱许多。他们号准了窑主这种心理，表面上虚张声势，目的是诈钱，私了。通过私了拿到钱，他们把死者的骨灰盒随便找个废井筒子一扔，接着物色下一个点子，继续拿人命换钱。那些死者死无葬身之地，都是真正的屈死鬼。之所以案发，是两个家伙撞到枪口上了。辽宁西部某煤窑的一个窑主，原是干公安的，下海当了窑主。他开的煤窑正在打井筒子，还没有见煤，就出了死亡事故。当打死人的家伙向他要钱时，他极不情愿，也有些怀疑，就用审案的办法把对方审了一下。这一审，一个惊天大案暴露出来。案子一个连一个，类似的案子已在陕西、河北、内蒙古、山西、江苏等地发生了许多起，四十多条无辜的生命被剥夺。那时我还在《中国煤炭报》工作，煤炭报为此发了一篇几千字的长篇通讯，题目叫《惨无人道的杀戮》。这个案例让我受到强烈震撼！这是弱肉强食，是大鱼吃小鱼，小鱼吃虾米，虾米吃泥巴。通过这种案例,可见人的心灵被金钱严重扭曲,导致有些人对金钱的追求到了一种何等丧心病狂的程度。这是多么可怕的社会现实!

　　心灵受到震撼之后,我有些按捺不住,想把这个案例写成小说。并不是说我的社会责任感有多么强,也不是说我批判现实的意识有多浓,一个简单的想法是,我不满足于把这种案例仅仅停留在纪实的报道上,想换一种方式,让它传播得更广泛一些,更远一些,为更多的人所知。当然了,我会借小说表达自己的一些思考。在古今中外的小说中,把一些案例变成小说的情况并不鲜见,关键是看怎么变。如果仅仅是拉长情节,增加细节,把新闻语言变成文学语言,把篇幅从几千字抻到几万字,虽然也算变成了小说,但这样的小说有什么意义呢?实质上和报道有什么区别呢?人家看小说,与看报道所得到的信息量是一样的,有什么必要再点灯熬油地看小说呢?我一直认为,文学与新闻有着本质上的区别。我曾讲过另外一个专题,就是文学与新闻的区别。我把区别分为十多种,其中最主要的区别是:新闻是写实,文学是虚构;新闻是信,文学是疑;新闻是客观,文学是主观;新闻是写别人,文学是写自己;新闻是逻辑思维,文学是形象思维;新闻使用的是大众传播语言,文学语言是心灵化的、个性化的;等等。基于这些认识,我必须把这个素材打乱、重组,用一条虚的线索,把整个故事串联起来、带动起来。可我冥思苦想,怎么也找不到那条虚的东西。在没有找到虚的东西之前,我决不动笔。我知道勉强动笔也没有方向，不会有好结果。反正素材在那里放着，又不会烂掉，对它不舍不弃，继续想象就是了。

　　事情过去了一年多。有一年秋天，我到河北某个煤矿采访，看到路边有些中学生放学后背着书包回家，他们或一个人骑一辆自行车，或两个人骑一辆自行车，或步行，在我乘坐的汽车外一闪而过。看到那些中学生，我脑子里灵光一闪，心说有了，我那篇小说可以写了。找到虚构的线索之后，我禁不住有些激动，以致手梢都有些发抖。这条虚构的线索是什么呢？我要安排一个高中生去寻父。两个坏家伙把一个老实巴交的窑工打死了，死者正是这个高中生的父亲。过年了，父亲没有回家，一点儿音信都没有。高中生等着父亲挣回来的钱交学费，交不起学费，学就没法继续上。无奈之下，高中生只好中断学业，背上铺盖卷儿和书包，并带上全家福照片，走上了一边打工、一边寻父之路。在我的想象里，两个坏家伙把高中生的父亲打死之后，在物色下一个点子时，在火车站与这个高中生不期而遇，就把这个高中生带走了，带到偏远的地方一个黑咕隆咚的煤窑里了。于是，一系列惊心动魄的故事情节在这里拉开了大幕。

　　在原始的素材中，没有这样一个孩子，这孩子的出现，完全是我虚构出来的。他是整篇小说的虚构点，也是故事情节的生长点，有了这个孩子的加入，可以说把整篇小说都盘活了。首先，我是从现实故事结束的地方另起炉灶，开始我的小说意义上的故事。这样，小说就摆脱了现实的樊篱，与现实拉开了距离，进入了海阔天空的虚构空间。其次，我拿孩子未受荼毒的、纯洁的心灵，与两个阴暗的、歹毒的人的心理相对照，小说的明暗关系就鲜明一些，不至于铁板一块。更重要的是，在怎样对待孩子的问题上，我让两个家伙产生分歧、发生内讧，一切按我的逻辑行事，而不受现实逻辑的束缚，我建造心灵世界的主观愿望就可以实现。

之 三

　　有了虚拟的线索或虚构的框架，不等于我们已经拥有了小说。要把小说落实，创作就进入了第二个层面，从虚到实。如果说第一个层面是想象、构思和规划，第二个层面就是实战、实证和具体操作。与任何建设项目一样，我们有了蓝图还不够，还要把它变成写在大地上的宏图。往小了说，我们仅仅做成了一副鞋底的样子还不够，这个鞋底还是虚泡的，还是样子货，我们必须拿起针线，通过一针一线、千针万线，把鞋底纳得结结实实，鞋底上才能上鞋帮子。

　　考验我们写实能力的时刻到了，面对洁白的稿纸，我们难免有些紧张，迟迟不敢写下第一个字、第一句话。这时候，我会对自己说，放松，放松，不要紧张，慢慢来！这样说过之后，我的心情会放松一些，并找到了自己行文的节奏。但我对文字的敬畏之心犹存，仍不敢有半点儿马虎。写实作为一个写作者的基本功，它有些类似画家的素描和写生。一个画家如果没受过素描、临摹和写生方面的长期训练，上来就让他创作一幅画，那是不大可能的。作家也是一样，他的写实的功底是经过长期勤学苦练积累下来的，没有任何捷径可走，没有哪一个人生下来就会写作。我们判断一个作家的写实功底如何，有时不必把他的一部书全部看完，只看看开头部分或个别章节就可以了。因为写实必用文字，文字里必带出他的功夫和气质，他一出手，就可以看出水平如何。

不是每个人都具备写实能力。有的人口才很好，能把故事讲得云里雾里、天花乱坠。你建议他把故事写下来，可一写就不行，不像那么回事。还有一些眼高手低的人，他看别人的小说，好像都不太看得上眼。那么有人就说，你来写一篇试试。他一写，十有八九抓瞎。这些道理都说明，写实是一件扎扎实实的事，来不得半点儿偷懒、虚假和耍花活儿。你尽可以想象，尽可以虚构，但是紧接着，你必须使用写实的逻辑，来证明你的虚构是合情合理的，是真实的，是能够自圆其说的。哪怕你虚构了一匹马的脖子上长了一个人头，这没关系，下一步你得用细节证明这匹人头马确实存在才行。否则，读者不认为你是荒诞，而是荒谬，是瞎编。

那么，我们怎样才能够把虚构的东西坐实呢？很简单，就是写我们所熟悉的生活。这话听起来有些老生常谈，但常谈不衰的话很可能含有真理的性质。有记者问我："你为什么老是写农村和煤矿的生活呢？"我说："因为我对这两个领域的生活比较熟悉呀！"我在农村长到十九岁，锄草耙地，挑水拾粪、割麦插秧、放磙扬场,啥样的农活儿我基本上都干过,写起来不会掉底子。我在煤矿干了九年,掘进工、采煤工、运输工,主要工种也都干过,说起煤矿上的事,谁想蒙我不太容易。熟悉什么,只能写什么。你让我写航天,写航海,打死我,我也写不来。

我一再说,写作是一种回忆状态,是激活和调动我们的记忆。人有三种基本能力,体力、智力、意志力。智力当中又分为三种基本能力:记忆力、理解力和想象力。作为一个写作者,记忆力是第一位的。从某种意义上说,我们的写作就是为个人保存记忆,也是为我们的民族保存记忆。一个人如果失去记忆,这个人无疑就是一个傻子。一个民族失去记忆更可怕,有可能重蹈灾难的覆辙。关键是,我们记忆的仓库里要有东西,要有取之不尽的东西,写作时才能手到擒来。一个人如果没什么经历和阅历,记忆的仓库里空空如也,你能指望他写出什么像样的东西呢?!

我们所调动的记忆,不一定都是什么大事件、大场面、大动作,更多的是一些日常生活的常识。曹雪芹在《红楼梦》一开始写到一副对联,上联是:世事洞明皆学问;下联是:人情练达即文章。这副对联看似简单,实则大有深意,耐人咀嚼。什么是文章呢?人情练达即文章。我理解,所谓人情练达,就是你必须懂得人情世故,熟知日常生活中的常识。说白了,你如果没下厨做过饭,就很难写出油盐酱醋的味道;你如果没谈过恋爱,就很难写出恋爱的真正滋味;你如果没结过婚呢,写婚姻生活也会捉襟见肘。当然了，一个人的生命有限、经历有限，我们不可能把人世间的生活都经历一番。但在这里我还是想忠告朋友们一句，知之为知之，不知为不知，还是要抱着学习的态度对待写作。比如，我曾写过一篇涉及养蚕的小说。我小时候看见过母亲和姐姐养蚕，但自己没养过，对养蚕的整个过程不是很熟悉。我就向母亲请教，让老人家给我详细讲解养蚕的过程和细节。有母亲给我当老师，我写起养蚕心里就踏实多了。再比如，我写过一篇关于童养媳的小说。我听说有一个当婆婆的对童养媳很苛刻，要求一个才八九岁的童养媳每天必须纺一个线穗子，纺不成就不许睡觉。白天，小女孩光着膀子在树下纺线。夜晚，小女孩在月亮地里纺线。我吃不准，一个小女孩一天能不能纺一个线穗子。我大姐虽说没当过童养媳，但她也是刚会摇纺车就开始纺线。我给大姐打电话，问一个人一天能不能纺一个线穗子，大姐说可以，在起早贪黑的情况下可以纺一个线穗子。噢，这样我心里就有数了，就敢写了。

要把虚构的东西写实，写得比真实的生活还要真，比真实的生活还要有感染力，这不仅要求我们写得细节真实、情感真实、符合常识，更重要的是，还要做到心灵真实。写每篇小说，我们都要找到自己，找到自己真实的内心，并通过抓住自己的心，建立和这个世界的联系，继而抓住整个世界。当一个人有了生命意识即死亡意识的时候，心里是很恐惧的，像落水的人急于抓到救命稻草一样，急于抓到一些东西。有人急于抓到房子、汽车,有人急于抓到金钱、宝石;女的急于傍到大款,男的急于找到小蜜;等等。抓来抓去,都是一些物质性的东西。到头来怎么样呢?是一场空,我们什么都抓不到。这一点,曹雪芹在《红楼梦》的《好了歌》里早就说得很明白。《好了歌》里涉及金钱、权力、妻子、儿女等,也都是物质性的东西。好就是了,什么都没有,白茫茫一片大地真干净。那么,人到世上走一遭,真的什么都抓不到吗,一点儿东西都不能留下吗?我的看法,还是可以抓住一些东西的,这就是抓住自己的内心,再造一个心灵世界。我们之所以热爱写作,不放弃写作,其主要的动力就源于此。曹雪芹通过写《红楼梦》,抓住了自己的内心,也抓住了全世界所有人的心,遂使《红楼梦》成为不朽的世界名著。老子说过,死而不亡者寿。曹雪芹虽然死了,但他所创作的作品将永葆艺术青春,永远不会消亡。

回头再说《神木》这篇小说。在写作过程中,我也是力图找到自己,找到自己的内心与小说中人物内心的联系,并设身处地地为人物着想,力争把小说中的人物写得活灵活现,贴心贴肺。小说中的那个孩子,还没长大成人就失去了父亲。我也是从小就没了父亲,成了没爹的孩子。在这一点上,我比较能够理解那个孩子的心情。我很喜欢上学,学习成绩也不错,一心一意想上大学。可"文化大革命"粉碎了我的大学梦,我初中还没有读完,只得中断学业,回乡务农。按我的理解,那个因交不起学费而中断学业的孩子也非常爱学习,所以在寻父打工的路上,他除了带铺盖卷儿,还背上了自己难以割舍的书包。

打工之余，他还在读自己的课本。这些细节看似在写别人，其实都是在写我自己。小说中还有一个细节，有好几个朋友读到后都跟我提起过，都引起了回忆和共鸣。两个坏家伙逼着那个男孩子到路边的按摩店去按摩，男孩子失贞后非常伤怀，哭得一塌糊涂。男孩子哭着说自己完了，变坏了，变成坏人了，没脸见人了，甚至要去死。我们通常看文艺作品，知道女孩子把失贞看成人生的大事情，好像从此变成另外一个人似的，相当伤怀。其实好多女的不知道，男人是一样的，男孩子的第一次一点儿也不比女孩子好受。这是我自己的体会，就是光想哭的那种感觉。这也说明，作品要达到心灵真实，作家是要付出血本的。

之 四

我所说的小说创作的三个层面，是步步登高的三个层面。但三个层面并不是孤立的，截然分开的，而是你中有我，我中有你，互相紧密联系在一起，最后通过完成的小说，浑然形成一个完美的整体。

从实再到虚，是一个比较高的层面，要达到这个层面是有一定难度的。有的作家点灯熬油，苦苦追求，都很难说达到了这个层面。在我有限的阅读经历中，能让我记起的达到"太虚"境界的小说不是很多。如果让我推荐的话，外国作家的小说，我愿意推荐海明威的《老人与海》和契诃夫的《草原》。

中国现代作家的小说，我愿意推荐鲁迅的《阿Q正传》和沈从文的《边城》。而我国当代作家的小说呢，我觉得史铁生的《务虚笔记》、刘恒的《虚证》等，在虚写方面做得比较成功。特别是沈从文的《边城》，我看了不知多少遍。每看一遍，都能激起新的想象，并得到灵魂放飞般的高级艺术享受。《边城》是经典性的诗意化小说，可以说整部小说都是用诗的语言写成的，堪称一部不分行的诗。朋友们可能注意到了，我所推荐的以上几篇小说，之所以达到了小说创作的高境界，是它们都具备了以下几个特点：第一，小说是道法自然的，与大自然的结合非常紧密，都从大自然中汲取和借鉴了不少东西，从而使小说得天地之灵气、日月之精华、雨雪之润泽，实现了和谐的自然之美。第二，小说从大面积的生活中抽象，抽出一个新的、深刻的理念，然后再回到生活中去，集中诠释这个理念，完成了对生活的高度概括。第三，这些小说的情节都很简单，细节都很丰富。它们不是靠情节的复杂多变取胜，而是靠细节的韵味引人入胜。沈从文在评价《边城》时就曾经说过：用料少，占地少，经济而又不缺少空气和阳光。第四，这些小说都在刻画人物上下足了功夫，人物不但情感饱满，而且有人性深度。

我自己的小说，不敢与上面的小说相提并论。但当我逐步确定了虚写的意识之后，在虚写方面也下了一番功夫，并取得了一定成果。如果让我举例，我愿意举一些自己的短篇小说，如《梅妞放羊》《响器》《遍地白花》《春天的仪式》《红围巾》《夜色》《黄花绣》等，能举出十多篇吧。我所列举的这些篇目,都是短篇小说,没有长篇小说和中篇小说。我自己觉得,在小说的务虚方面,我写短篇小说做得稍好一些。还有,我所举的这些例子都是农村题材,没有煤矿题材和城市题材。这是因为,我离开农村已经多年,已与农村生活拉开了距离。我所写的农村生活的小说,多是出于对农村生活的回望。这种回望里有对田园的怀念,有诗意的想象,也有乡愁的成分。近处的生活总是实的,而远方的生活才容易虚化,才有可能写出让人神思邈远的心灵景观。

我们对小说的虚写有了理性的、清醒的认识,是不是说以后每写一篇小说都能达到虚写的效果呢?我的体会是,不一定。因为现实像地球的引力一样,有着强大的吸引力和纠缠力,现实像是一再拦在我们面前,让我们写它吧,写它吧,我们一不小心,就会被现实牵着鼻子走,并有可能掉进实写的泥潭。反正我并没有完全摆脱现实的诱惑和纠缠,加上抽象能力有限,不能超越现实,有些小说仍然写得比较实。为了给自己留点儿面子,这里就不举具体的例子了。

那么,在《神木》这篇小说里,从实又到虚做得怎么样呢?这个层面体现在哪里呢?是否做到了从实又到虚的转化和升华呢?我可以负责任地说,在从实又到虚的转化和升华中,我还是做出了自觉的、积极的努力,给小说糅进了一些虚的东西,使虚的东西成为推动小说向前发展的动力,并最终主导了这篇小说。在这篇小说当中,虚的东西是什么呢?是理想,是我的理想,也是作为一个作家应有的理想主义。我一直认为,人类的发展、社会的进步、民族的复兴，包括个人的前途，都离不开理想的引导和推动。理想好比是黑暗中的灯火，黎明前的曙光，一直照耀着人类前行的足迹。作家作为人类精神和灵魂的工程师，工作的本质主要是劝善的，是改善人心的。他有时会揭露一些丑恶的东西，但其出发点仍是善意的，是希望能够消除丑恶、弘扬善良的。所以作家应始终高举理想主义的旗帜，在任何时候都不放弃自己的理想。

在现实生活中，那两个拿人命换钱的家伙，直到东窗事发，才停止了罪恶行径。我不能照实写来，那样的话，就显得太黑暗了，太沉闷了，也太让人感到绝望。我必须用理想之光照亮这篇小说，必须给人心一点儿希望。从全人类的现状来看，在工业化飞速发展的今天，头脑高度发达的人类似乎已经无所不能，人类能上天、能入地、能潜海，还能克隆羊、克隆牛等。可以说人类在科技层面是大大进步了，甚至每天都有发明创造，每天都有新的进步，仿佛整个地球都容不下人类了。可是人的心呢？人的灵魂呢？是不是也在随着进步呢？大量事实表明，人心进步一点儿非常艰难。科学技术的进步有时不一定能改善人心，反而把人性的恶的潜能激发出来，导致资源争夺不断，局部战争不断，汽车炸弹爆炸不断。这时作家的责任就是坚持美好的理想，提醒人们，不要只满足于肉身的盛宴，还要意识到灵魂的存在，让灵魂得到一定观照，不至于使灵魂太堕落。我给小说起名《神木》，除了早期有些地方不知煤为何物，把煤称为神的木头，也是想说明世界上任何物质都有神性的一面，忽略了物质的神性，我们的生命是不健全的，生活就会陷入愚昧状态。有了神性的指引,生命才会走出生物本能的泥潭,逐渐得到升华。

在《神木》这篇小说中，我的理想体现在有限制、有节制地写了其中一个人的良心发现和人性复苏。一个人急于把骗来的孩子打死，另一个人却迟迟下不了手。这个人也有孩子，他的孩子也在读书。由自己的孩子联想到被骗来的这个孩子，他对这个孩子有些同情。他想，他们已经把这个孩子的爹打死了，如果再把这个无辜的孩子打死，这家人不是绝后了吗？这样做是不是太残忍了？所以他找多种借口，一次又一次把打死孩子的时间推迟。他说，哪怕是枪毙一个犯了死罪的死刑犯，在枪毙之前，还要给犯人喝一顿酒呢，他建议让这个孩子也喝一顿酒。酒喝过了，他又说，这个孩子长这么大，连女人是什么味都不知道，带他去按摩一次，让他尝尝女人的味吧。于是，他们又带孩子去了矿区街边的按摩店做了按摩。至此，这个人可以把孩子打死了吧？按照这次分工，这个人负责把骗来的人打死，另外一个人负责和窑主交涉、要钱。可是，他还是不忍心把这么一个纯真的孩子活活打死。后来，他在井下做了一个假顶，也就是用木头支柱支起一块悬空的大石头，准备在适当的时候让石头掉下来，把这个孩子砸死。这样在不知情的人看来，这个孩子是被冒顶砸死的，不是因为别的原因死的，他心里会好受一些。在他冒着危险做假顶时，另一个人不但不帮忙，还站在一旁看他的笑话，讽刺他，说他是六个指头挠痒，多这一道儿。他把假顶做好后,另一个人来到假顶下面,说要试一试假顶做得怎样。他说可不敢试,弄不好,他们两个就会被砸在下面。说着,他用镐头对另一个人甩了一下。这一甩,尖利的镐尖打在了另一个人的耳门上,耳门那里顿时出了血。另一个人以为对方要把他打死换钱,两个人在假顶下扭打起来。扭打中碰倒了支石头的柱子,石头轰然而下,反而把两个害人的家伙都砸死了。临死前,做假顶的人对孩子喊,让孩子跟窑主要两万块钱,回家好好上学,哪儿都不要去了。结果是,孩子上井后对窑主说了实话,窑主只给孩子很少的一点儿路费,就把孩子打发了。直到最后,我都让孩子保持着纯洁的心灵,没让孩子的心灵受到污染和荼毒。这也是我的理想所在。

导演李杨在把《神木》拍成《盲井》的过程中,下了不少矿井,付出了不少艰辛,我应该感谢他。但我对电影也有不满意的地方。比如,他让两个家伙嫖娼之后,在歌厅里大唱"掀起社会主义性高潮",这在小说里是没有的,我认为没有必要。再比如,电影收尾处,他让孩子说了假话,得到了两万元赔偿,这也有悖于我的初衷、我的理想。

之 五

现实为实,理想为虚,这只是实与虚的关系之一种。实与虚的关系还有很多,我一共梳理出了10多种,比如:生活为实，思想为虚；物质为实，精神为虚；存在为实，情感为虚；人为实，神鬼为虚；肉体为实，灵魂为虚；客观为实，主观为虚；具象为实，抽象为虚；文字为实，语言的味道为虚；近为实，远为虚；白天为实，夜晚为虚；阳光为实，月光为虚；画满为实，留白为虚；山为实，云雾为虚；树为实，风为虚；醒着为实，做梦为虚；等等。总的来说，实的东西是有限的，差不多是雷同的。而虚的东西是无限的，且不断发生变幻。实的东西和虚的东西结合起来，实因虚的不同而不同。

这么多种实与虚的关系，我不可能逐种都展开讲。如果每一种实与虚的关系都讲到，并举例加以说明，恐怕三天都讲不完，内容写一本书都够了。其实大家都是触类旁通、一点就透的智者，我不必啰里啰唆说那么多，只提纲挈领地提示一下就行了。如果我的提示能让朋友们认识到虚写的重要，并逐步确立起虚写的意识，我就算没有白费口舌。

但其中还有一种实与虚的关系，我认为特别重要，愿意拎出来不厌其烦地和朋友们讨论一下。在所有实与虚的关系中，有一种关系最难处理。因为处理起来难度最大，我几乎愿意把它放在所有实与虚关系的首位。这种关系就是生活和思想的关系。

我们都知道，小说创作的主要目的是为了抒发情感，情感之美是审美的核心。好的小说应当情感真挚，饱满，动人。我们同样都知道，小说创作的主要任务不是为了表达思想，按照社会分工，表达思想应该是哲学家的主打。可是，小说创作既要有觉，还要有悟；既要有情感的触发，还要有思想的指引，小说毕竟是理性结出的果实，离开思想还真的不行。思想是小说创作中的思路，有了这条思路，才能引导我们从此岸到彼岸，没有这条思路呢，我们有可能失去方向，无路可走。铁凝说过一个意思也很好，她说小说所表达的不是思想本身，而是思想的表情。一句"思想的表情"，就把生活与感情、生活与思想、实与虚结合起来了。是不是可以这样说，我们所拥有的生活只是写作的血肉，而对生活的识见才是写作的灵魂？换一个说法，我们靠生活画了一条龙，还要用思想为龙点睛。只画龙，不点睛，龙还不是一条活龙。只有既画了龙，又点了睛，龙才会活灵活现、乘风腾空。

小说中的思想代表着我们的世界观，也就是对生活的看法。我们选择什么样的题材，结构什么样的故事，包括使用什么样的语言，一经落笔，对生活的看法就隐含在作品里面了。没有一件作品不隐含作者的观念、思考、判断、倾向和价值观。问题的关键在于，隐含在作品中的思想是什么样的思想。是自己的，还是别人的？是新鲜的，还是陈旧的？是独特的，还是普泛的？是深刻的，还是肤浅的？好作品和一般化作品的分野在这里，好作家和平庸的作家也往往是在作品的思想性上见高低。鲁迅的作品之所以有力量，正是在于他的思想独特、深刻、犀利，处处闪耀着思想之光。

有一位我所熟悉的作者，操练小说已有10多年，他写一篇，写一篇，总是不能突破自己，质量老也上不去。他多次听我讲小说创作，每次听过之后，都表示终于明白了，连茅塞顿开、醍醐灌顶这样的大词都说了出来。结果怎么样呢？再写的小说还是不行。他很苦恼，问我："这到底是咋回事呢？"我没好意思说他的文学天赋差一些，只是指出他没有自己的思想。别人提倡什么，你写什么，这怎么能行呢？作家的职责很大程度上在于表达与别人不同的看法，人云亦云，有什么意思呢？

由于哲学素养不够，我本人也不是一个有思想深度的人。我只是认识到了思想性对小说创作的重要，始终没有放弃对小说中思想性的追求。请允许我举一个例子。母亲对我讲过发生在我们邻村的一件事。那是在"文化大革命"后期，防止资本主义复辟的斗争仍在进行，仍不许人们做生意。做生意被说成是资本主义的尾巴，谁胆敢露一下"尾巴"就要挨批，就要被割"尾巴"。有一个货郎，他家的日子实在难以为继，穷得连吃盐、买灯油的钱都没有了。无奈之际，他就悄悄挑起货郎担，到远一些的地方卖以前剩下的针头线脑。他外出做生意的事还是被队长知道了，队长组织社员批斗他，罚他的工分，还把他送到大队参加"斗私批修"学习班。所谓参加学习班，就是把他关进黑屋里，不给吃，不给喝，跟蹲班房差不多。货郎大概忍无可忍，有一天，社员们在饲养室的场院里刨粪、晾粪，货郎举起三齿的钉耙，一下子锛在队长的天灵盖上，把队长锛得七窍出血，当场毙命。货郎见队长死了，扔下钉耙，撒丫子向附近的麦田跑去。搞资本主义的人把队长打死了，这还得了！

社员们抄起钉耙，一窝蜂似的向货郎追去。货郎知道跑不掉，站下不跑了。结果被冲上来的社员们一阵乱钉耙锛死，锛成了一摊肉泥。

听到这件事后，震惊之余，我觉得这里面有小说的因素，说不定可以写成一篇小说。一开始我想把它写成批判极"左"路线所造成的民不聊生。但当时表现这种思想的小说很多，几乎充斥了各种刊物，如果我还是按照这个思路写，写不出什么新意不说，就算写出来了，发表了，也只能被大量的小说所淹没。于是，我暂时没有写。后来我琢磨着想把它写成一篇复仇的小说，写货郎向队长复仇。复仇小说有心灵的交锋、人性的角力，容易写得紧张、惊悚、动人心弦。但我想了想，还是没有写。因为在此之前我已经写过一篇复仇的小说《走窑汉》。这篇小说还受到了好评，林斤澜说我通过这篇小说"走上了知名的站台"。自己写过复仇的小说了，如果再按这条路子写，就是重复自己，会让人觉得不好意思。我把小说的思想也称为短篇小说的种子，在没有找到合适的种子之前，我们不必急于动笔，只管让它在脑子里存放着就是了，反正它不会烂掉。我们对它认识再认识，总会有一天，种子会成熟起来，破壳而出，最终变成与众不同的小说。

这个素材一直在我脑子里存放了二十多年，后来我读美国作家斯坦贝克的小说集，读前言时，知道他以前是研究海洋生物的。他的研究得出了一个结论：海洋生物一旦形成集体，具有很大的攻击性。他把这种攻击性说成是集体的攻击性。看到这里，我联想到人类，想到人类一旦形成集体，人性的恶也会以前所未有的能量爆发出来。我把这种人性恶称为集体的人性恶。有了这个理念，素材便以全新的面貌呈现在我面前，好，小说可以写了。

我写小说愿意盯着人性来写，先是人性，后是社会性；先是趣味，后是意味；先是审美，后是批判；先是诗，后是史。我们每一个生命个体，都是人性的复合体，同时存在着各种各样的人性。人性非常复杂，有着无限的丰富性。我们不想承认也不行，在每个人的人性当中，既有正面的成分，也有负面的成分；既有善，有时也会有恶。特别是处在群体之中，在一种隐姓埋名、去个性化的情况下，人性的恶会不自觉地表现出来。这样的例子在现实生活中可以举出很多。比如，一个人爬到建筑物的高处，准备往下跳。下面聚集的众多看客，不一定希望这个人被救下，而是希望看到人家真的跳下来摔死。四川成都就发生过这样的事，一个男人站在楼顶，很多人在下面仰着脸看，有人喊："跳啊，跳啊，你怎么还不跳？"还有人喊："要想跳你早就跳了，我看你还是怕死！"结果这个人被激得真的跳下来，摔死了。下面的人一阵惊呼，集体的人性恶得到了极大的满足。互联网中的网络暴力所表现的也是一种集体的人性恶。还有我国历史上所发生的一些群体性的政治事件，也都有集体人性恶的参与和推动。

以这个思路为统领，我在原有素材的基础上展开充分想象，设计了张三嫂、李四爷、王二爹等几个代表群体的人物，让他们轮番在货郎面前拱火，怂恿货郎跟队长拼命。货郎本来是一个懦弱的人，并没有打算跟队长拼命，但经不起众多村民的反复挑唆，好像他若不把队长打死，自己就不算一个男人。货郎在没有退路的情况下，只好把队长打死。货郎把队长打死了，村民们得到了理由，也把货郎打死了。在小说的最后，我渲染了村民们追打货郎时类似狂欢的场面，把集体人性恶的表演推向了高潮。小说的题目叫《平地风雷》，发在《北京文学》2000年第八期。小说一经发表，就受到了评论界的注意。陈思和先生主编的一本《逼近世纪末小说选》，收录了这篇小说。

这个题目就讲到这里，谢谢朋友们！

2012年8月于北京和平里

生长的短篇小说

我曾给《北京文学》写过一篇文章,谈的是关于"短篇小说的种子",今天我想说说短篇小说的生长。种子是为生长做准备的,这是很自然的事。种子如果不能生长,就没有出头之日,就不会有前途。

可以说我们每个人身上都怀有短篇小说的种子。因条件不同,可能有的人种子多一些,有的人种子少一些。对于不写小说的人来说,种子对他们是没有意义的,任它自生自灭就是了,这没有什么值得惋惜的。而对于热爱小说创作的作者而言,每一颗短篇小说的种子都来之不易,都值得珍惜。在全国各地的文学刊物上,我们时常会看到一篇两篇不错的短篇小说,它们枝肥叶壮,花朵开得硕大鲜艳,闪耀着动人的光彩,让人喜爱。不必讳言,我们也看到一些短篇小说是瘦弱的、不完整的。它们的枝叶稀稀拉拉,干干巴巴,一点儿都不蓬勃。它们也长出了花苞,看似要开花,然而可惜得很,它们的花苞还没打开就蔫巴了。平常我们评价一篇短篇小说,说它挖掘得还不太充分,写得还不到位,或者说还不够完美,其实就等于说它生长发育得不好,没有生长成熟就夭折了,把种子也浪费了。

在自然界,种子的生长遵循的是自然法则。我们把短篇小说与种子及生长做类比,所取的不过也是一条师法自然之道。我们听到的关于短篇小说的做法已经不少了,比如,较多的一种说法认为写短篇小说是用"减法"写成的。显然,这种说法是根据短篇小说需要精练这一特点出发的,是针对用"加法"写短篇小说的做法提出来的。有的短篇小说使用材料的确过多,是靠材料叠加和充塞起来的。作者把短篇小说当成一只口袋,生怕口袋装不满,逮住什么都想往里装。他们装进一个又一个情节、塞进一个又一个人物,口袋填得鼓鼓囊囊,满倒是满了,结果里边一点儿空间也没有,一点儿空气都不透,口袋也被累坏了、填死了。更有甚者,材料多得把口袋都撑破了,稀里哗啦散了一地,想收拾一下都无从下手。这时候减法就提出来了,剪裁也好,忍痛割爱也好,意思是让作者把材料扒一扒、挑一挑,减掉一些,只挑尚好的、会闪光的、最能说明问题的材料来使用。问题是这样做并不能从根本上解决问题,他虽然减掉了一些材料,剩下的材料还是叠加的、堆砌的。你让他再往下减,他就有些为难,因为减得太多了,一篇短篇小说的架子就撑不起来,体积就不够了。所以我不赞成用所谓减法来写短篇小说,减法的说法是机械的、生硬的、武断的,起码是不确切的。我认为短篇小说是发展的、生长的。如果硬要把它说成做法,我觉得"生长法"比较合适些。它从生活中、记忆中只取一点点种子,然后全力加以培养,使之生长壮大起来。或者说它一开始只是一个细胞,在生长过程中,细胞不断裂变,不断增多,不断组合,最后就生长成了新的生命。打个比方,一篇完美的短篇小说就像一枝花,它的每片花瓣、每片叶子,甚至连丝丝花蕊,都是有机组成部分,都是不可减的,减去哪一点儿都会使花伤筋动骨,对花造成损害。试想,一朵花是六瓣,你硬给它减去一瓣,它马上就缺了一块,就不再完美。

我还听到一种说法,说写短篇小说靠的是平衡和控制的功夫,使用的是"控制法"。这种说法,从某一方面看,也许有一定的道理。但从整体来看,我亦不敢苟同。我写每一篇短篇小说时,从不敢想到控制。相反,每篇小说一开始,我总是担心它发展不动、生长不开,最终不能构成一篇像样的短篇小说。写下小说开头的第一句话,我要求自己放松,尽情地去干,往大有发展的方向努力。写作过程中,我觉得某个部分内容应当更充实些,味道应当更足些,分量应当更重些,而我一时却不知道写什么,路好像走到了尽头一样。在这种情况下,我咬牙坚持着,调动全部身心的所有精力,使劲儿向前开拓。我甚至采取一种最笨的办法,要求自己在某个部分必须写够多少字、多少页,写不够决不罢休。您别说,这种办法还真管用,我坚持着坚持着,前面突然豁然开朗,展现出一片新的天地,让人大喜过望。我写作的愉悦感往往就是在这个时候产生的。过后翻看小说,一些精彩的段落往往也是在这个时候出现的。想想看,在写一篇短篇小说时,我们若老是想着控制控制,手脚一定放不开,写出的小说也会很局促、很拘谨。相比之下,我倒觉得写长篇小说和中篇小说时需要适当控制,如果失控,有可能会写疯,会收不住。这是因为,短篇小说的取材、结构与中、长篇小说有着根本的不同,短篇小说是一种独特的文体。仅仅泛泛地说短篇小说文体独特,很难让人信服。与中、长篇小说比较起来,也许说服力稍强一些。中、长篇小说篇幅那么长,我们把它取下一块,变成短篇小说行不行呢?绝对不行!不管再好的中、长篇小说,取其一块也变不成短篇小说,好像虎皮贴不到羊身上一样。同样,任何一粒短篇小说的种子也生长不出中、长篇小说,这是它的潜质决定的。请允许我还是拿一枝花与短篇小说作比(一花一世界嘛),它到了一定季节,长到一定的高度,自然就开花了。一篇短篇小说只开一茬子花,你想让它再长、再开花,那是不可能的。

我认定短篇小说是用生长法写成的,那么,它是从哪里生长起来的呢?它不是在山坡上,不是在田地里,而是在我们心里。一粒短篇小说的种子埋在我们心里,我们用心血滋养它,有的甚至要滋养若干年,它才会一点点长大。这样长大的短篇小说才跟我们贴心贴肺,才能打上我们心灵的胎记,并真正属于我们自己。我写短篇小说是多一些,有一百多篇吧。有朋友就问我,你怎么有那么多短篇小说可写呢?我反应慢,一时不知如何回答,就说短篇小说是小东西,可能显得多一些。过后我想了想,之所以写短篇小说多一些,是我对这种文体比较偏爱，对它一是上心，二是入心。先说上心。平时我们会产生一些错觉，认为自己在这个世界上很重要，这也离不开自己，那也离不开自己。其实不是的。真正需要和离不开自己的，是自己的小说。小说在那里存在着，等待我们去写。我们不写，它就不会出世。我们上心干好一件事情，写好我们的小说就行了。再说入心。我们看到的现实世界是很丰富、很花哨，却往往觉得没什么可写的。它跟我们的生活有些联系，与情感、心灵却是隔膜的。我们的小说还要持续不断地写下去，那么我们怎么办？我们只有回到回忆中，只有进入我们的内心，像捕捉萤火一样捕捉心灵的闪光和心灵的景观。我个人的体会，只要入心，我们就左右逢源，就有写不尽的东西。心多大啊！多幽深啊！我手上写着一篇小说，正在心灵世界里神游，突然就发现了另一处景观。我赶紧把这个"景观"在笔记本上记下两句，下一篇小说就有了，就可以生发了。有时我按捺不住冲动，也会近距离地写一下眼下发生的故事。这时我会很警惕，尽量防止新闻性、事件性和单纯社会性地把故事搬进我的小说。我要把故事拿过来在我心里焐一焐，焐得发热、发酵、化开，化成心灵化、艺术化的东西，再写成小说。

我说短篇小说生长于心，其实是全部身心都参与创作。除了脑子要思索，要想象，听觉、视觉、味觉、嗅觉、触觉、知觉等，都要参与进来。这里既包括智力、想象力和意志力，甚至包括体力。许多事实一再表明，人的身体一衰老，其他能力就会减退和萎缩，短篇小说在心里就发展不动了，就生长不开了。如果努着力硬要它生长,长出来的果实也不会很饱满。我们都知道,汪曾祺先生的短篇小说如《受戒》《大淖纪事》等,写得相当精彩。随着年事变高,力气不支,他后来的一些短篇小说就不如以前。这不用我们说,据说他的家人就对他后来的小说很不满,说一点儿灵气也没有,不让他拿出去发表,甚至开玩笑地说他"汪郎才尽"。这话汪先生很不爱听,也很不服气,他说,他就是要那样写,他故意写成那样。汪先生不服老的劲头让人感佩,可每个人都有写不动的那一天,谁不服老也不行。这个例子不仅说明短篇小说的确是生长的,还说明它的生长是有条件的。这好比女人都有一个生育期,正当生育期,她会生出白胖的孩子。过了生育期,她就不会怀孕,不会生孩子了。也好比果树都有一个挂果期,在最佳挂果期,它硕果累累,压弯枝头。一过了挂果期,它结果子就很难,即使结果子也结得很少。所以在我们还具有短篇小说生长能力的时候,应当抓紧时间,尽可能多生产一些,免得日后因心有余力不足而懊悔。

短篇小说的生长粗枝大叶不行,一定要细致。细到连花托上的绒毛都清晰可见,细到每句话、每个字、每个标点都不放过,都要精心推敲。我说细致,不说细腻,想到的也是推敲的原则。既要细,还要细得有致,而不能细到琐碎,不能细到让人腻味的地步。如果连"细致"这个词也不用,我觉得使用"微妙"更好一些。真的,我认为短篇小说关注的、表现的就是一些微妙的东西,是细微的,又是美妙的。一连串美妙的东西串起来，最后就成了大妙，成了妙不可言。在日常生活中，这些东西人们一般注意不到，或者偶尔注意到了，也无意进行深究。而短篇小说像是给人们提供了另外一双眼睛，让人们一下子看到了平常看不到的新世界。这双眼睛跟显微镜有那么一点儿像，但绝非显微镜可比。显微镜再放大，它放大的只能是物质对象，而这双眼睛让人看到的是精神世界。另外这里顺便提一句，综合形象的运用对短篇小说的生长也很重要。综合形象是短篇小说中的主要形象背景，是对主要形象的铺垫或烘托。有人把它称作闲笔，我愿意把它称为综合形象。沈从文先生对综合形象运用得十分娴熟，他的每一篇小说里几乎都有综合形象的出现。综合形象在短篇小说里绝非可有可无，如果运用得当，就可以增加短篇小说的立体感、纵深感和厚重感。关于综合形象问题，完全可以写成另外一篇文章，等我想好了再说吧。

2013 年 3 月于北京和平里

细节之美

一

上次我谈的是"小说创作的实与虚",这次主要谈谈小说的"细节之美"。

小说是一种美学现象,或者说是一种以词表情、表意的美术。作者写小说,是发现美、捕捉美、表达美的过程。读者读小说,也是寻找美、欣赏美、享受美的过程。不管是书写还是阅读,都离不开审美意识的参与。世界上的任何现实都是可以批判的,同时也是可以审美的。这就要求写作者要对现实保持审美的敏感、审美的能力和审美的态度,哪儿美就往哪儿走。我曾给《解放日报》写过一篇文章,题目就叫《哪儿美往哪儿走》。我说好比外出旅游,打听到哪儿有瀑布,哪儿有喷泉,哪儿有奇松怪石、珍禽异兽、遍地野花和梦幻般的云雾,我们就奔哪儿去。

小说的美是由多种美组成的,其中有情感之美、自然之美、情节之美、形式之美、思想之美、劳动之美、语言之美、节奏之美、韵味之美等，当然还有细节之美。这么多美相辅相成，组合得当，作品才称得上完美。如果有一样不美，就有可能给作品带来瑕疵，并影响作品的整体审美效果。而在诸多审美要素中，千万不要因为细节的细微而看不起它、忽视它。一滴水可映太阳，针尖小的窟窿可透进斗大的风，一个蚁穴可毁掉千里长堤，这些警句都说明微和著的关系，说明着细节的重要。可以说每一篇好的小说都是由细节编织而成的，细节既是经线，也是纬线，经纬交织才能形成紧凑的小说织品，并形成织品上的各色美妙图案。

我们都知道，在艺术作品中，所谓细节，是相对情节而言。不管是小说，还是戏剧、电影、电视剧等，都是情节和细节互为支持，谁都离不开谁。情节若离开了细节，情节很可能只是一个框架、一个空壳。而细节离开了情节呢，也会无所依附，握不成拳头。只不过，情节要简单一些，细节要丰富一些。拿一个人的一生作比，情节是有限的，是数得过来的。生，是一个情节；死，又是一个情节。在生与死之间，还有恋爱、结婚、生孩子等情节。有人情节多一些，有人情节少一些。因人们的生命长度差不多，情节多的，也不会多到哪里去；情节少的呢，也不会少多少。相比之下，人的一生细节就多了，从每天的吃喝拉撒睡到油盐酱醋茶，一颦一笑，一言一行，都构成了细节，这些细节谁能数得清呢？

拿人的身体作比，什么是情节、什么是细节呢？如果把人体的躯干、头颅、四肢比作情节的话,那么人体组织内的细胞就是细节。作为生命活动的基本单位,细胞当然很细小,有的细胞小得我们肉眼看不到,须借助显微镜才能看到。每个人身上的细胞数以亿计,谁都弄不清自己身上的细胞到底有多少。而且,细胞的数量是动态的,永远都是一个变量。比如我这会儿在谈细节之美时,脑力要高度集中,要一句接一句说话,很可能消耗掉了不少细胞,也新生了不少细胞。这个比喻进一步说明了细节和情节的紧密关系,同时说明了细节对于情节的重要性。

是否可以这样说,情节是因、是果,细节是从因到果的过程。情节是从此岸到彼岸,细节是从此岸到彼岸的流水和渡船。

如果让我给细节下一个定义的话,我认为,所谓细节,就是事物的细微组成部分。

世界上的万事万物都是以细节的方式存在的。抹去了细节,整个世界就会变得空洞无物。我们看世界,也主要是看细节。看到了细节,我们就看到了万事万物的生动存在。如果看不到细节,等于两眼空空、心里空空,什么都没看到。看小说也是同样的道理,也是通过细节看情节、通过细节看世界。小说世界是再造的世界,是心灵的世界,它对读者看细节的水平要求更高。好的读者都是有耐心的读者,总是慢慢看来,细细领略。他们不急于看情节,不急于知道事情的结果,而是专注于细节,在细节的百花丛中流连忘返,尽情享受。

现在我们大致知道了什么是细节，知道了细节对于写作的重要，真正谈细节，还是要从现实中的细节谈起，然后再谈小说中的细节，以及怎样发现、捕捉和使用细节。既然是谈细节之美，请朋友们不要着急，允许我细细道来。

我们这个世界或者说整个人类，都在朝着现代化的方向奔。我的看法，从某种意义上说，现代化的过程就是不断细化的过程。说一个国家是发达国家或是欠发达国家，其衡量指标有多种，其中有一个指标也许是软指标，但不容忽视。这个指标就是看国民对细节的重视程度和习惯程度如何。所谓发达国家，就是讲究细节的国家。不太发达的国家呢，往往是对细节不太重视、不太讲究。

2003年，我作为中国文化界知名人士代表团成员之一，曾应邀访问日本，去了八九天。访问期间，我们马不停蹄，走了好几座城市，看了很多庙，也欣赏了一些艺术表演，留下了难忘的印象。访问结束时，日本外务省请我们喝酒、吃饭，并召开座谈会，让我们谈谈对日本的观感。我本来不想谈，但参加座谈会的一位日本副外相点到了我，称我刘先生，问我对日本印象如何。我上来就说，我觉得日本的国民很注重细节。出乎我意料的是，副外相否认了我的说法，他说，不不，我们过去是很注重细节，现在不怎么注重了。这是怎么回事呢？我马上想到，我和外相的对话需要翻译，很可能是在翻译环节的表述上不够准确，使副外相误解了我的意思。我随口举了几个例子，用事实表明了我的看法。我们在日本乘坐大巴车旅游观光，发现每一个前排座位的靠背后面都有一个茶杯套，有的是尼龙套，有的是钢丝套。泡一杯茶放在套子里，不管汽车跑得多快，茶杯都不会掉下来，茶水也不会洒出来。套子不用时，尼龙套自己会瘪下去，钢丝套往上一抿，会贴在靠背上，不占什么空间。而在我国国内外出乘车，汽车上就没有放茶杯的地方。我们泡一杯茶水，要么拿在手里，要么放在地板上，用两只脚夹着。有时我们睡着了，茶杯就滚到了别人脚边去了。

再比如鞋拔子。我们国内的旅店大都不提供鞋拔子，客人出门穿鞋、提鞋，只能用手指头代替鞋拔子。少数旅店虽然备有鞋拔子，但鞋拔子都比较短，只有一拃多长。客人需要提鞋时，必须蹲下身子，鞋拔子才能插进鞋里。日本不但每个旅店都备有鞋拔子，而且他们的鞋拔子比较长，有一两尺长，客人提鞋时无须下蹲，鞋拔子就可插进鞋里。

我还提到在日本看到的茶道、香道艺术表演，说茶道、香道其实就是取材于日常生活中的细节，通过把细节放大、拉长，使平时并不起眼的日常生活中的细节程式化、仪式化，并提升为抽象的道，升华为文化艺术。

听了我的解释，副外相连连称是，说他们确实很注重细节。原来翻译把我的话翻译错了，把细节说成是细枝末节，好像我在指责日本人不顾大局，老是纠缠一些细枝末节。哪儿能呢？人家出于友好，请我们去做客，我们应该多说人家的好话才是，哪儿能派人家的不是呢？说来这件事本身就是一个细节，因为是细节，它让我难以忘记，并让我想到不同国家语言上的差异性。

相比之下，一些欠发达国家，在细节上就不大讲究，或者说还没有条件讲究。我曾去过非洲的肯尼亚，看到他们的马赛马拉野生动物保护区保护得不错，基本上还是原始状态，在保护区里可以看到成群的大象、野牛、角马、斑马、长颈鹿、羚羊等。但那里的土著居民在生活细节上就不大讲究。远远看去，他们大都穿着大红大紫的衣服，在草原绿色的背景下，倒像是一株株花树。近距离一看就不行了，他们的衣服没有经过剪裁、加工，既不上袖，也不缀扣，像带格子的床单一样，只往身上一披一裹就完了。他们都赤着脚，光着腿，外衣里面很少穿衣服。即使有人在里面穿了内衣，内衣也很脏污。他们大概不怎么洗澡，身上的气味很浓。成群结队的苍蝇在他们头顶上飞来飞去，不时落在他们的脸上、鼻子上和嘴角儿，像是在和他们套近乎。不难看出，他们虽然和野生动物大大拉开了距离，有了自己的文化，也接受了不少文明的东西，但总的来说，日常生活中还没有树立起细节意识，没养成注意细节的习惯，生活上还显得有些粗枝大叶，生活质量也不够高。

二

以前，我们中国对有些细节也重视不够。一些本来是举手之劳的事，因为我们没想到、没做到，就显得不够有序、不够文明。比如说，在没有动车之前，我们火车站的站台上从来不做几号车厢停靠的标记。火车开过来了,站台上的旅客提着大包小包,纷纷追着列车跑,在着急地寻找自己所乘坐的车厢,显得乱糟糟的。有了动车之后,因动车停靠的时间较短,有的车站才在站台上用油漆标上了车厢号。这下就好多了,旅客上车前不必乱跑,手持车票,在标号所指定的位置,在站台上排队等着就是了。开会和就餐也是。我国在改革开放之前,不管开什么会或赴什么宴会,桌上都不摆与会者的名签,大家犹豫着,不知道往哪里坐,找不到自己的位置。现在不同了,不管是开会还是参加什么宴会,桌上都会提前摆上名签,你对签入座就是了。从这个意义上说,细节所代表的是方向、是位置,也是秩序和文明。这些细节同时标志着我们国家在不断发展,不断进步,正逐步与发达国家接轨。

细节的重要,对于国家和社会是这样,对于每一个人也是这样。细节往往是一个人的标志,也是人与人的区别所在。我们看黑种人,都是黑脸、黑胳膊、黑脚,上下一抹黑,看不出什么明显的区别。换成黑种人看黑种人,他们一眼就能认出谁是张三、谁是李四。因为我们是笼统看去,看得不深入、不仔细,没有看到标记性的细节。我们看一群绵羊也会出现同样的情况,成群看去,都是大耳朵、卷毛儿、草包肚子,身上脏得黄拉吧唧的,看不出谁是妈妈、谁是女儿。但让羊群的牧羊人来看,人家用羊鞭一指,就能指出甲、乙、丙、丁来。这也是因为我们只看到表面,没看到细节。表面看都差不多,只有细节才千差万别。

在"文化大革命"期间,农村时常召开社员大会。妇女们手不识闲儿,人手一只鞋底子,都在趁开会纳鞋底子。虽然都是纳鞋底子,但纳鞋底子的心情和动作不一样。贫下中农的老婆会把线绳子放得很长,拉得很快,弄得哧哧响,无所顾忌的样子。而地主富农家的老婆或闺女,都是轻轻拉线绳子,不敢把线绳子弄出声响来,很收敛、很压抑的样子。通过纳鞋底子这个细节,我们可以判断出他们身份的不同、政治地位的不同。

我们还可以通过细节,判断出一个人的性格以及工作作风。比如,我们到一家报社或杂志社的编辑部,看到有的编辑桌上杂乱无章,很多稿子堆在一起,稿面上落着烟灰,桌角积有灰尘,我不会认为他是一个细心的人、工作有条理的人,很难相信他会编出好稿子来。而有的编辑桌子上稿件并不多,稿件整整齐齐码在一起,桌面擦得一尘不染,我会对这样的编辑产生好的印象,认为这样的编辑是注重细节的人,是讲究条理的人,同时也是热爱编辑工作的人,有希望成为一个好编辑。这就叫细微之处见精神,也是一枝一叶知春秋。

我反复谈了现实中的细节,下面我来举一篇小说的实例,谈一谈小说中的细节。我举的例子是沈从文先生的短篇小说《丈夫》。有一年,《中篇小说月报》让我推荐一篇小说,并进行点评。我点评的就是这篇小说。我在谈关于短篇小说的种子时,也重点分析过这篇小说。小说不长,不到一万字。小说的情节也很简单,无非是说农闲时节,丈夫到城里大河边的妓船上找到做"生意"的妻子,和妻子欲行亲热之事。然而就在同一条船上,也可以说就在丈夫的眼皮子底下,由于妻子的"生意"很忙,一而再、再而三地接客,以致丈夫连跟妻子亲热的机会都没有。丈夫所目睹的几个顾客,不是有钱人、有枪人,就是握有权柄的人,个个都很强势,交易并不公平,妻子的"生意"做得并不容易。丈夫不堪忍受打击,为了找回做人的起码尊严,丈夫双手捂着脸孔,像小孩子一样哭过之后,两口子一块儿转回乡下去了。这简单的情节,是全靠细节充实起来的。小说的细节非常密集,犹如满田鲜活的禾苗,随手一提就是一棵。又如树上一嘟噜一串的繁花,随便一摘就是一朵。细节多种多样,有风景细节、人物形象细节、动作细节、对话细节,还有气氛细节、情感细节等。在写到丈夫初见妻子、用吃惊的眼睛搜索妻子的全身时,有关妻子的形象细节是这样描绘的:"大而油光的发髻,用小镊子扯成的细细眉毛,脸上的白粉同绯红胭脂,以及城里的神气派头、城里的人衣服……"这些都使从乡下赶来的丈夫感到惊讶,并手足无措。短短一天一夜,丈夫在船上遇见五个男人,以细节为区别,五个男人各不相同。第一个男人是船主或商人,"穿生牛皮长筒靴子,抱兜一角露出粗而发亮的银链,喝过一肚子烧酒,摇摇荡荡地上了船"。第二个男人是吃水上饭的水保,也是妻子的干爹。水保的特点是长满黄毛的手上戴着一颗奇大无比的金戒指,脸膛像是用无数橘子皮拼合而成的正四方形。第三个和第四个男人都是当兵的,他们喝得烂醉,一同到船上寻欢。小说的细节主要表现他们的蛮横。他们粗野地骂人，用石头打船篷，争着和妻子亲嘴，然后一个在妻子右边，一个在妻子左边，做猪狗一样不成样子的新事情。第五个男人是查船的巡官，巡官被描绘成"穿黑制服的大人物"，派头很大，一出场就有四个全副武装的警察守在船头。既然威风八面，巡官做事的风格与别的男人也就不同些，他虽然也看中了丈夫的妻子，但并没有当场和妻子苟且，而是让一个警察回来传话，巡官还要回来对妻子过细考察一下。"过细考察"，这样的说法当属于语言细节。这样的语言细节之所以让人过目不忘、暗暗叫绝，除了细节准确地符合巡官的身份和口气，细节背后还暗示着一些东西，让我们想到当权者是怎样在冠冕堂皇的旗号下贩卖私货的。这一系列细节都很有效，也很有力量，每一个细节都承载着作家的情感和思想。

我还是想重提一下丈夫捂脸痛哭的那个细节。那个细节在整篇小说中显得特别重要。它是小说的支撑点和爆发点，我还把它称为小说生发的种子。它的出现和存在，使整篇小说有了转折和升华性的意义，一如烟花腾空，大放光彩。

请允许我举一篇我自己小说的例子，这篇小说的题目叫《鞋》，是一个短篇，八九千字的样子。这篇小说曾获得第二届鲁迅文学奖，读过它的朋友可能多一些。用一句话概括，这篇小说写的是一位农村姑娘给未婚夫做鞋的故事。我给这篇小说的定位是，回望田园式的农业文明，描绘渐行渐远的民俗之美、风情之美，以寄托乡思和乡愁。因此，它不靠故事情节赢人，也不靠思想的深刻取胜，而是靠细节立篇、蓄势，靠细节中的诗情画意取胜。这篇小说中的细节如同姑娘守明纳在鞋底子上的密密的针脚，一个接着一个，每一个都结实有力。在选择鞋底针脚的形时，经过对比挑选，她最后选中了枣花形。因为她家院子里就有一棵枣树，四月春深，满树的枣花开得正喷，她抬眼就看见了，现成又对景。写到这里，我有一段对枣花的工笔细节描写："枣花单看有些细碎，不起眼，满树看去，才觉繁花如雪。枣花开时也不争不抢，不独领枝头。枝头冒出新叶时，花在悄悄'孕米'，等树上的新叶浓密如盖，花儿才细纷纷地开了。人们通常不大注意枣花，是因为远远看去，显叶不显花，显绿不显白。白也是绿中白。可识花莫若蜂，看看花串中间那嗡嗡不绝的蜜蜂就知道了，枣花的美，何其单纯、朴素。枣花的香，才是真正的醇厚绵长啊！守明把第一朵枣花纳到鞋底上了。她来到枣树下，把鞋底上的花儿与枣树上的花儿对照了一下，接着鞋底上就开了第二朵、第三朵。"这样的细节表面看是写花，实际上是喻人。

《小说选刊》在选载这篇小说时，秦万里兄为其写了一则短评，短评的题目就叫《细节的魅力》。他评道："最值得称道的是作品的细节。如同守明纳在鞋底上的细密针脚，刘庆邦以精细的笔触，描绘出一位农村少女纤纤的柔情。生在那个时代的农村姑娘，没有多少文化，也不懂得城市姑娘卿卿我我的恋爱游戏。而我们会通过那双普普通通的千层底布鞋，看到她的全部幻想和恋情，看到她身上散发着令人动情的质朴气息，她就活灵活现地站立在我们面前。作品达到这样的效果，是细节的魅力。"

三

细节对于小说来说如此重要，小说对于细节的需求量又是这么大，那么，细节是从哪里来的呢？我们到哪里去选取细节呢？

从我自己的写作经验来看，第一，我认为细节是从回忆中得来的。写作的过程既然是一种不断回忆和深度回忆的过程，从我们记忆的仓库里选取细节应该是首选。

我曾经写过一部有关三年经济困难时期的长篇小说，叫《平原上的歌谣》。我曾担心这样的小说不能出版。但不管能不能出，我都要写。因为经历过那段生活的人越来越少，如果我不写，后来的人就更不一定写。就算写了，也只能是第二手、第三手资料，不会写得很真切。我觉得我有责任为我们的民族保存那段惨痛的记忆。还好，小说第一版在上海文艺出版社顺利出版，首印六万册。几年之后，北京十月文艺出版社把这部小说列入我的长篇小说系列之中，又出版了一次。有位电影导演看了这部小说，有意拍成电影。后来他之所以放弃，主要原因是场景难以再现，细节难以再造。就说主要演员和群众演员吧，现在遍地都是胖子，多是超重、肥胖的人，到哪里去找那些面黄肌瘦、皮包骨头的人呢？就算主要演员愿意饿肚子、愿意减肥，所付出的代价恐怕也太大了。这使我想到，一旦事过境迁，靠借助外力复制细节是很难的。其实饥饿在世界上有些地方并没有消失，据联合国儿童基金会提供的统计资料显示，目前全球仍有大约十亿人处在饥饿之中。我们在电视上和画报上也会时常看到非洲因饥饿而流离失所的难民，他们或骨瘦如柴，或奄奄一息，瞪着大大的眼睛在等待救济。有一张照片让我难忘。照片上有一个垂死的孩子，还有一只秃鹫。秃鹫立在孩子不远处，正虎视眈眈地盯着孩子。照片的画外音不言而喻，它是说秃鹫也很饥饿，正等待拿孩子充饥。这样的细节震撼人心，很有说服力。但这样的细节我的小说用不上。若硬把它搬过来，会显得不自然，读者一看就会识破。这又使我想到，好的细节是借不来的，靠移植是不行的，求人不如求己，最好的办法还是眼睛向内，深入挖掘自己的记忆，从记忆的库存中选择小说所需要的细节。

好在三年困难时期最严重的1960年我已经九岁，记忆能力已经形成，对很多挨饿的细节记得很清楚。我吃过榆树皮、柿树皮，还吃过从河里捞出来的杂草。杂草上附着一些硬壳子的小蛤蜊，吃在嘴里嚓嚓响。我饿成了大头、细脖子，肋骨根根可数，肚子上露着青筋。我到村东的学校上学需要翻过一道干坑，不挨饿时干坑对我形不成障碍，我跑上跑下，跟跑平地差不多。饿软了腿就不行了，我得四肢着地往坑沿上爬。往往是刚爬到半道，又滑了下来。我父亲就是那年去世的。为父亲送葬时，需要由我摔碎一只盆底钻了不少洞眼的瓦盆。一个堂叔担心我力气不够，摔不碎瓦盆，替我把瓦盆摔碎了。每忆起这些细节，都会让我感到痛心。

我们每个人的脑子里都储存有大量记忆，人们把人脑和大海联系起来，说成是脑海，是有道理的。人的大脑的确有着海量般的记忆功能，与电脑比毫不逊色。电脑的存储量再大，也是有限的。而脑海的记忆是无限的，没有超量一说。但是，有一点我们必须弄清楚，人的记忆之库不是轻易就能打开，必须付出艰苦的劳动。因为我们有很多记忆平常是不被触动的，它们可能长期处于休眠状态。随着个体生命的消失，记忆也会烟消云散，再也不可寻觅。人类再优秀的大脑，最后也逃不过这样的命运。这提醒我们还活着的写作者要有紧迫感，要尽快打开记忆之门，唤醒沉睡的记忆，让记忆中的精彩细节重新焕发生机。我的体会是，你要挖掘某个方面的记忆，须给这方面的记忆确定一个方向，再找到一个有力的线索，然后顺着这个线索找哇找、挖呀挖，才会挖到发光发热的细节。在写作过程中，我常常会有这样的欣喜，原以为有些记忆中的细节早就消失了，再也唤不回来了。不料想，当我拽着某条记忆的线索，来到某个记忆深处，那些曾经熟悉的细节便纷纷向我涌来。看到那些细节，我像见到久别重逢的老朋友一样，禁不住热泪盈眶。因为感动，我善待细节。

第二，细节是看来的。原来我说细节是观察来的，现在稍做改动，改成是"看"来的。之所以把"观察"改成"看"，是我觉得观察是自觉的、主动的，类似记者的眼睛采访行为。

而看，分为有意识的看和无意识的看，也就是理性的、自觉的看和感性的、不自觉的看。在很多情况下，我们的目光被某种事物所吸引，所看是无意识的。保留在我们记忆中的许多细节，都是在不知不觉中看来的。我少年时候，有一天，我们村一个地主家的闺女到我家喊我二姐下地割麦。那个闺女头戴一顶新草帽，脸红红的，眼睛弯弯的，牙白白的，一笑还有两个酒窝，看去真是好看。当时，我不知道是怎样看的人家，不知道自己的神情是什么样的。等那个闺女离去后，二姐瞪了我一眼，指责我，说我的两只眼睛直盯盯地看着人家，眼皮连眨都不眨一下，看人没有这样看的。二姐的指责似乎让我看到了自己的样子，我看人家可能看得太直接了，也太露相了，顿感非常害臊。这种看就是无意识的看、忘我的看，这样看来的细节以及二姐对我的指责，都给我留下了深刻的印象，我一辈子都不会忘记。这个细节也让我认识了自己，认识到自己对美是敏感的。

　　从事创作之后，我的一部分看就比较自觉了，变成了有意识的看。不管是无意识，还是有意识，内里都有一种心理在支持着我们，或者说在支配着我们，这种心理就是对生活的热爱和兴趣；就是对万事万物的好奇心。别人没有兴趣的，你要有兴趣。别人不愿意看的，你不妨看一看。反正我一直相信，对于一个写作者来说，任何生活和细节都是有用的，只有暂时用不上的细节，没有无用的细节。一个细节在这篇小说里用不上，在另一篇小说里可能正是出彩儿的细节。所谓好奇心，也就是童心。儿童张着小眼睛东看西看，看什么都陌生、都新鲜，什么都想看一看。在看世界方面，我们应该向儿童学习，始终保持一颗童心。有一天我下班回家，见一位农村人模样的师傅在一所小学校门口吹糖人儿。不少小学生在那里看，我也停下来看了好一会儿。糖人儿是用熬制好的糖稀吹成的。师傅从一直加着热的容器里取出一块糖稀，用手捏巴捏巴，用嘴吹巴吹巴，一只闪着铜色光亮的老母鸡就吹成了。师傅又取出一块糖稀，变戏法儿似的，一个打着眼罩子的孙猴子又吹出来了。这种手艺现在已经很少看到，太好玩了，太神奇了，这就是我们中国的民间艺术啊！糖人儿两块钱一个，除了可以观赏，还可以吃。一个小男孩儿买了一个，他让他的同学也买一个。他的同学也是一个男孩儿，不料那个男孩儿撇着嘴说："我才不买呢，你看他的手，多不卫生！"吹糖人儿的师傅听了小男孩儿的话，嘴上没说什么，但情绪像是有些低落。我的兴头也像是受到了一点儿打击，心说，你不买就不买，说那样的话干什么？！你不能不承认，小男孩儿的话有一定道理，他是审视的目光，是从健康的、科学的角度看问题。他的父母听到他那样说话，一定会对他大加赞赏。但是，若用童心来衡量，我觉得那个小男孩儿过早地失去了童心，变成了大人的心和现代的心。童心与幻想相连，与艺术相连。而科学往往会打破幻想、让人沮丧。

我曾当过二十多年新闻记者，到处采访，写了数不清的新闻稿件。记者采访的主要方法是向当事人提问，人家怎么说，你怎么记。当作家不大一样,作家出于对别人的尊重和对自己的尊重,不好意思对别人问来问去。作家获取细节的办法主要是张着眼睛看:看房坡上的一棵草;看废旧的矿工帽里盛了土,土里长出了一枝花;看一个女人和一个男人的相视一笑。我这里说的用眼睛看,其实是用心看。我们的脸上长着一双眼,心里也长着一双眼,心里的眼叫心目。只有心目把细节看到了,才算真正看到了。有一年秋天,我到河北蔚县一座用骡子拉煤的小煤矿看了六七天,回头写了《车倌儿》《鸽子》《有了枪》《沙家肉坊》《红蓼》《卧底》等五六篇短篇小说和一部中篇小说。

四

第三,细节是听来的。我们在看世界时,同时也在听世界,看与听相辅相成。有时以看为主,有时却以听为主。比如,在一些相对封闭的空间,有人讲一些事情,我们就只能发挥耳朵的功能,听。我们不要嫌别人话多,更不要把别人大声说话视为噪声,在别人所讲的事情里,我们很可能会听到一些让人心里一动的东西,会听到个把有用的细节。我不知别人如何,反正我的小说中的不少细节是听来的。我这样说是不是不太好听,噢,你们写小说的,原来在偷听别人说话。我认为这不能算偷听,是你非要把话往我耳朵里送,我不听有什么办法?

有一年夏天,我到北方某煤矿参加一个活动。上午看了山，中午喝了酒，下午乘车往宾馆返。我喝得迷迷糊糊，在车上闭着眼，似睡非睡。有的朋友喝了酒兴奋，在车上不停地说话。喝了酒的人听喝多了酒的人说话，脑子里嗡嗡的，像隔着一床棉被一样的东西，一般来说听不进去。或者说左耳朵听，右耳朵就冒掉了。可是，那日我听到一位工会干部讲到一个细节，脑子里激灵一下，马上就清醒了。别看我仍闭着眼睛，朋友或许以为我在睡觉，其实我心里的眼睛睁得大大的，耳朵也支棱得像捕捉器，一字一句都记到我心里去了。那是一个什么样的细节呢？是说一位矿工在井下发生事故死了，负责尸检的工作人员在死者的口袋里发现了一份离婚申请书，申请书是写给法院的，申请法院批准他和老婆离婚。这个细节就这么多，如果换算成字数，恐怕一百个字都不到。但它的信息容量却很大，如同一粒饱满的种子，里面包含的有根有茎，有叶有花，还有果。也就是说，这个细节是有质量的细节，它为我提供了丰富的想象余地。矿工为何要和老婆离婚？老婆为何不同意离婚？闹离婚和发生事故有何联系？矿工死后老婆又如何表现？我对这些问题展开想象，写成了一篇一万多字的短篇小说，题目就叫《离婚申请》。小说发表在《当代》2003年第二期的头条位置，在第三届鲁迅文学奖评奖中还曾入围。在我的想象里，老婆随矿工来到矿上，租住的是农村村支书家多余的房子。趁矿工下井挖煤，支书对矿工的老婆插了一足。老婆的外遇被矿工察觉后，老婆痛哭流涕，表示一定改过。谁知过了一段时间，矿工又在自家床上把老婆和支书逮住了。矿工的离婚申请是在忍无可忍的情况下写的。矿工死后，老婆很是痛心和后悔。在矿上工会的帮助下，她从支书家的房子里搬了出来，并毅然和支书断绝了关系。矿上工会的一位干部对她很照顾，为她在矿上安排了活计，还经常登门看望她。为了感谢那位工会干部，她请人家喝了一次酒。酒至酣处，工会干部抱住了她，向她提出了要求。出于对丈夫死亡的敬畏，她态度坚决，把工会干部的要求拒绝了。好在工会干部很快理解了她，没有再勉强她。

我还写过一篇小说叫《幸福票》，这篇小说也得到比较多的好评，并被翻译到德国去了。这篇小说也是我从听来的一个细节生发的，而且就听了那么一耳朵。那时我还在《中国煤炭报》当编辑、当记者，有机会到全国各地去采访。一次我到山东某大型煤矿采访，坐在车上，听陪同我采访的矿上的新闻干事说了那么几句。他说当地有的小煤窑给干得好的窑工发幸福票，矿工拿到幸福票，就可以到窑主指定的歌厅去找小姐"幸福"。我一听，心里暗暗叫好，得来全不费工夫，这是送上门的小说材料。不能说这种材料不是新闻，但若是把它当成新闻写出来，报纸是不会发的。把它写成小说就不一样了，人们认为小说是虚构的，在审查时会放它一票。

我用听来的细节写成的小说还有不少，这里就不再列举了。我想提请朋友们注意，同样的细节，不是每个人都能听到、都能把它写成小说。这要求我们起码要具备两个条件：一是我们的心是有准备的心，须始终保持一颗小说心，保持对细节的敏感。说得通俗一点儿，要把小说源源不断地写下去，我们得老操着小说的心，不管走到哪里，不管是外出还是参加聚会，我们得留出一部分心眼，想着小说的事。有人会说，一天到晚想着小说的事，累不累呀！其实没什么，习惯就好了。二是我们得懂话。懂话指的是我们听别人说话时的判断能力和选择能力。有人在公开场合说得长篇大套、滔滔不绝，很可能说的都是官话、套话、废话。可他一转身，一变成私下里说话，有可能会说出一些对我们来说有用的小说细节。这两个条件不是短时间所能具备，是经过长时间修炼形成的。

第四，细节是想象出来的。也许有朋友不同意我这个说法，认为细节是实打实凿，来不得半点儿虚假。是的，我也认为细节必须真实，不能有任何虚假成分。但我同时也认为，想象和真实并不矛盾，不但不矛盾，很多细节正是通过想象实现的，而且，想象出来的细节有可能比现实生活中的细节显得更真实、更细致、更完美。有些作家为了强调细节的个人化和独特性，说任何情节都是可以想象的，而细节难以想象。有些事情你没见过，没经历过，没听说过，细节想象很难抵达。我以前曾认同过这种说法，也说过故事好编、细节难圆，故事可以想象，细节不好想象。经过长期的创作实践，现在我的看法是，正因为细节难圆，正因为对于细节的想象有难度，我们才更需要知难而进，充分调动起我们的想象力。我们知道，整部《西游记》的故事情节肯定是虚构的，是想象出来的。那么，支撑大情节的大量细节，肯定也需要在想象的前提下继续想象，才能把跌宕起伏的故事演绎下去。其中有个白骨精，为了迷惑唐僧，接近唐僧，最终达到吃到唐僧肉的目的，曾一而再、再而三地伪装自己，一会儿变成美丽的村姑，一会儿变成脚步蹒跚的老妪，一会儿又变成出来找女儿和妻子的老头儿。白骨精的伪装把唐僧蒙蔽得够呛，唐僧差点儿成了白骨精的腹中之物。亏得孙悟空炼有火眼金睛，才看穿了白骨精的本质，把白骨精给识破了。孙悟空三打白骨精的一连串细节无疑是想象出来的，在这里，想象出来的细节，对于充实情节、推动情节的发展，起到了根本性的作用。如果没有作者吴承恩对于细节大胆而丰富的想象，《西游记》能否成书就很难说了。

　　我自己的小说，里面的很多细节也是想象出来的。前面提到的短篇小说《鞋》，里面的一系列细节可以说多是源自想象。写这篇小说之前，我心里也曾打过鼓，一个姑娘为未婚夫做一双鞋，有什么可写的呢？能不能写出几千字上万字来，写成一篇像模像样的短篇小说呢？这时我必须给自己打气，使自己确立自信，一旦动手，就要坚定不移地写下去，绝不容许后退，更不容许半途而废。这里我插一句，不少小说在写作之前，我都犹豫过，担心不能建立一个完美的小说世界。还好，让我略感欣慰的是，我从没有写过半半拉拉的小说，所写的小说不一定称得上完美，起码是完整的。王安忆说我是有自信和能力"将革命进行到底"的。我想，这个自信和能力还是得力于记忆力、意志力和想象力。

　　想象力是人类所特有的一种力量，它是一种心理的力量、精神的力量。这种力量不像人的承重力、爆发力、耐久力等那么显而易见,在更多的时候,它只是一种潜力,并不表现出来。我们挖掘想象力的过程是劳动的过程,而且是艰苦劳动的过程。打个比方,想象细节好比挖掘深埋地底的煤炭,需要穿过土一层、石一层、沙一层、水一层,克服许多艰难险阻,才有望把煤炭采到。而一旦把煤采到并点燃,它就会焕发出璀璨的光焰。在无意识的情况下,我们脑子里也会出现一些类似幻象的东西,但那些东西是缥缈的、无序的,并不是真正的想象。我个人的体会,当我在书桌前坐下,摊开稿纸,拿起笔来,手脑联动,方能进入想象的状态。我们的想象之船都有开不动的时候,写到一个地方,觉得应该再有一两个细节才能饱满、充分,可是,却没有什么可写的了。这时,我们万万不可偷懒,万万不可放弃对细节的想象,必须坚持下去,奋力开展想象。我写《鞋》时就遇到过写不下去的情况,我使劲儿想啊想啊,脑子里灵光一闪,终于想出了让自己满意的细节。回头看自己的小说,一些多年后还能让自己称妙的细节,多是产生于再坚持一下的努力之中。

五

我们拥有了细节,下一步就是在小说中如何用好细节。细节人人都有,用法各不相同。如果眉毛胡子一把抓、秧苗稗草分不清,细节再多也是白搭。只有把细节心灵化、动态化、微妙化、最优化，使细节尽显光辉，才会收到好的效果。也就是细节的"四化"吧。

心灵化。我在报纸上看到，郑州有一个警察被称为神探。好多疑难案件别人破不了，他能破。同一个案件，他的看法与别人的看法往往不一样。最后的事实表明，他的看法总是高人一筹。那么就有记者问他：破案的诀窍是什么？他否认自己有什么诀窍。在记者的一再追问下，他才说："其实没什么，我只是比别人更心细一点儿。"他把自己的全部经验归结为一句话，就是更心细一点儿。这样问题就来了，心细到什么程度才算心细？心细有没有分级的标准？心细有没有界限？我想来想去，好像没有现成的答案。雨果曾经说过："世界上最宽阔的是海洋，比海洋更宽阔的是天空，比天空更宽阔的是人的胸怀。"反过来我想说，世界上最细的也是人心，微米比毫米细，纳米比微米细，人心比纳米更细。人类遗传基因所形成的心细，使我们有条件发现细节，并在写作过程中将细节心灵化。

我理解，细节的心灵化，不仅是以心灵为主体，从以往的从外部看世界，变为从内部看世界，并再造一个心灵世界。所体现的也不仅是叙事技巧和叙事风格的转变。更重要的是，我们还要找到自己，找到自己的心灵，找到自己的心灵与细节的联系，经过挑选，把细节放在自己心里，用心灵的土壤培育过，用心灵的血液浇灌过，用心灵的阳光照耀过，细节才会开出花来、结出果来，才能打上自己心灵的烙印。

王安忆在细节的心灵化方面做得非常出色，她的长篇小说

《长恨歌》,堪称心灵化叙事的典范。我们也知道心灵化叙事的重要,但往往不能把心灵化叙事贯彻到底,写着写着,有时会从心灵化的水底漂起来,漂到水面,甚至脱离心灵化的轨道。而王安忆不是,她仿佛有在心灵深处吸氧的能力,一口气来得特别长。一部几十万字的长篇小说,她一开始就进入人物的心灵,潜哪潜哪,一直潜到心灵深处。到了深处之后,她就没有再浮上来。她的小说细节都是发生在心灵的时间内,几乎脱离了尘世的时间。这样的小说心灵密度极大,不管你翻到哪里,不管你从哪一页看起,哪怕只看几行,心也会有所得。

动态化。欲使细节活起来,须让细节动起来。万物动起来才能显示活力,凝固不动,很难称得上生动活泼。这要求我们,在时间上,不能把细节放在过去时,要尽量放在现在时、进行时。在空间上,要让细节如在眼前,给人以在场感、现场感。以电影作比,它的每一个镜头,都是以衔接和流动在展示细节。电影有时会使用特写镜头,也会使用慢镜头。这些手法的运用,是为了放大细节、拉长细节,使细节更加纤毫毕见,给观众留下更深刻的印象。但很少使用定格的镜头。即使偶尔使用定格镜头,也多是为下一个活动镜头做准备,使活动镜头取得最佳效果。

仍以沈从文的《丈夫》为例,其中的每一个细节都是按时序登场,应和的都是进行时的节拍,提供的是电影镜头式的连贯画面,给予人的是动态化的细节美感。这些动态化的细节互相支持,第一个细节给第二个细节提供了动力,第二个细节又推动着第三个细节的发展。就这样一波连着一波,把波浪推向远方。

微妙化。关于细节的微妙化,我想稍稍多说几句。微者,细微也;妙者,美妙也。只有微,没有妙,还称不上微妙。把细微和美妙结合起来,才称得上微妙。在小说创作中,微妙的境界是一种比较高的境界,要抵达这个境界,需要付出不懈的努力。我从事小说创作几十年,慢慢悟到了微妙的重要,一直力图把小说写得微妙一些。我甚至认为,小说不是什么大开大合、轰轰烈烈的艺术,而是一种安静的、微妙的艺术,写小说就是要写出微妙来。何谓微妙?词典上并不微妙的解释是不能让人满意的。古人有一些说法,倒比较接近微妙的含义。老子说过:"古之善为士者,微妙玄通,深不可识。"老子说出了微妙的一个特点,那就是意境深邃。"竹林七贤"之一嵇康也说过:"夫至物微妙,可以理知,难以目识。"嵇康说出了微妙的又一个特点,是说微妙可以意会,但从表面上难以看得出来。

我本人的体会是,要做到小说细节的微妙化,应在三个字上下一些功夫,这三个字,一个是"隐",一个是"比",一个是"超"。所谓隐,就是不能把话说得太直白,不能把话说尽,说三分,留三分,藏三分,大海中只露出冰山一角就行了。《红楼梦》一开始出场了一个人物叫甄士隐(真事隐),说的就是把真事隐去的意思。我们看贾宝玉和林黛玉的交往,很多细节都是内敛的、含蓄的、隐幽的,讲究山后有山、水后有水、话后有话。他们内心波涛汹涌，虽有千般情愫、万般心事，但说出来的不过是一些小水花儿而已。而正是通过"小水花儿"所透露出来的信息，使我们沉浸其中，产生无尽的想象。如果像现在有的小说，把两性关系写得大动干戈、淋漓尽致，等于剥夺了读者的想象余地，反而没什么看头了。所谓比，就是比喻，以彼物比此物。我们写某一细节，有时会觉得过于拘泥、过于实，这时我们的目光会从正写着的对象上移开，以比的手法，写一写别的事物。比如我们正在描写唢呐发出的声响，却笔头子一转，写起遍地成熟的高粱，写起白水汤汤和漫天大雪。自然界的景象看似与唢呐的声响无关，其实，我们正是借助自然界的景象来描绘民间音乐动人心魄的力量。音乐是虚的，我们抓不住它。而自然的景象是实的，我们正好可以借实比虚，以实的东西把虚的东西坐实。在更多的情况下，我们是借虚比实，给实的东西插上翅膀，让实的东西飞翔起来。所谓超，是指超越细节本身、物象本身，追求象外之象、言外之意。每一个细节都有它的指向性、局限性。而我们对细节加以形而上的思考，使它由具体变为抽象，也许就突破了它的指向性和局限性，使意象变得丰富起来，意境变得深远起来。

在写短篇小说《鞋》时，我在细节的微妙化方面做了一些尝试。比如，姑娘在想象里，仿佛已经看见未婚夫穿上了她做的新鞋，那个人由于用力提鞋，脸都憋红了。她问："穿上合适吗？"那个人吭吭哧哧，说："合适是合适，就是有点儿紧，有点儿夹脚。"她做得不动声色，说："那是的，新鞋都紧，都夹脚，穿的次数多了就合适了。"那个人把新鞋穿了一遭，回来说脚疼。她准备的还有话，说："你疼我也疼。"那个人问她哪里疼。她说："我心疼。"那个人就笑了，说："那我给你揉揉吧！"她有些护痒似的，赶紧把胸口抱住了。她抱得动作大了些，把自己从幻想中抱了回来。这个细节里有隐、有比也有超，其中有心理内涵，也有文化内涵。把这些内涵微妙着，是美好的。倘把内涵说破，就不见得美好了。

还要补充一句，要实现细节的微妙化，需要养成微妙意识，并树立起微妙自信。

最优化。面对很多细节，有一个挑选的问题。如何挑选，考验的是我们的经验和智慧。

我夫人很会挑茄子，到菜市场买茄子，眼前一堆茄子，她总能把最嫩的茄子挑出来。我挑茄子就不行，买回的茄子外表又圆又光，一切开才发现里面已长满了籽儿。可是，我在挑选小说的细节方面，我要比我夫人强一些。我总是能把最饱满、最美、最动人、最有力量的细节挑出来，把它们一一安置在小说最恰当的地方，最有效地发挥它们的作用。沈从文说过关于好小说成功的条件，那就是恰当。他所说的三个恰当中，除了文字恰当、描写恰当，还有"全篇分配更要恰当"。这个分配恰当里当然包括细节分配的恰当。说白了，就是要把好钢用在刀刃上。

在细节的使用上，细节的力量应是递增的。如果小说一开头就把最有力量的细节用掉了，整篇小说有可能会出现虎头蛇尾的状况。而把最精彩、最具感染力的细节用到小说的结尾呢,小说就会步步登高,获得总爆发的效果。

2012 年 8 月 16 日于北京和平里

以虚写实

《金眼圈》这个短篇小说里所写的故事，是我在一条报道里读到的。报道很简短，只有二三百字。但这条报道给我留下了深刻的印象，二十多年过去了，我老是不能忘记。根据我自己的写作经验来看，凡是这样忘不掉的故事，里面就有可能包含小说的因素，或者说有可能把它写成一篇小说。之所以迟迟没有写，是我没有想好怎样把这么一个实的东西虚化、艺术化。我在不同场合多次讲过，小说创作是真真假假，虚虚实实，实中有虚，虚中有实。我甚至把小说创作的过程分为三个阶段：一是从实到虚，二是从虚到实，三是从实再到虚。仅从第一阶段来说，我们必须把现实中得来的一块材料加以虚构，方能进入创作的程序。如果我们只是把现实中的故事细化、拉长，顶多再用文学语言装饰一下，而没有找到虚构之光，把整个故事照亮，所写出的故事还是客观化的，没有主观化和心灵化，不过是新闻报道的翻版而已。既然报道已经有了，我们冠以小说的名号，把它重述一遍，有什么必要呢？新闻与文学是两码事，两者有着根本性的区别。起码的区别是，新闻是写实的，文学是虚构的。

当我下决心要把这个埋藏心底多年的故事写成小说时，我苦思冥想，煞费脑筋。我写每一篇小说几乎都是这样，在没有找到虚构的内核之前，一般不动笔。我知道，勉强动笔往往是白费劲。思想也是一种劳动，这种劳动是艰苦的，如在矿井下开掘巷道一样。但只有一寸一寸地把思想的巷道打通，才有可能接近思想的果实。当我们取得思想的成果时，那种愉悦是不言而喻的。后来我突然想到，何不换一种目光看世界呢？也就是说，在这个故事里，我们不用人的目光看世界了，改用蟾蜍的目光看世界。蟾蜍有蟾蜍的世界观，它的目光相比我们人类的目光应该是陌生的、变形的、神秘的。甚至可以说，蟾蜍的看法更接近天理，蟾蜍的目光更接近神的目光。在我国的民间传说里，月宫就是蟾宫，蟾蜍不就是住在月亮上的神吗？好了，我总算找到虚构这篇小说的支撑点了。人是实，神是虚；人的目光是实，神的目光是虚。有了虚的、神性的东西统领全篇，这篇小说就得到了升华。

作者习惯了用人的目光看世界，一旦变成用蟾蜍的目光看世界，这似乎有一定的难度。惠子曰："子非鱼，安知鱼之乐？"庄子曰："子非我，安知我不知鱼之乐？"好在我从小在农村长大，对蟾蜍的生活习性是熟悉的，写起来不至于太离谱。

2011年清明节期间